刘 亮 程 作 品

本 巴

刘亮程 —— 著

译林出版社

图书在版编目（CIP）数据

本巴 / 刘亮程著. —南京：译林出版社，2022.1（2025.4重印）
（刘亮程作品）
ISBN 978-7-5447-8793-2

Ⅰ.①本… Ⅱ.①刘… Ⅲ.①长篇小说–中国–当代
Ⅳ.①I247.5

中国版本图书馆 CIP 数据核字（2021）第 159388 号

本巴　刘亮程 / 著

统筹策划	陆志宙
责任编辑	管小榕
装帧设计	朱赢椿　杨杰芳
校　　对	蒋　燕　王　敏
责任印制	颜　亮

出版发行	译林出版社
地　　址	南京市湖南路 1 号 A 楼
邮　　箱	yilin@yilin.com
网　　址	www.yilin.com
市场热线	025-86633278
排　　版	南京展望文化发展有限公司
印　　刷	南京新世纪联盟印务有限公司
开　　本	850 毫米 ×1168 毫米　1/32
印　　张	11.875
插　　页	5
版　　次	2022 年 1 月第 1 版
印　　次	2025 年 4 月第 8 次印刷
书　　号	ISBN 978-7-5447-8793-2
定　　价	59.00 元

版权所有·侵权必究

译林版图书若有印装错误可向出版社调换。质量热线：025-83658316

谨以此书向蒙古族英雄史诗《江格尔》致敬

江格尔的本巴地方,

是幸福的人间天堂。

那里人都二十五岁,

没有衰老没有死亡。

——蒙古族英雄史诗《江格尔》

我们在梦里时,醒是随时回来的家乡。而在醒来时,梦是遥远模糊的故乡。我们在无尽的睡着醒来里,都在回乡。

人物表

江格尔　　本巴汗。

乌仲汗　　江格尔的父亲,本巴缔造者。

阿盖　　　美艳四方的江格尔夫人。

洪古尔　　本巴不愿长大的少儿英雄。

赫兰　　　洪古尔不愿出生的弟弟。

蒙根汗　　洪古尔的父亲。

策吉　　　能预知过去未来九十九年凶吉谋士。

莽古斯　　魔鬼。隐匿者。

哈日王　　母腹中不愿出生的拉玛汗。

忽闪　　　拉玛管家。

明彦　　　本巴主管酒宴的司仪。美男子。

贺吉拉根　有舌头的人都说不过他的判官。

贡布　　　左右手各持一把巨斧的大肚英雄。

萨布尔　　摔跤手。

齐　　　　史诗说唱人。说梦者。

目 录

第一章	童年	003
搬 家	出征	010
	哺乳	021
	转场	029
	车轮	037
	降生	043
	搬家家	052
	游戏	056
	哈日王	066
	恐惧	074
	忽闪	079

第二章	捉迷藏	089
迷 藏	衰老	105
	酒宴	111
	躲藏	119
	出来	130
	回家	137
	使者	144

第三章	乌仲汗	161
做 梦	迁徙	171
	做梦	180
	真实	191
	齐	203

第四章	影子	221
本 巴	东归	228
	赞诗	238
	牧游	255
	错过	269
	衰老	279
	本巴	292

第五章	吃奶的娃娃洪古尔	301
史 诗	大战格楞赞布拉汗	
	两岁的贺顺乌兰	329
	出征打仗	

| | 后记 | 345 |

第 一 章

搬　家

地上的羊粪蛋是羊，

马粪蛋是马，

草叶是搭起又拆散的家。

童年

0

当阿尔泰山还是小土丘、和布河还是小溪流的时候,时间还有足够的时间让万物长大。

江格尔就在那时长到二十五岁,美男子明彦也长到二十五岁,本巴所有人约好在二十五岁里相聚,谁也不再往前走半步。

先出生三十年,能预知过去未来九十九年凶吉的谋士策吉,早已等候在那里,他每日站在班布来宫殿的瞭望塔上,往几十年远的路程上眺望。

后出生的美人阿盖姗姗来迟,在她十二岁的早晨,江格尔隔着十三年的距离拉住她的手。

多远年月里的美人,江格尔的手都能伸过去拉住。

还有摔跤手萨布尔,他在二十三岁时突然想起一桩往事,掉转身跑回到童年,把小时候赢了他的一个伙伴摔倒,扔出去七年远。然后,他两天走完二十年的路,在晌午前赶上班布来宫的隆重酒宴。

萨布尔说，好多我们熟悉的人都在童年里贪玩。

时常在早晨和黄昏，隔着喊声能翻过去的一道山，隐约听见他们的呼喊。

还有天下有名的快嘴判官贺吉拉根，他刚打完一场十三岁里的官司，把明彦小时候被人夺走的牛石头牧场判回来，让这位远近闻名的美男子，脸上有了来自少年的灿烂阳光。

然后，他急匆匆往二十五岁里赶，这位嘴比腿快的大判官，他的嘴巴已经伸到班布来宫殿的酒宴上，腿却还在一年远的戈壁上蹒跚。

还有，牧马人哈尼赶着成群的马匹过和布河，上游的河里蹚满彩霞般的枣红马，中游的河里蹚满夜色般的铁青马，下游的河里蹚满蒲公英花般的雪青马，河水被千万只马蹄溅起，在半空中飘成另一条河。

站在宫殿瞭望台上的谋士策吉，看见这条年老的河流里，蹚满一岁两岁的马驹。而牧马人哈尼，正在赶马蹚过他二十四岁的那段河，他离九色十层的班布来宫，只剩下一声马嘶的距离。

还有，挥双斧的大肚英雄贡布，已经在二十五岁里待了七年，他的年龄停住了，左右手的金银斧头却不愿停住。左手的金斧头追着阳光往前走，杀尽未来年月的敌人。右手的银斧头循着月光往后走，把暗中跟过来的大鬼小鬼全砍死在黑夜中。

1

整个本巴只有洪古尔一人没有长大。

洪古尔本来可以和江格尔一起长大,他父亲蒙根汗把长大的机会给了江格尔。

说来话长了。

当本巴草原还是巴掌大,天上的月亮还是指甲盖大的时候,江格尔出生了。

江格尔一出生便成了孤儿。

他的父亲乌仲汗,晚年沉迷于做梦。一代汗和他的勇士们,都老得骨头变薄,经不起草原戈壁上的风吹雨打,只有说话的嘴还没有老。

老汗王和他创建的本巴,却早已风雨飘摇。

策吉的父亲,那位两眼昏花,只能看见前后二十年凶吉的老谋士,颤巍巍地站在班布来宫殿的瞭望塔上,焦虑地看见三年远的路上、五年八年远的路上,扬起冲天尘土,四面八方的烟尘在朝本巴围拢过来。

老谋士已经没力气走进宫殿,给比他还老的乌仲汗汇报军情。

早年,他的智谋还管用。

当老汗王和骨头变薄的勇士们,借着酒劲,七嘴八舌地说他们年轻时打过的胜仗、杀死的莽古斯时,老谋士命马夫把宫殿所有的窗户打开,让那些骇人的大话随风飘去,一次次把远路上的敌人吓退。

后来不行了，那些老英雄没牙的嘴里，连一句硬话都没有了。

本巴就在那时被莽古斯彻底吞噬。

一世英雄乌仲汗，在酣梦中被莽古斯掳去，只留下嗷嗷待哺的江格尔。

洪古尔的父亲蒙根汗，把出生不久的江格尔藏在山洞，让自己刚出生的儿子洪古尔冒充江格尔被莽古斯掠去。

聪明的莽古斯并不相信这个愣头愣脑的小家伙就是江格尔，他们杀死所有车轮高的男子，把洪古尔拴在车轮旁看着他长大。

只要他长到车轮高，不管是不是江格尔，他们都会杀了他。

洪古尔就在那时候停住不长了。

藏在山洞的江格尔却迅速长大，那个漆黑的山洞让江格尔仿佛又回到母腹，他一场一场地做梦，在梦中学会父亲乌仲汗打仗和做梦的所有本领，并在梦中把一辈子的仗打完，赶在山洞盛不下他之前，跑了出来。

那真是地动山摇的一天。

那座让江格尔第二次出生的高山，有了一个名字，叫赛尔山。对面的另一座叫哈同山。一个是王，一个是妃。

相传还没投生人世、形似一颗晶莹露珠的美人阿盖，就在哈同山顶的草尖上,望着赛尔山头云阵般升起的一场场梦,等待那个做梦的人出世。

她等到石头开花,又在江格尔出世后,等到地上的露水积攒成一条河,连接起两座山,她才迟迟来到世间。

这条连接起赛尔山和哈同山的河,也有了一个名字,叫和布河。

2

话说江格尔一出世,便将吉祥平安还给了本巴,占领了他父亲草原的莽古斯,都被江格尔消灭在一场场的梦中。

那些蛮狠的莽古斯,白天在本巴草原上横行霸道,每到夜晚,眼睛一闭,江格尔便提刀跨马出现在他们梦中。

江格尔像老鹰捉小鸡一样捕捉他们。

刚开始,莽古斯以为在梦中被杀了,天亮后还会活过来。

后来不断有莽古斯在梦中死掉,天黑后闭住的眼睛,天亮了再不会睁开。

莽古斯真正地害怕了,不敢闭眼睡觉,晚上聚在一起彻夜喝酒,手拉手坐一圈,见有人睡着,赶紧拉醒来,灌一碗酒。

一个又一个黑夜被他们睁着眼熬过去。

夜晚的瞌睡移到白天。

可是,江格尔又提刀跨马,出现在他们的白日梦中。

那些可怜的莽古斯，大白天闭住的眼睛，天黑后再不会睁开。

江格尔把他们统统消灭在梦中。

3

洪古尔眼看长得威武雄壮的江格尔从山洞出来，几乎没动手便收复本巴，当了汗，还娶了天下无双的美人阿盖做了夫人，他便知道自己再不需要长成大人。

洪古尔从那个铁链拴他的车轮旁被解救出来，啥也没干，吃了口母亲的奶水便开始打仗。他仗着自己年龄小身体轻，脑子里没装世上沉重的事情，借一阵风便可到达千里之外，轻松追上那些逃跑到连江格尔都梦不到的天边躲起来的莽古斯，把他们的头砍了，揪住头发抡圆，扔到七场风远的另一重天边。

然后，他乘着刮向本巴的微风悄然回到家。谁也不知道他去了哪里又回来。

在人们纷纷离去的童年，还有好多不愿长大的孩子，他们或孤独一人，或成群结队，留在变成往事的白天黑夜里。

那里树不往高长，河水不往两岸上荡漾，太阳和月亮，在人们的念想里发光。

洪古尔的岁月在那里停住。

那些孩子用稚嫩的童音喊洪古尔的名字，让他去玩搬家家游戏，做捉迷藏游戏。

一直不长大的洪古尔没去玩这些小孩游戏，他跟长大成人的勇士们坐在一起。

江格尔安排他坐在十二英雄右手的首位，人们叫他吃奶的少儿英雄。

洪古尔吃了多少年的奶，他母亲都记不清。

当巴音温都尔山只有女人乳房大的时候，洪古尔就在吃奶了。

他拒食人间任何食物，除了奶水和酒。

出征

4

这日,站在班布来宫九色十层瞭望塔上,遥看过去未来九十九年凶吉的谋士策吉,看见距此十五年远的路上,扬起一股冲天尘土,一个力气很大的东西,正朝本巴飞奔而来。谋士感到了紧迫,连忙走下瞭望塔,进了宫殿。

班布来宫巨大的穹顶下,江格尔汗正和他的十二勇士、七十二宝东以及九十六个部落的头领,举行七七四十九天的盛大酒宴,人人喝得红光满面。

策吉走到江格尔面前说,请大家把酒碗先放一放,让脑子醒一醒,有强敌正从十五年外的地方奔来,本巴怕有危难。

话刚落,脚心长毛、一日能跑三年路程的赛力汗跳起来说,请汗给我倒一碗酒放着,我即刻出发,在十五年远的路上拦住那人,杀了他再回来喝酒。

摔跤手萨布尔端起一碗酒说,我看大家不必担心,再过十五年我们依然二十五岁,赶来的莽古斯却会在路上老去。若他现在是一个中年人,等跑到我们跟前,已经是一个老头。别让远路上的敌人，扫了眼前的酒兴，来，我敬大家一碗。

各位英雄听我说一句。站在一旁的阿盖夫人说话了。

她一张口，整个宫殿瞬间亮堂起来，醉眼昏花的男人们，在她美丽容颜的光芒里，看见沉在碗底的经年酒垢，恍然明白自己已经喝了多少年月的酒，沉在心里的酒垢也被瞬间照亮。

阿盖说，我听老一辈人讲，江山从手中得来，在嘴上丢失。我劝大家停住嘴边的酒碗，迎击将要到来的敌人。

江格尔瞥了一眼阿盖夫人，说，我的十二勇士和七十二宝东全在这里，何惧一个远路上来的毛贼。我们在第十五个年头上再应对他也不迟。

美男子明彦说，江格尔汗说得对，本巴因为有能看见过去未来九十九年凶吉的谋士，让我们早早预知了未来，但也早早地为远未到来的事担心，而错过眼前的好光景。

明彦话音刚落，只听班布来宫地动山摇，一个巨大的家伙撞门而入，一屁股坐下。他坐得不上也不下，正好占了七个人的位置，把左右的勇士、宝东都挤到一边。

江格尔一看这人，浑身一怵，他的衣裳是旧的，皮靴是旧的，脸上的胡子和皱纹是旧的，仿佛是从陈年往事里突然冒出来，他瞬间走完十五年的路程，把浑身上下的衣着走得破破烂烂，只有看人的眼睛宝刀一样，闪着逼人寒光。

江格尔赶紧招呼端上酒来，说，这位英雄从何而来？有何事闯进我的班布来宫？

这家伙一口气喝了七碗胡尔扎酒，嘴一抹，眼睛的刀刃直逼着江格尔说，我们拉玛未出生的汗在母腹中发令，要江格尔必须在他出生之前，把本巴所有牛羊赶到拉玛草原，让所有勇士去给他做奴隶，美丽的阿盖夫人去给他当奶娘。否则，他从母腹中伸出一只脚，便能踢翻班布来宫。

话说完，也没等江格尔答复，他起身迈着地动山摇的步子出门而去，谁也没敢起来阻挡，都竖起耳朵听他巨大的脚步声踏过宫殿外的石桥，在石板嘎巴巴的断裂声里，消失在一片谁也追不上的年月。

被挤到一旁的勇士们又呼啦啦拥过来，宫殿里一片死寂。

江格尔望了一圈近旁的十二勇士，又望了一圈外围的七十二宝东，无论嘴快的、腿快手快的，还是脑子快的，都没了声息。

只有谋士策吉说，我在二十年前就曾预言此事，当时我在酒宴上说，世间没有能战胜本巴的英雄，若有，一定在母腹中。果然被我言中。

5

班布来宫的酒宴停下来，所有勇士的手从酒碗上离开，眼睛从堆成小山的羊肉上移开。

江格尔说，我原以为，我在出世前的梦中，已经把一生的仗打完。看来，我还得亲自出征。

阿盖夫人说，尊敬的汗，你只会在梦里打仗，醒来后的仗，还是让手下的英雄们去打吧。

摔跤手萨布尔说，阿盖夫人说得对，自从你在梦中杀死莽古斯，让本巴恢复平安的那天起，你的仗就打完了。剩下的全是我们要打的仗。

美男子明彦说，那个给我们下战书的拉玛汗，还是母腹中的胎儿，他算是醒来的人呢，还是梦里的人？

如果他在母腹醒来说这些话，倒也无妨。因为我们都是醒来的人。如果他是在母腹做梦说这些话，那就麻烦了，所有拉玛人把一个未出生孩子的梦话当真，我们也当真，那便是最恐怖的事情。

我们的江格尔汗曾在如同母腹的山洞，做梦消灭了入侵的莽古斯。那孩子会不会有梦中杀人的本领，让我们从此不敢入梦。

江格尔说，诸位无须担心，当年我在山洞的梦中杀敌时，便已深感梦中杀人的恐怖。当我做完最后一个梦，倒退着离开梦的荒野时，我把所有通往噩梦的路用狗吠和鸡鸣声堵死。从此在我们本巴，人们的美梦做到头，噩梦来临时，总会被狗吠惊醒，或被黎明前的鸡鸣叫醒。

怪不得我多少年没做过一个完整的梦，我在深夜的梦总被狗吠咬断，黎明前的梦又被公鸡叫醒。大肚汉贡布说。

即便那家伙是醒着下的命令，我们这些大人，从来没有跟母腹中的敌人打过仗，我们奔着他而去，对面是一个腆着肚子的孕妇，你如何下得了刀。明彦又说。

江格尔侧目看向右手首座的洪古尔，大家的目光也随江格尔一起看向少儿英雄洪古尔。

策吉明白了江格尔的意思，他俯首对小小身体陷在虎皮靠椅里的洪古尔说，要来攻打本巴的是一个未出生的孩子，他在母腹中，洪古尔你在哺乳期，你比我们这些大人离他更近，看来还得你出征。

洪古尔的母亲几步走上前来，把洪古尔搂在怀里说，你们这些整天只知道喝酒的大人，好意思让我没断奶的孩子去打仗。

洪古尔的母亲是除阿盖夫人外，第二个留在大帐的女人，她要时刻给洪古尔喂奶。她把洪古尔的头塞进衣襟，洪古尔挣开母亲的乳房，眼睛直直看着阿盖夫人的胸脯。

阿盖夫人故意躲开洪古尔的眼睛，侧目看着江格尔。

江格尔说，洪古尔你在家是吃奶的孩子，在班布来宫就是有威望的少儿英雄。你要像个男子汉一样，别老盯着女人的乳房。

听了江格尔的话，洪古尔腾地跳到地上，他站在地上只有大人的膝盖高。洪古尔拉着母亲的手说，我不当本巴的英雄，我只做你未断奶的孩子。

说完看了阿盖夫人一眼，拉着母亲的手走出大帐。

江格尔说，夫人你去劝劝洪古尔，他听你的。

6

班布来宫殿外，碧绿的草地铺展向远处，闪着一带水光的和布河，蜿蜒地流过草原，连接起马鞍形的赛尔山和公主般俊俏的哈同山，更远处是顶着天的阿尔泰山。

阿盖夫人对洪古尔的母亲说，让我单独跟洪古尔说几句话。

阿盖夫人说，洪古尔啊，你和江格尔是患难兄弟，当年你父亲为了救江格尔，把你交给莽古斯充当江格尔，他们把你拴在车轮上，想等你长到车轮高，然后杀了你。

你在那时停住不长了。

后来江格尔出来解救了你。他们都往二十五岁里走，你停住不走。

那时候我还是一颗晶莹露珠。我出生后第一眼看见小小的你，就想留下来陪你。他们都长大走了，我们俩留在童年。

可是你知道，江格尔的手伸到童年里领走了我。

他在二十五岁里喝闷酒，看见小小的我，就动了爱念。

洪古尔说，我不想知道你在说什么，我要回家吃奶了，江格尔说得对，我应该在家里把奶吃够，不该在宫殿盯着人家的乳房。

洪古尔的话让阿盖夫人一阵脸红。

她站得离洪古尔很近，洪古尔闻到她身上的气息，和他多少次闭住眼睛冥想时闻见的一样。

被一个人日夜念想的女人，才会有这样的香气吧。

洪古尔不由闭住眼睛。他多么希望阿盖夫人能抱他一下。

可是，阿盖夫人从未抱过他。

她保持着只让洪古尔闻到她气息的距离。

洪古尔看见阿盖夫人脸上的红晕，自己的脸也一时红起来，那是十五岁时才有的羞红，洪古尔的男羞压抑不住地长大了。他赶紧低下头，跟着阿盖夫人进了大殿。

洪古尔给江格尔行了礼，说，我愿听从汗的指令出征，我虽然是个吃奶的孩子，但也跟你们一样是有年岁的人。

我在童年里待的时间，跟你们在青年里待的时间一样长。

策吉谋士说得对，只有我这个吃奶的孩子，能够对付那个没出生的莽古斯。

江格尔说，洪古尔你也不用着急，那个莽古斯离出生还有些日子，等你断奶了再上路也不迟。

洪古尔说，你们哪个勇士是长大了才去打仗，都是在打仗的路上长高个子。

阿盖夫人说，汗不用担心，我已通知沿途草原所有哺乳期的年轻女子，敞开胸襟哺育洪古尔。

男人们打仗，拼的就是吃奶的力气。

洪古尔仰脸看着阿盖夫人，他的眼睛不由自主落在阿盖夫人的胸脯上，脸上又一阵羞红。

7

少儿英雄洪古尔去打仗了，江格尔右手第一的位子空出来。本巴七七四十九天的酒宴才举行了十天。领了江格尔令的四大管家，正朝东南西北四个方向飞马传令，从最近的赛尔山，到最远的阿尔泰山，从西边的阿拉套山，到南边的依连山，从额河上游，到伊河下游，本巴最边远山区一只母马的奶，都被酿成阿尔扎酒装入奶桶。

往班布来宫驮运奶酒的驼队，走在每一条从天边伸来的转场牧道上。摇摇晃晃的奶酒桶，把最有劲的阿尔扎酒香洒在每一片戈壁草原。

班布来宫殿，勇士们喝空的酒碗再一次斟满。

江格尔端起镶嵌九色宝石的金碗，宣讲第十日的祝福词。七七四十九天的宴席，每一天都有新的祝福。

江格尔说，今天的祝福，给本巴草原的各色草木，它们贡献花香果实，养育万千牛羊，让本巴丰衣足食。干。

江格尔的祝福一说，第十日的酒宴便有了主题。

美男子明彦首先颂唱了本巴对青草的赞颂词，那曲调从刮过草原的风声中获取，词句也在人们的嘴边流传百千年，连草木和虫子都会吟唱。

接着每位勇士按座次排位轮番敬酒。

我提议，给草原上最肥美的酥油草敬一碗酒，它每年如约生长，让我们的牛羊，转十座山回来，还能满口品尝。摔跤手萨布尔说。

我提议，给骆驼刺和芨芨草敬一碗酒，它们长在最荒远干旱的沙漠戈壁，让我们的马儿，跑到天边都有一口草吃。牧马人哈尼说。

我提议给草原上的虫子敬一碗酒，虫子鸣唱，青草疯长。

我提议给梦一样飘远的蒲公英敬一碗酒。草往高长，牛往远走。开遍世界的蒲公英，每一棵都在老地方。

我提议，给铃铛刺和碱蒿敬一碗酒。

每个提议都是一个喝酒的理由。每个理由都可以连喝三碗。

这一天，本巴草原的所有草木，都被醉醺醺地赞颂了一遍。得了赞颂的草木都陶醉了，在微风中摇摇晃晃，你推我搡，瞬间把赞美的消息传到远方。

从阿尔泰山南坡，到沙漠那边的依连山北坡，所有根连根叶挨叶的青草，都在同一阵微风中摇曳起来。

草丛里的昆虫也听见了赞颂，扯嗓子欢鸣。

本巴草原在这一天变得格外碧绿，刚刚开谢的花儿，努着力又开放一次，长到头的草又往上拔了一节。

8

本巴草原的月亮升起来了。

大殿里的百盏酥油灯亮起来，所有门帘窗帘拉起来，班布来宫的彻夜灯光，从不泄露到外面，里三层外三层的毛毡和帘子，把宫殿包裹得严严实实。黑夜里的一丝光，会招惹好光的虫子从很远处飞来爬来，多少年后会有外敌从虫子留下的路找来。

看不见一丝灯火的草原上，所有虫子只被月光吸引，有翅膀的虫子朝天上的月亮飞，没翅膀的朝月亮升起的山顶爬。虫子的生命不够飞到月亮，飞着飞着老死了，但翅膀不死，扔下躯体继续往上飞。在月亮长毛的夜晚，能看见万千虫子的翅膀，在星空里发着五彩缤纷的光。

这时候，阿盖夫人坐在宫殿外的草原上，拉起九十一根弦的胡琴，妇女们在她美丽容颜的光芒里，穿针引线。喝醉酒的牧人，在她如月般明亮的容光里，拾到早年丢失的银子。迷途的孩子在她的琴声里回来，万水千山的夜路上，奔走着归家的牧人和牛羊。

大殿里所有的杯盏撤了又重新布置,所有的人离场再回来。班布来宫的夜宴开始了,这是一天里最重要的宴席,他们要在夜里商定白天的事。刚刚过去的那个白天的事,是前一个夜晚商定的。下一个白天要干什么,得在这个夜晚定。他们喝到头脑发热时把明天的事定下来,待天明酒醒了还能想起,能认可,这个决定便算数。若想不起来,或者想起来了却觉得不对劲,便不去做,在下一个夜晚的酒宴上重新商定。

酒宴是最隆重的仪式,每当他们举起酒杯,都会觉得有一个更大的事,在很高很远的地方悬着。

这个大事是什么,他们并不清楚。

他们须虔诚地举杯去祈福,在日日相聚的酒宴上,等候它来临。

哺乳

9

一批批驮运奶酒的马队在下山,走向本巴草原的中心班布来宫,洪古尔一人在上山。

每个山谷每片草原上,都在举办七七四十九天的歌舞欢宴。忙着煮肉酿酒的女人们,和忙着长膘长牙口的牛羊,都围住它转。

越往下酒宴的场面就越大,因为广大的牧民在下面,长肥的牛羊在下面。

最好的奶酒从远近草场往班布来宫驮运。
最美的祝福从宫殿传向四面八方。
传递江格尔祝福的捎话人,骑快马飞奔向每一片草原。

10

一马平川的本巴草原尽头,是马鞍状的赛尔山,赛尔山后面是高入云端的阿尔泰山。洪古尔一路上坡，把远山走成近峰，他要翻过一座高过一座的大山，才能到达群山那边的拉玛草原。

洪古尔本来可以在一个念头里，轻松翻过阿尔泰山。可是，他的征程让受命等待在路边的年轻女子们耽搁了。

每片草原的每个毡房门口，都有年轻女子敞开衣襟，等候正在哺乳期的洪古尔。

洪古尔走几步就饿了，他的嘴唇上亏欠着一千个乳房的饥饿。

在他多少次凭一个念头离开班布来宫，独自奔赴远方，追杀曾用铁链拴住他的莽古斯时，草原上所有冒着炊烟的毡房旁，都坐着敞开衣襟等待哺乳他的年轻女子。洪古尔的征程被她们无限延长。

那些远方的莽古斯，早早便知道这位少儿英雄要打来了，他正在本巴草原上，积蓄吃奶的力气。

但他们无法阻止洪古尔，他在一个念头里杀人的本领，就像当年江格尔在一场场的梦中杀敌一样。

洪古尔一次次地沉醉在这样的远征里。

杀敌对他来说，只是一个念头里的小事。绕着弯地走过那些冒着炊烟的毡房，却是另一个念头里的大事。

当他尝遍本巴草原上所有女子的乳汁，他摇摇头说，我还缺一口奶水，你的奶水。

他在心里说这句话时，所有敞开的乳房都变成了阿盖夫人的，但都不是。

而那些等候在毡房边的年轻女子，都希望给洪古尔喂奶。

她们都知道洪古尔是个老小孩，他在童年里待的时间太长。他母亲的哺乳期被无限延长。本巴草原所有年轻女子的哺乳期被无限延长。

这个不断奶的孩子，让所有女子的奶水流淌不止。

她们都觉得欠了洪古尔一口奶。

洪古尔也觉得少吃了谁的一口奶，所以一直长不大。

民间传说洪古尔不肯长大，是因为恋乳，按他来人世的年头，也好几十岁了，可他就是赖在幼年不长大。

他每吃一个女子的奶水，就长一个乳房的见识。却不长半日的岁数。

11

洪古尔的好日子，在走出本巴草原这天结束了。再没有敞开衣襟等待哺乳他的年轻女子。他来到了两国交界的牛石头草原。一块块像牛模样的大黑石头，静卧在起伏向上的绿色草原上。

洪古尔在这里遇见了老人。

那老人站在一块大黑石头上，老得眉毛都白了，靠一根歪红柳棍支撑着颤巍巍的身体，他在为拉玛守边。

洪古尔所在的本巴没有老人。

他的父亲，江格尔的父亲母亲，所有人的父亲母亲，都在遥远的老年里走失了，没有人去追赶。

本巴人人活在二十五岁。

只有洪古尔一人停在没有岁数的童年。

洪古尔和老人隔着一块大石头的距离，不敢太靠近，本巴人都相信老像疾病一样会传染。洪古尔有点羡慕地看着老人脸上的层叠皱纹，昏花的眼睛和佝偻的腰身，心想，我若不停在童年，也该老成这样了。

他似乎为自己没老成这样而心存愧憾。

老人抬起磨得发亮的歪红柳棍，指着洪古尔说，你就是本巴吃奶的少儿英雄洪古尔吧，我从十年前蜘蛛布的网上觉察到你走来的动静，从二十年前虫子爬过留下臭味的路上发现你的脚印。只要我这个放羊老汉在这里，一只小蚂蚁也休想过去。

洪古尔说，拉玛怎么让你一个老人家守边呢。

本巴不也让你一个吃奶的娃娃征战吗。老牧羊人毫不让步。

洪古尔说，我虽然看似一个孩子，但在人世间的年月不比你短，岁月把你的牙齿磨掉，我的牙却还没有长齐全。所以，你最好别小看我，我在母亲的乳房边是吃奶的孩子，在男人面前我是久经战场的英雄，请你告诉我去拉玛宫殿的路。

老牧羊人说，看在你是一个孩子的分上，我暂把你当客人，请你到我毡房喝碗奶茶吧。

洪古尔说，我没工夫喝你的奶茶，请你告诉我去拉玛宫殿的路。

老牧羊人见请不动洪古尔，便盘腿坐在石头上，双手叉腰，头高扬，样子像一个顽皮的孩子，他摇头晃脑地说唱起来。

洪古尔被这个老人的架势震住，那是他出生前在母腹里经常看见的，一个孩子模糊的身影，盘腿而坐，双手叉腰，嘴里不住地说唱着什么。

出生后他听母亲说，本巴所有的人，出生前都看见过那个盘腿端坐的孩子，他们在他不停的说唱里降生人世。

12

老牧羊人张着剩下一颗牙齿的嘴，他说唱的声音像刮风，风声中又带着一丝的童音。

你问我拉玛宫殿有多远？

告诉你，我站在这座山顶，朝她望了九九八十一年，还没望见宫殿的顶圈。

你问我拉玛宫殿有多大？

告诉你，我只是她万千仆人中最贫穷的放羊老汉，请你先看一看我的破毡房有多大。

你问我的毡房有多大？

告诉你，掀开外三层里三层的绣花门帘，就得花三年。

迈过老桦木的门槛又得三年。

从门口到中间的炕，骑马要走三七二十一年。

爬上炕得三年，步行走到炕桌边得四七二十八年，手伸到茶壶边得三年，端起壶边的茶碗又三年。

再说我的碗，一百个人围着喝三年，碗里的茶不会少一点点。

洪古尔感觉时间在老人的讲述里慢下来，又如此快地就地打旋，那个请他去做客的毡房，掀一下门帘，进门去，就是六年。骑马走到炕旁要二十一年。爬上炕要三年，在炕上走二十八年，手伸到那只一百个人喝三年都不会见少的茶碗边，又好多年，赶喝上一口碗里的茶，他已经到六十多岁，老得哪都去不了。

这个老牧羊人要用一个破毡房，把我的一辈子耗完。

他不知道再长的时间对于我来说，都是一个念头的瞬间。

洪古尔没工夫跟这个老牧羊人纠缠，举起刀就要砍。

这时老牧羊人又说话了。

你举刀的手，离我有七七四十九年远。

举起落下，刀刃已锈迹斑斑。

洪古尔不信，一刀砍下去，只见他举起的金刚石宝刀，落下时竟锈成碎片，连镶嵌黄金宝石的刀柄，也在手里腐朽成一把灰。

13

洪古尔拿他没办法，就说，我还真想去一趟你的毡房，喝一碗你的奶茶。

老牧羊人领着洪古尔，绕过五块巨大的牛石头，翻上一座矮的横山，看见八座高大的纵山，七个山谷同时敞开在眼前。

从左手起，第一个山谷里全是撒野的雪白马。第二个山谷是吃草的海骝马。第三个山谷是一群正往山顶奔跑的枣红马。

每个山谷吹来的风也不一样，因为山谷里长的草不一样，开的花不一样，马的颜色和味道不一样。

在最中间的山谷口，一顶矮小的白毡房顶上，冒着一缕青烟。

洪古尔跟着老牧羊人走进毡房，那门帘并不像老牧羊人说的要掀开外三层里三层，只是缀着些破烂布条。

毡房里的光线却让洪古尔不适应。

那是一种旧得不能再用的光，勉强而有选择地把屋里的个别东西照亮。

没被照亮的东西似乎更多，沉沉的挤满了屋子。

老牧羊人指着坐在灶台旁烧奶茶的老妇人说，我的老伴七十岁了，昨晚我给她说，我从蜘蛛结的网上知道洪古尔要来的消息，我们的汗让我守住这个山口，不让一个活物过去，我一个放羊老汉，有什么法子阻挡本巴的少儿英雄呢。

我的老伴叹了口气，说，你请他到我们的毡房喝碗茶，他就再没时间去干别的了。

你看，我的老伴，她在这个毡房里进进出出，算一算，掀门帘耗了她三年，迈过门槛耗了三年，走到炕旁耗了二十一年，现在她伸向茶碗的手，已经七十岁了，尊贵的客人洪古尔，请你喝了这碗奶茶再上路。

洪古尔伸出右手正要去接，左手却一下把茶碗打翻。

喝了这碗茶，就老得哪都去不了，这个老夫人七十年的光阴都煮在这碗酽茶里。

洪古尔听自己的左手给右手说。他的右手经常不安分地伸出去，所以往前多跑了几年，手掌也比左手大。但右手却听左手的。

洪古尔浑身一惊，连忙收手往毡房外走，眼看牙长的一截路，却怎么也走不出去。

转场

14

　　一夜暴雪，阿尔泰山提前入冬了。皑皑白雪，从最高的山峰，一个山头一个山头地覆盖下来。成群的牛羊开始下山，往雪落不到的戈壁沙漠迁徙，牛羊走在深陷草原的老牧道上，毡房驮在马背上，叮叮当当的锅碗驮在马背上，孩子老人骑在马背上。

　　一天走不了多远，羊蹄挪动的节奏比季节还慢。

　　羊有四个蹄子，每个蹄子都在耽误时间。

　　马的快腿被背上沉重的毛毡压住，骆驼的长腿被双峰间成垛的木栏杆拖累，都半步半步挪动蹄子。

　　洪古尔的路被千万牛羊的转场阻挡，所有道路被牛蹄羊蹄占住，天空被踩起的尘土蒙住。

15

　　转过一个山弯，洪古尔看见高高晃动的拉玛宫殿顶圈了，巨大的金色顶圈，驮在八峰银白骆驼背上，宫殿的毡子、撑杆、桌椅、锅碗和酒具，七零八碎地驮在一百峰金色骆驼背上。到半下午，搬家的驼队在山谷间一片平坦草原上停住，随行的羊群、牛群和马群，在各自的山谷聚集，一起转场搬家的千万牧民分散在周围山谷。

宫殿的主撑杆竖起来，金银闪亮的顶圈，被几百根撑杆顶起来，几百个勇士的劲，把撑杆和顶圈高高举起。一根根的撑杆、横杆连接起来，绣有祥云和瑞兽的彩毡围在四周。

洪古尔眼看着一座宫殿平地竖起来，四周数不清的白色毡房从地上冒出来。

他坐在宫殿对面的大石头上，一直等到太阳西沉，一条长长的红驼毛地毯，从人群簇拥的草地铺到宫殿大帐门口，一位头戴王冠的孕妇，被几个侍女搀扶着，走进宫殿。

洪古尔知道，拉玛未出生的汗，就在这夫人肚子里。

她头顶的王冠，是腹中那孩子的。

16

洪古尔不急着去见未出生的拉玛汗，他知道这座黄昏前搭起来的宫殿，还有周围架起的千顶毡房，都会在明天一早拆了，绑在驼背马背牛背上，继续前行。

宫殿大帐的顶圈永不落地，它不在行走的骆驼背上，便在撑杆支起的高大穹顶上。巨大的宫殿每天都要移动,千万顶牧民的毡房伴随身后和左右。

洪古尔要跟着搬家的队伍走几天,摸清楚他们搬家的路线。

他在太阳晒热又渐渐变凉的大石头上,曲膝抱腿坐成一块没人注意的圆石头。

又一歪身躺倒,迷迷糊糊睡成一块长石头。

睡到半夜大石头突然摇晃起来,洪古尔惊醒过来。原来石头下一对做了夫妻的花脸蛇在吱吱说话。

母蛇说,自从你让我在石头下的洞里怀了孕,我就哪都去不了,我进来时还是细腰身,现在大着肚子都出不了洞。

公蛇说,你在洞里好好待着,把小蛇生产出来,腰身细了就能出来。

母蛇说,这阵子草原上到处是乱窜的母蛇,我不放心你。公蛇说,你又多心,等你产下孩子,我们还有更重要的事情去做。

公蛇的声音突然变细,似乎是嘴对着母蛇耳朵说的,洪古尔还是听到了。

公蛇说,我在十五年前老鼠走过的路上得知,本巴有一个坐胎多年的孩子要出世,这孩子名叫赫兰,一直待在母腹不愿出来。但今日一过,他的哥哥洪古尔将会有难,他要救自己的亲哥哥,就不得不到世上来一趟。

洪古尔听公蛇说出自己的名字，吓得差点从石头上滚下来。公蛇又说，洪古尔的弟弟将从母腹带出一样天下无敌的本事，到现在我都没探明是什么本事，我从三十年前风吹过的路上、二十年前蚂蚁走过的路上，都没有打听到消息，看来这个本事太厉害，我们可都不是他的对手，最好在他刚出生，没吃一口奶水的当儿，一口吃了他。不然，等他吃了奶水，长足力气，我们都会被他打败。

母蛇说，待我产了子，那孩子也出生了，该往这里走来。我正好身子弱，也要吃点好的补补。

洪古尔听得一头冷汗，这公蛇竟然说出自己未出生的弟弟赫兰的名字，还说他过几日要出生，是因为我将有难。洪古尔想，它能说出明天后天要发生的事，自己的行踪肯定早被他知晓，他应该知道我就躺在大石头上，有意说给我听。又想，或许它不知道我在石头上，它能算出远处的事情，心思和眼睛都在远处，恰恰看不见眼前的。

洪古尔本想换一块石头过夜，又想万一惊动下面的蛇，再惊动了宫殿四周巡逻的拉玛士兵，就连一个好觉都睡不成了。他侧耳听石头下面传来两条蛇均匀的鼾声，母蛇的鼾声粗，公蛇的细。因为母蛇肚子里有一群小蛇一起打鼾。

洪古尔望了望满天的星星，也静悄悄地睡着了。

醒来时天已经大亮，对面巡逻的士兵正烧火做饭，大肚子王母应该也醒了，一群宫女在宫殿门口进进出出。

洪古尔想起昨晚听到的蛇说的话，又是一身冷汗，他耳朵贴在石头上听，听见的只是一块大石头压在地上的沉沉寂静，连昨晚听到的鼾声都没有了。洪古尔摸摸头，确信自己真的醒了，他轻轻跳下石头，绕着转一圈，石头下面什么都没有，没有蛇洞，连蛇盘过的痕迹都没有。好像他睁着眼睛做的一个梦，被闭住眼睛做的另一个梦挡在石头后面。

17

洪古尔跟着转场队伍走了三七二十一天，每天看他们拆房子建房子，把家从一个山谷搬到另一个山谷，所有的山谷也都大致一样，地上的草一模一样，山坡的树一模一样，山顶的云一模一样，盘旋天空的鹰也一模一样。早晨出发时以为在迁往另一个山谷的另一片草场，傍晚重新搭建毡房时又觉得还在老地方，一样的蒲公英开在身边，一样的星星和月亮挂在毡房上头，这让人觉得，这个世界其实就在一个山谷里，移动的只是光阴和人畜的脚步。

在洪古尔的家乡本巴草原，九色十层的班布来宫一动不动，草原上白羊毛制的毡房和黑羊毛制的毡房，常年围绕着宫殿搬迁移动，春夏秋冬围着宫殿和大小毡房轮回往复，季节的每一圈转动，都不增加人的岁数。

18

拉玛巨大的宫殿再次搭起来时，洪古尔踩着刚铺好的红驼毛地毯走向大帐，没人注意他这个只有膝盖高的孩子，但他被另一只眼睛看见了。

大帐前的靠椅上端坐着腹部凸起的年轻母亲，肚脐外露，洪古尔走近时，那肚脐突然像嘴巴一样张开，发出一个男人的声音。

本巴的大人都去梦游了吗，怎么派一个没断奶的孩子来？

那夫人的肚脐眼说完话，眨了眨，很快变成一只大眼睛，是左眼，那眼睛像是看了几百年人世，目光里满是狡猾和世故。

洪古尔说，给本巴下战书的就是你吗？有本事出来跟我比试，别躲在母腹。

那肚脐眼又一眨，换成了一只右眼，看洪古尔。这只右眼是孩子的，充满天真和无辜。

洪古尔对这个长了一只大人眼睛和一只婴儿眼睛的未来人很好奇，他还没来到世上，却显然在掌管着拉玛草原。

肚脐眼瞬间又变成了嘴巴。

我就是拉玛不愿出生的哈日王，我知道你是本巴不愿长大的洪古尔，我下战书前就知道，江格尔一定会派你来。我也知道你早来了，跟着我们转场呢。你坐在山坡的石头上看我们时，你也在我的眼睛里。

我就是要让你看个够。

我们移动白天让你看，搬动黑夜给你看，房子拆了又建给你看，牛羊生了又死给你看。我们拉玛人和牛羊，在演一场行走的大戏给你一个人看。

我们四季转场的单调生活，你看着有意思吗？

你跟着我们看了三七二十一天。我想等你看够了，就会来找我。你果然来了。

其实我等你来，是想跟你说事。这个事只有我们两个人懂，他们都是大人，听不懂。

洪古尔不知该如何回答这个未出生孩子的话。所有大臣毕恭毕敬站立两旁。

洪古尔说，我来不是听你说这些。

你下了战书，让我们把本巴的牛羊全赶到你的草场，让我们的江格尔汗来给你当马夫，让美艳四方的阿盖夫人给你当奶娘。

给本巴下这样的战书的人都没有好下场。

因为你未出生，还不能算一个人，我们本巴的大英雄们，不屑于和你应战，所以派我来收拾你，我给你一天一夜，让你降生，然后吃一口奶水来和我拼命。

我知道你不愿出生，就像我不愿长大。

我也不忍心你没喘一口气就被我杀了。如果你收回那些大话，把拉玛一半的牛羊赶到本巴草原，我会饶你一命，让你在不愿离开的母腹老老实实待着。

洪古尔话没说完，突然看见从那肚脐眼里伸出一只脚，都没看清那脚上长几个指头，就被一脚踢飞。

那一脚力气如此之大，好像不属于这个世间的力，没有带起地上的一粒尘土，干干净净地踹在洪古尔身上。

洪古尔只觉得自己被踢飞起来，瞬间到了半空，迎面飞来的是云朵和队队大雁，洪古尔不知飞了多久，又坠落了多久，只听腾的一声，洪古尔的屁股重重砸在一块石板上，石板旁立着一个车轮，洪古尔没反应过来，便被人用铁链牢牢拴在车轮上。

车轮

19

洪古尔看着拴自己的铁链和车轮,仿佛又回到他刚出生,江格尔也刚出生那时。

在多少年的梦中,洪古尔无数次地看见自己被铁链拴在车轮上。

别的人都长大走了,他被遗忘在那里。

他大声喊叫,不知道要喊谁。人都走了,连那驾车都扔下一个拴他的轮子走了。

洪古尔看着梦里的自己,有时梦里那个洪古尔也看他,知道有一个醒着的洪古尔在看自己的梦,为梦里的自己着急,又没办法把手伸进来,解救自己。

每次醒来洪古尔都气愤无比,提刀策马,去寻找梦里把自己拴在车轮上的莽古斯。

他找不到梦中的敌人,就找剩下一个轮子的车。

他想,肯定有一驾马车,把一个轮子留在梦中,牢牢地拴住他,用剩下的另一个轮子在草原上跑。

一个轮子的车跑得比两个轮子快。

因为一个轮子不需要路，不需要照顾另一个轮子。

一个轮子遇到的坎坷比两个轮子少。一个轮子能绕过所有的坑坑洼洼。一个轮子上面也许没有车，只是自己在大地上滚动。

或许它早已滚动到天边。

洪古尔也无数次地追赶到天边。

他在那里看见车轮般的落日，在陷下去，陷入血色黄昏，陷入只有梦可以活下来的漆黑夜晚。

当洪古尔再次被拴在车轮上时，仍然没有看清拴他的那个人，那个在母腹里的哈日王，几乎没费世间的一丝力气，就把他踹到半空，又牢牢拴在车轮上。

20

当晚，洪古尔又做梦了，和以前做过无数次的那个梦一样，他梦见自己被一根粗铁链拴在车轮上，那铁链从没换过，车轮也是那个。仿佛他的梦不知道自己已经被真的铁链拴在车轮上，要是知道的话，它不会做一个跟现实一模一样的梦。

被拴在车轮上的洪古尔，清楚地看见梦里的自己也被拴在车轮上，梦里和梦外的两个洪古尔都被铁链拴住，挨得很近，相互看着，一言不发。

洪古尔原以为，被哈日王拴住的自己，不会再做那个梦，世间或许没有同一根铁链，把梦里梦外的洪古尔同时拴住。

可是，同一个车轮和同一根铁链，真的既在梦里又在梦外拴住了洪古尔。

洪古尔陷入绝望。

早年父亲蒙根汗为了救江格尔，让他顶替江格尔被莽古斯抓去，被铁链拴在车轮旁时，他在梦里是自由的。那时候他把希望寄托给自己的梦，梦里那个没被拴住的洪古尔会救出他。

后来，江格尔打败莽古斯，把他从车轮旁解救出来时，他却开始做噩梦，夜夜梦见自己被拴在车轮旁。

莽古斯每天早晨都揪住他的头发，提起来和车轮比。一个梦里他眼看长到车轮高，另一个梦里又缩回来。看守他的莽古斯在每个梦里磨刀，一旦他长到车轮高，便一刀砍了他。

洪古尔为此埋怨江格尔，只把他从现实中解救出来，却不管梦中被拴住的自己。但他从未给江格尔说过自己夜夜被铁链拴在梦里的事。

他一次次地在一个念头里离开班布来宫殿，独自去追杀在梦里拴住自己的莽古斯。

他相信他能救出梦中的自己。

可是现在，他梦里梦外的手脚都被铁链拴住了。

梦里的洪古尔可怜地看着他。好像在说，看你，我们醒来睡着都抱着铁链和车轮。

洪古尔也从来没有梦见江格尔。他只是在偶尔的梦里，看见阿盖夫人，她站在远远的地方望他。

白天洪古尔也会想起阿盖夫人，他想她时，目光朝着群山之外的班布来宫方向望。

每次，他都感觉到自己的目光，在群山之上与另一束目光相遇，那是阿盖夫人站在班布来宫门口，远望他的目光。

两束目光迎面而来，眼看碰触了，却突然停住。

21

把洪古尔拴在车轮旁的哈日王仿佛消失了。

巨大的拉玛宫殿依旧每天早晨拆了，驮上牛背骆驼背。那些刚刚从黑夜的梦里醒过来的人和牛羊，个个睡眼惺忪，半梦半醒，干着半真半假的活。人把站了一夜的牛羊赶上路，自己也上路。太阳出来的这一天，仿佛是新的，又仿佛是昨天的影子和梦。

牧民出发前数一数牛羊，数羊的方式很特别，两只手展开，一个指头指一只羊，抓一把五只羊，一五一十地数，一群羊很快数完了。还是昨天的头数，每天都差不多，黎明前出生一只小的，半夜被狼吃掉一只大的，人自己宰吃的都不算数，母羊会偷偷地把数量补齐。

洪古尔跟在驮运宫殿门口那块石板的骆驼后面,他几乎看不见驮运整个宫殿的队伍。他们把车轮套在他脖子上,铁链的一头拴在驮石板的骆驼上。

到了半下午,庞大的转场队伍在前面停住。人们用长杆搭建出宫殿四围的围栏,随后宫殿的金色顶圈被高高举起,安放在上面。每一个物件都不会卸在地上,它们从马背牛背上取下来时,便安置在应有的位置。就像那块骆驼背上的石板,每天卸下来时便铺在宫殿门口,车轮从洪古尔脖子上拿下来,便立在石板旁,洪古尔也便靠在车轮旁。没有一件东西放乱,连看守他的牧羊人,都不会多走一步。他在每天日落前,揪住洪古尔的头发,提起来对着车轮比一下,看他有没有长到车轮高。第二天黄昏又重复同样的动作。

洪古尔庆幸地想,幸亏看守没有在一大早提起他的头发跟车轮比,洪古尔不敢确定他在梦里会不会长个子。

在梦里长出的个子,会在晌午的太阳底下缩回去。

而一大早人半睡半醒,梦里长出的个子还在身上。那时候,他或许就已经高过了车轮。或许他们也早知道这些,所以在一天快要结束时量他的个子。

在太阳底下长出的才是真实的,月亮下生出的,都是幻梦。

他们也不会一刀砍了一个没睡醒的人。

睡梦中被杀的人,知道自己的命在那个醒的世界已经没有了,便固执地不醒来,把一个梦一直做下去。

你砍掉一颗做梦的头,梦是杀不死的。

尸体埋在土里梦还在继续。腐烂成土,梦还在继续。

死者的梦会回来缠你。

降生

22

本巴七七四十九天的酒宴还在继续，草原上满载阿尔扎酒的驼队，源源不断走向班布来宫殿。

每一日的奶酒，都来自不同草原的不同马匹，在不同的奶桶里捣制酿造，带着不同地方的花草与生育之香。

每一日酒宴的主题都不一样，草原上的万物，挨个地被赞颂。

他们先在最初的酒宴上，赞颂了抬头看见的赛尔山和哈同山。然后在夜里赞颂了白天，又在白天赞颂了夜晚。那些穿过白天黑夜，既在日光下又在星光月光下的诸多事物，随后被一一赞颂。

他们知道好话让人顺心，也让万物欣悦。

万物皆需夸赞。

他们喊出草的名字时，天底下的草一时间明亮起来。他们唤出山的名字时，所有的山，都高矮远近地排列好，围拢向班布来宫殿。

每日站在宫殿的瞭望塔上遥望的策吉，最能看见赞颂的力量。每当他朝几十年远的岁月里望去时，他看见辽远大地上被他们赞颂和唤出名字的事物，发着醒来的光芒。

被赞颂过的云朵，告诉他每朵云下发生的事。被歌唱过的酥油草，说给他所有草地上经过的人和事。被反复赞颂的穿过大地的风，带来最远处的声音。谋士正是靠它们，知晓过去未来九十九年要发生的事情。

而未被赞颂的众多事物，黑暗地沉睡在四周。谋士不知道它们是什么，叫不出名字，也不知如何去赞颂。

没有名字的事物里，隐藏着谋士看不见的危险。

23

没有任何征兆，一场六月天的暴风雪降临本巴草原。北风挟裹漫天大雪，呼啸而来，仿佛那些雪要急着转场赶路。雪从天空往地上赶，又从地上往远处赶。一时间天和地都成了雪的路，白茫茫一片。所有山谷敞开让风雪过去，草原戈壁敞开任雪席卷弥漫。正在开花的草木被冰雪覆盖。转场途中的人畜停住，运送奶酒的驼队被困住，奶酒结成冰。

班布来宫殿的酒宴也像被冻住，在吼叫的风声中听不见勇士们喝酒祝赞的声音。

几日后天气转暖，太阳出来了，冻蔫的草木重新焕发生机，覆盖草原的冰雪迅速消融。运送奶酒的驼队又起程上路了，只是许多奶桶被冻裂，无法修补。奶酒一路洒漏在地，把沿途草木灌醉，一个劲开花，全忘了结籽的事。牧民看得着急，今年的草木不结籽，明年就没有新草长出来。

更多的草木经不住阿尔扎酒的烈性，昏睡过去，不开花不长叶，像本巴停在二十五岁不再长岁数的人们。那些草木突然停在一个青黄不接的时刻，一动不动地睡着了。

消息传到班布来宫，喝得满脸开花的勇士们，听完草木被灌醉光开花忘记结籽，突然不吭声了。大家面面相觑，想到日日美酒相伴的自己，多少年里忘了多少开花结果的事。

而那些因为醉酒停住不长的草木，也让他们不知道该说什么。本巴人停在二十五岁青春看似一件好事，但草木停在只开花不结果的季节，却是对来年不负责。

已经喝得大醉的大肚英雄贡布，摇晃着站起来说，得赶紧给草木醒酒，不然，明年牛羊没草吃，就没有奶水酿酒了。说完一头栽倒在地。

24

这日，刚从长夜中醒来，又要举行下一场宴席的江格尔，望着右手边空了许久的座位，说了句，也不知洪古尔跟莽古斯的仗打得怎样。

美男子明彦说，汗不必担心，这只是一个吃奶的娃娃跟一个未出生婴儿的打斗，我们大人该干啥干啥。

江格尔说，我最近老是心神不宁。我好久没做梦，昨晚竟又做起梦来，梦见了我小时候藏在山洞，小小的洪古尔被莽古斯拴在车轮旁，后来我从山洞出来，我们都长大了，只有洪古尔依旧小小的，他仿佛被那个车轮拴住，不再成长。我看着心疼难受，又无能为力。

江格尔说罢，转眼看坐在左手第一位的谋士策吉。

策吉连忙离席，上到九色十层的班布来宫瞭望塔上，往远远近近的路程上看一阵，又连忙跑回宫殿。

策吉说，我看见距此三年路程的拉玛大帐门口，洪古尔被大铁链绑在车轮上，一千条皮鞭在日夜不停地抽他，一万只鹰和老鼠围在周围抢食皮鞭抽下来的肉，我们要不赶紧去救，洪古尔怕连骨头都剩不下了。

勇士们举起的酒杯再一次放下。班布来宫顿时鸦雀无声。

江格尔环顾一周，见没一个挺身而起的英雄。无论嘴快的、腿快的、眼快的还是脑子快的，都沉默不语，眼睛全看着策吉。他是本巴的大谋士，大家都在说话时，他的话最有理，大家都没话说时，他的话最有用。

策吉说，要说本巴的英雄，有一位还未出生，他就是洪古尔的弟弟赫兰。母亲怀他已有数年，名字都起好了，那孩子就是不愿出生。

江格尔也知道洪古尔有一个弟弟一直不愿出生,还为此问过洪古尔的母亲。得到的答复是,因为洪古尔一直不断奶,弟弟担心出生了没奶吃。

其实洪古尔的母亲也不愿赫兰出生。她喜欢这个腹中的胎儿,她怀着他,就是怀着一个世界。当初怀洪古尔,也是这个感觉。刚怀上时,想着自己很快会有一个孩子了,随着胎儿日长,她腹中满满地盛着一个孩儿时,竟不想让他出生了。

可是,洪古尔的父亲说,我们的孩子得赶紧出生,因为江格尔出生了,跟他一起出生的孩子,往后会和他同担风雨,共享幸福。

结果洪古尔一出生,便被莽古斯捉去拴在了车轮旁。

紧接着怀上的赫兰,满足了母亲的心愿。赫兰是蒙根汗留给她的最后一个孩子,她把他留在自己身体里。

这孩子一直找不到出生的理由,现在有了,他哥哥洪古尔被莽古斯抓去,就要炖成肉汤。请他赶紧出生,去救哥哥吧。江格尔说。

25

入夜,洪古尔的母亲抚摸着鼓了数年的肚子,唱起那首草原上的催生歌。这首歌原是唱给难产的牲畜的，遇到母牛难产，牧人便弹唱催生歌。一遍遍地唱给母牛听，也唱给腹中的牛犊听。

妇女难产时也唱这首歌，一个曲调，一样的歌词。

快出来吧，孩子，
外面有奶水，有花香。
有太阳，有星星和月亮
有太阳月亮般，呵护你的亲爹亲娘。

快出来吧，孩子，
你一落地就张口吸的气，都备好了。
你做梦的夜和醒来的昼，都齐全了。
孩子，这世界就差你了。

母亲一曲唱罢，里面没动静，又唱第二曲。连唱三遍都没动静，母亲便讲起洪古尔的事。

赫兰啊，你的哥哥奶水未断，便被派去和莽古斯打仗，他此刻被莽古斯用铁链子铐在骄阳下，你赶紧出生去救他吧。再晚你就没有哥哥了。

话音刚落，母亲听见腹腔里一声叹息，接着剧烈的疼痛开始了。

26

母亲把刚刚出生的赫兰抱到班布来宫。

江格尔接过赫兰抱在怀里,一脸难过地说,赫兰啊,你刚出生就让你去打仗,我着实于心不忍,你还是长到一岁,多吃些奶再出征吧。在你未出生的年代,我们这些大人为了保卫家园,把吃奶的劲都用完了,要不然也不会让你一个刚出生的娃娃去打仗。

赫兰挣脱江格尔的怀抱,像一个小大人站在众英雄面前说。

各位叔叔尽管喝酒吃肉,不必为小的操心。我在母腹多年,耳朵时时听见你们说打过的仗,说用各种方式消灭莽古斯。你们当年打仗时没人看见,喝了酒说出来时有耳朵的都会听见。一件事,你们干一遍然后说一遍,就等于发生了两遍。而发生两遍的事,还会被人无数次梦见。我在母腹梦见你们的生活,跟我出生看见的一模一样。我对这个世界并不陌生。

赫兰一口气说了这么多,才突然想起自己是一个刚出生不该说话的孩子。孩子刚出生都不能说话,只有啊啊地哭,这是出生前定好的,谁都改变不了。

一个刚来世间的小人儿,要先虚心听大人说话,听整整一年,乳牙掉了大牙长出来,方可开口说话。

27

策吉把赫兰抱过来,放在膝盖上,说,赫兰你告诉我,你在母腹这么多年,练就了什么本领可以战胜莽古斯,救出你的哥哥洪古尔。

赫兰说,我在母腹听见人们在草原上四季转场,每天都在搬家。把笨重的毡房拆了,绑在马背上,叮当响的铁锅绑在马背上,大人孩子骑在马背上,蜿蜒的牧道穿过戈壁丘陵,从早晨走到黄昏,日出前拆了家,日落前原搭起来,做一个梦就又拆房子搬家,永远在路上,长膘掉膘的牛羊在路上,咩咩哞哞的叫声在路上。我听着你们过这样的生活,便不想出生。我把你们的转场做成搬家家游戏,在母腹里玩,一玩起来便上瘾。你们在外面日复一日地搬家,我在母腹没日没夜地玩搬家家游戏。我还把你们在人世的生活做成梦,玩做梦梦游戏。我唯一的本领就是玩游戏。

策吉笑着说,你有这等本领,我便放心了。你从母腹带出来的游戏,没人能玩过你。

听了谋士的话,赫兰挺直胸脯,一副自信样子。

江格尔和在座的勇士却一脸迷糊,不清楚谋士为何把这小孩的搬家家和做梦梦游戏当成克敌本领。但大家都相信谋士的话。谋士认准的,肯定不会错。因为他从没说过错话。

阿盖夫人说,我已通知本巴草原所有年轻女子,敞开衣襟哺育赫兰。

　　赫兰说，我在母腹听见哥哥洪古尔吃奶的声音，那时我想象不出奶水的滋味。出生后，我在母亲怀里闻到母乳的味道，但我拒绝了。我不想让自己贪恋上世间的任何东西。待救出哥哥洪古尔，我便原回母腹。

搬家家

28

赫兰没吃一口母乳,没增加人世的半两骨肉,他只有一个念想的分量,从班布来宫殿大门口,乘一阵微风便消失在旷野。

送他出征的人们,都没看清他去了哪里,不知道该朝哪儿招手。

只有赫兰母亲知道儿子的去处,她流泪的眼睛一动不动望着前方。

只有阿盖夫人知道赫兰的去处,她眼睛湿润地看着远处,那是洪古尔曾经走远的方向。

无数长翅膀的蒲公英种子,寄存在天空的风中,永不落地。那是另一个世界里的蒲公英,是蒲公英的梦。

赫兰附在一朵飘飞的蒲公英种子上,看见蓝天白云下的本巴草原,每一座升起炊烟的毡房门口,坐着一位敞开衣襟的年轻女子,她们得了阿盖夫人的令,像等待哥哥洪古尔一样,等待哺乳赫兰。

阿盖夫人没有把赫兰不吃奶的话当真。

她想，赫兰刚刚出生，还带着母腹里的犟劲。待他受了世上的苦，需要力气时，自然就会吃奶。

她让草原上哺乳期的年轻女子，在每一个毡房路口等待。那些女子已经等了很久很久了，她们没等到打仗归来的洪古尔，也没等到他的弟弟赫兰。

赫兰在一朵飘飞的蒲公英种子上，闻到弥漫空中的无数个乳房的奶香，那些来自草原的奶香，湿漉漉的，加重着他身体的分量。

他感到自己在下沉，已经沉到能看清那些女子饱满白皙的乳房了。

一旦他落在地上，一旦他走在那条牛羊蹄子和人脚踩出来的路上，他便真的需要人间的力气，真的需要不断地吸吮乳汁，像哥哥洪古尔一样。

那样，他便再回不到母腹。

那些在人世上长的肉，会疼，会疲劳，会光洁也会腐烂。

在赫兰就要被吸引到地上的瞬间，突然一阵雁鸣，把赫兰托举到云上。赫兰就在这一声长长的雁鸣中，到达了拉玛边界。

29

山色骤然变黄，像一个盛夏，突然结束在深秋。

赫兰的身体像一片黄叶，从雁鸣声托举的高空，摇摇晃晃地坠落下来。他在拉玛草原上失去飞的能力，不由自主飘落在一个山口，看见哥哥洪古尔经过的牛石头草原，一尊尊黑色大石头，像巨大的黑色牛群，静卧在草原上，全部头朝西，迎着一年四季的西风。

曾经跟洪古尔见过面的老牧羊人守在那块牛石头上。

老牧羊人说，你是洪古尔的弟弟赫兰吧，我早已在十年前虫子走过的路上，得知你要来的消息，在二十年前蜘蛛布的网上，觉察你前来的动静。我知道你来寻哥哥洪古尔，好久前他在我的毡房里喝了一碗奶茶走的，你也进毡房喝一碗茶吧。

赫兰说，我连一口母乳都不吃，怎会喝你的奶茶。

老牧羊人说，你要听老人的话，才能长大。

赫兰说，我不要长大。

你想找到哥哥洪古尔吧。老牧人说。

想。赫兰说。

那你就得顺着他走的路去找，他翻过的山，你也翻。他蹚过的水，你也蹚。他喝过的茶，你也喝。老牧人说。

赫兰看拗不过老牧羊人，就说，你先陪我玩搬家家游戏吧，我刚来世上，只想玩我在母腹里玩过的搬家家游戏。你跟我玩会儿游戏，我就去你的毡房喝茶。

老牧羊人拿赫兰没办法，大声唤来炉灶旁烧茶的老太太，两人和赫兰一起蹲在地上。

赫兰说，地上的羊粪蛋是羊，马粪蛋是马，草叶是搭起又拆散的家。

赫兰教老夫妻俩把代表家的草叶，驮在代表马的马粪蛋上，赶着代表羊的羊粪蛋，翻过九九八十一个代表山的骆驼粪蛋，然后把草叶从马粪蛋上卸下来，搭建成毡房，用周围的小石头垒成羊圈，把满地的羊粪蛋赶进圈里。然后，眼睛闭住、睁开，等于睡了一晚。再把草叶搭建的毡房拆了，驮在马粪蛋上，赶上遍地的羊粪蛋，再翻过九九八十一个骆驼粪蛋。眼睛闭住、睁开，又是一天。

开始赫兰跟他们一起玩，很快老两口便着了迷，丢下赫兰自己玩起来。

老牧羊人说，看看，遍地羊粪蛋都是咱们的羊。

老夫人说，看看，遍地马粪蛋都是咱们的马。

老牧羊人说，我们可从来没有过这么多的马和羊。

老夫人说，我们可从来没这样轻松快乐地搬过家转过场。

老两口的童心被唤醒，脸上的皱纹逐渐笑开退去，眼睛亮闪闪的光从青年童年里回来。

赫兰站在身后，看他们玩搬家家的身影越走越远，越远越小，地上的羊粪蛋马粪蛋都被他们吆赶着滚向远处，草叶搬到远处。赫兰知道，他俩已经被他的游戏，引到遥远的无法回来的童年，再想不起守边关这档子事。

赫兰像盘绳子一样，盘起他们丢在地上的一把子年龄，往小肩膀上一搭，上路了。

游戏

30

拉玛浩大的转场队伍,延绵数千里,牛羊踩起的尘土,在半空中,铺成另一条尘埃的长路。

驮载拉玛宫殿的驮队,行走在最前面。

汗的千万头牛羊,吃掉头一茬青草,把羊粪牛粪马粪撒在山岭草原上。

各大小部落的牛羊,依次跟在后面,或分散行走在两侧山野间的大小牧道上。

每群牛羊之间,都隔着青草长出一嘴的时间。

这段时间是一个白天和一个做梦的夜晚。

每一株草都在醒和梦里各长一半。

待后面的牛羊赶来时,被前面牛羊吃掉的草,又长出来一嘴。

赫兰看见哥哥洪古尔曾经看见的,那些场景上留有洪古尔的目光。洪古尔就在最前面的王宫转场队伍里,他的气息留在走过的牧道上，留在他目光看见过的草叶上。

白天，他们把车轮套在洪古尔脖子上，让他背着沉重的车轮，步履艰难地走在一匹驮载石板的公骆驼后面。

他们怕他逃跑，把八头公牛的缰绳，拴在洪古尔的腿上腰上。洪古尔成了八头公牛行走的拴牛桩。那些不安分的公牛，东奔西跑，把洪古尔拽得东倒西歪，套在脖子上的车轮，常常被甩出去，又被拴在洪古尔腿上的铁链拉回来。

晚上，他靠着车轮躺在宫殿外冰冷的石板上。拴在腿上腰上的八根牛缰绳，不时拽动他昏睡的身体。

赫兰在哥哥留下的气息里，完全地复原出他所遭受的一切。只是，赫兰没吃人世的一口奶水，也觉不出哥哥洪古尔遭受这些的苦。

31

这日，赫兰走到洪古尔睡过一夜的大石头上。洪古尔的气息留在石头上，赫兰想在哥哥的气息里睡个安稳觉。

他刚躺下，两条花脸大蛇便缠成两圈，把石头牢牢围住。

花公蛇说，我早已从几十年前蛇走过的路上，闻到你走来的气息。我的夫人刚产了子，正需要补身子，你就喂到嘴边来了。

赫兰没有丝毫的怕，也没有不怕，他只是小声地说，我从母腹里匆匆降生，赶来救哥哥，我没吃世上的一口奶，没长一两肉，你们这样吃了我，等于没吃。待我救出哥哥洪古尔，回去吃一口母乳，长出点儿肉，你们再吃我不迟。

花母蛇说，这孩子也怪可怜，连口奶都没顾上吃，便出来救自己的哥哥。就等他吃了奶，长出点儿人世的肉，也好吃。

花公蛇说，你一个小毛孩，有什么本事去救哥哥。我早在刮过草尖的风声中，听说你怀有一个绝世本领，那本领到底是什么？

赫兰说，我在母腹里听大人们四季转场，日日搬家，就把他们的生活，做成好玩的搬家家游戏。我只会玩这个游戏。

花母蛇说，我听说那些牧羊人，是因为躲避蛇才搬家，他们从一片有蛇的草场，搬到另一片有蛇的草场。又搬回来时，还是把毡房搭在我们的蛇洞旁。

花公蛇说，我倒听说人不是因为怕蛇，而是嫌牛羊太肥，所以每天赶着它们在牧道上掉膘。

羊在同一张皮子里，胖八次瘦八次，然后皮子被人剥了搭在墙上，湿八次干八次，最后做成羊皮袄，在人身上冷八百次又热八百次。这些都发生在搬家路上。

花母蛇说，我每次看见那些牧羊人离开，就想，他们能去哪里。这些有腿的人和牲口，在我们没腿没脚的蛇面前，显摆他们走出的路，和扬起的尘土。

花母蛇又说，赫兰你把他们四季转场做成了游戏，你在母腹里跟谁玩呢？

赫兰说，我和好多没出世的孩子一起玩。人过的生活，在我们那里全是梦和游戏。

花母蛇说，你教我们玩搬家家吧，我也想把人的生活，玩成我们的游戏。

赫兰说，看在你们不吃我的分上，就教你们玩搬家家游戏。

赫兰说，地上的羊粪蛋都是羊，马粪蛋是马，草叶是拆散又搭起来的家。你们把拆散的家驮在代表马的马粪蛋上，然后，赶着满地代表羊的羊粪蛋，翻过代表山的一个又一个骆驼粪蛋。

赫兰看着两条花蛇，用嘴衔着粪蛋，用卷曲的身体推着粪蛋，一路玩耍而去。开始它们的小蛇跟在后面一起玩，后来小蛇跟随不上，两条大花蛇自顾自地玩，全忘了身后的孩子。它们渐渐远去的身体越来越小，最后，小成两条互不认识的小幼蛇，一个朝东，一个往西，钻进草丛不见了。

32

赫兰看着拉玛王宫搬走后，草地上压出的巨大圆圈，看着被宫殿的毛毡压倒又长起来的青草，掰指头算算，他们离开这里，已经三十七天。

也就是说，他离哥哥洪古尔，还有三十七天远。

三十七天的距离，对赫兰来说，一个念头便到了。

可是，赫兰的念头在拉玛草原上不灵了。在自己的土地上会飞，在别人的土地便只会爬。赫兰只有脚踏实地，一步步地追赶洪古尔。

翻过一座山，追到另一个山谷的大草滩上，赫兰看见拉玛宫殿搬走后，草地上留下的巨大圆圈，看着压倒又长起来的青草，算一算，他和他们的距离，还是三十七天。他在走，他们也在走。这样，他和移动的拉玛宫殿，和拴在宫殿门口车轮上的洪古尔，永远隔着三十七天的距离。

赫兰不想这样追赶了。

既然我追不上他们，就让他们来追我。赫兰在心里说。

33

拉玛的转场牧道，从阿尔泰山西边，一直延伸到西北的丘陵平原、戈壁沙漠，又从那里绕一个大圈，穿过水草最丰美的四季草场，原回到阿尔泰山区的夏牧场。

拉玛人和物产，驮在万千马背牛背骆驼背上，翻山越岭。在汗的宫殿驼队和牛羊踩出的转场牧道两侧，大大小小的牧道铺满草原。

有草的地方全是牛羊的路。它们一大片头挨头走过去，草便矮下去半尺。

没草的荒野也是路。牛羊一长溜过去，落定的尘埃又飘起来。早晨出发，天黑前驻扎。迁徙的目的是从一片草场到另一片草场，每天的行程却是从天亮到天黑，太阳升起后拆掉的毡房，太阳落山前又搭起来。

每一天都在搬家。家越搬越重，也越搬越轻。

因为有出生的婴儿和羊羔驮上马背，也有离世的老者卸下马背。

赫兰跟在看不到尽头的转场队伍后面，他注意到搬迁的牧民不时回头朝后看。

羊羔落在后面时他们回头看，老人孩子落在后面时他们回头看，落在后面的老人孩子也朝后看，牛羊马驼也朝后看，后面空空的什么都没有时他们还朝后看。

赫兰孤单一人跟在后面，以为他们在看他。

赫兰知道他们看不见他。

他走在草地上就像一棵摇晃的草，站在石头滩上就像一块小黑石子。

只要他不显形，他便是地上最平常东西的样子。

那么他们在看什么？

赫兰禁不住也朝后看。后面是所有牛羊走过后空空的草原。

赫兰在一次次的回头里，看见那个巨大的空的草原，在步步紧追那个由万千牛羊和人填满的草原。

空像一个张开的巨口。

34

赫兰恢复到一个婴儿的原形,不远不近跟在转场队伍后面。他不时地喊叫一声,他的喊声让转场途中的牧民突然停住,回头看见他们刚刚走过的路上,站着一个小小的孩子,不知道是谁家的,都停下来等。

那孩子迈着一天走不了一里的碎小步子,缓缓慢慢地走着,那些大人耐耐心心地等着。待赫兰走近了,都觉得像是自家的孩子,但自家的孩子都在,一个不少。赫兰小小的脸蛋和身体,让每个看他的大人,都觉得像是小时候的自己,仿佛被丢在童年的那个自己追了上来。于是家家都想认领他当自己家的孩子。最后,他们达成协议,让赫兰在每家住一日一夜。

赫兰白天跟着这顶拆了的毡房搬家,晚上在另一顶搭起的毡房过夜。

这样一家家地走,人家给奶他不吃,给肉他不吃。

赫兰只做一件事,整天缠着大人孩子玩搬家家游戏。

孩子都愿意跟他玩。

赫兰俏皮又耐心地教他们。

地上的羊粪蛋是羊,马粪蛋是马,草叶是搭起又拆散的家。

每当转场队伍停下来,地上便蹲着玩搬家家游戏的孩子,赫兰带着孩子们专心玩耍时,大人在一旁看。

大人说,我们一辈子都在四季转场,每天都在搬家,让孩子早早学会搬家家有好处。

大人们眼馋了也蹲下来玩，一旦玩起来就停不下。

那些一年四季转场搬家的大人，看见自己的日常生活，被制作成这么好玩的游戏，他们千辛万苦的转场历程，蹲在地上摆摆羊粪蛋马粪蛋便可轻松完成。

而且，地上的羊粪蛋都是自己的羊，马粪蛋全是自己的马，数也数不清。

大人们一玩起游戏来，身上的负担瞬间变轻，游戏让人的童心回来，年龄越变越小。

开始是在转场搬家的空隙玩，后来转场途中也玩，再后来没人搬家转场了，游戏取代了草原上的生活。

那些玩搬家家的大人们，在赶着羊粪蛋越走越远的路上，渐渐地变成天真的孩子。

35

当赫兰从拉玛南部边境走到北边，所经地方的人都被他变成了贪玩搬家家游戏的孩子。连蚂蚁和蚊子都回到幼虫，跟在玩搬家家的人们后面，也在搬家。

开始还有人喊那些整日蹲在地上玩耍的人，该去搭毡房了，该去赶着牛群饮水了，该收拾家当上路了。

可是，喊的人也很快被游戏吸引，蹲下来便再不起来。

拉玛草原上的事没有人管了，牛羊在地上自己吃草，该搬家的时候，羊咩咩地叫蹲在地上玩游戏的孩子，牛也哞哞地叫。

牛羊开始自己转场。

转场本来就是牛羊的事情，这片草场的草吃光了，明天就前往另一片草场。所有牧道是牛羊马驼的蹄子踩出来的。它们知道自己的路。

浩大的转场队伍里再看不见人。

万千牛羊在草原上迁徙。

变成孩子的大人远远地跟随在牛羊后面，用它们排出的粪蛋玩搬家家游戏。

以前是人操心牛羊的事情，为了牛羊吃上草，赶着它们在大地上游牧，把天下的草都吃一遍，回来时啃过的草又长高。

现在所有大人都回到童年，牛羊看着变成孩童再不愿长大、只在一个游戏中把生活过下去的人们，便开始为人操心。

晚上公羊用角把风刮开的毡房门顶上，牛像一堵墙立在敞开的羊圈门口，马跟在后面，随时驮起玩累的孩子回家。

而早已玩丢的家里，守着已经走不动的老牛。

转场队伍一天天缓慢下来。赫兰从拉玛王宫留在草地上的痕迹，判断出哥哥洪古尔离他只有五天的距离了，但他不急于去追赶，他故意让自己撇开汗的宫殿大牧道，往更远的牧道上，去教那些最偏远地方的牧民玩搬家家游戏。

赫兰注意到，越偏远地方的人，越不把自己的生活当一回事，他们一接触到好玩的搬家家游戏，便很快把真实的转场搬家忘在脑后。

他们在那样不变的生活中活得太久了，除了夜晚的梦，他们从不知道还有另一种游戏中的生活，玩耍着就把日子过下去了。

哈日王

36

转场中的拉玛牧民沉迷于搬家家游戏全变成孩童的消息，早已传到宫殿。忽闪管家派人下去调查，调查的人全都一去不返。又派人去找，找见先前派去的当差，竟都变成玩游戏的孩子，把管家委派的任务忘干净，把自己的职责忘干净，只知道不抬头地赶着羊粪蛋玩搬家家游戏。

后来，忽闪管家总算查清楚了，是本巴派了一个刚出生的孩子，叫赫兰，来救拴在车轮上的洪古尔。那孩子啥本事都没有，只会玩搬家家游戏，他一路传授游戏。拉玛的孩子大人，从没玩过这么好玩的游戏，一玩起来便上瘾，沉迷其中。

这游戏的神奇在于，一旦进入游戏，人身体上的负担会减轻，年龄会变小。一个七十岁的老人，进入游戏时，身上沉重的岁数一天天减少，负担越来越轻。人们发现，赶着牛羊在风雨交加的草原上转场的过程，完全可以在拿起放下几个羊粪蛋的游戏中完成。生活本身变得没有必要了，游戏让人在轻松愉快中完成了生活。

忽闪管家派部队下去抓捕赫兰，让他烦恼的是，拉玛草原遍地是蹲在地上玩游戏的孩子，认不出哪个是赫兰。

负责抓捕的士兵不停地蹲下查看那些孩子的脸，好多士兵蹲下去便再没有起来，他们把抓捕赫兰的差事忘记，很快陷入游戏带来的快感中。

这天，赫兰正蹲在地上教牧民玩搬家家游戏，一只大手揪住了他，拎到半空。

赫兰看那人的身体，足有七个人合起来那么大。在这位大力士背后，排列成队的士兵，人人手里拎着一个玩游戏的孩子。那些孩子腿在半空乱蹬，眼睛还盯着地上的羊粪蛋马粪蛋。

赫兰不知道拎起自己的这个家伙，就是给本巴下战书的大力士。那时赫兰还没有出生，但这人地动山摇的脚步声，赫兰在母腹里也听见了。

赫兰说，你先放下我，也让你的士兵放下那些孩子，等我们玩完这一把游戏，我就跟你走。

大力士说，我们管家派来的士兵，都被你玩进游戏里。我不会放下你。

赫兰说，你拎起我的身体，我的心还在游戏里，那些孩子也一样，你得让他们把游戏里的心收回来。

大力士想了想，觉得有道理，手一挥，赫兰和那些被拎在半空的孩子，腾腾地掉在地上。

地上的羊粪蛋马粪蛋又在他们的手指下滚动起来。

大力士也蹲下来,瞪着牛一样的大眼睛,看赫兰玩。

他身后的士兵也蹲下来,看孩子们玩,看着看着自己动起手来。

地上的羊粪蛋是羊,马粪蛋是马,草叶是搭起又拆散的家。

在赫兰反复念着的口诀里,大力士的手伸到地上,熟练地搬动着羊粪蛋马粪蛋,他地动山摇的脚步声,逐渐地变小变轻微。

赫兰站起来,看着蹲在地上越走越远越走越小的大力士,在他身后,是一群专心玩着游戏的士兵。赫兰知道,他们会一直走到童年里再不回来。

37

忽闪管家不敢再往下派士兵,也不敢再瞒着母腹中的哈日王。他如实向汗汇报了发生的一切。

身在母腹的哈日王,问站在外面毕恭毕敬的管家和大臣,大家都变成孩童有何不好?我不是还在母腹中没有出生吗?

都变成孩子了谁去放牧?谁保卫拉玛?忽闪管家说。

牛羊真的需要人放牧吗?哈日王问。

没人放牧牛羊便跑散了。忽闪管家说。

跑散了不还是牛羊吗?我倒觉得,游牧才是大人们玩过头的游戏,你们赶着那些根本不愿意跟人走的牲畜,翻山越岭,追赶四季，从冬窝子赶到夏牧场，又到秋牧场，在其间踩踏出弯弯曲曲的道路，还要一代代的人和牛羊顺着这些道走下去，这是多么费劲又荒唐的事。哈日王用母亲肚脐眼变成的嘴说。

我们就是这样生活过来的呀，我的汗。忽闪低垂着头说。

这样的生活是谁给你们设定好，又像教一个游戏一样教会你们的？

难道这不是一个更大的游戏吗？

你们沉迷其中，转了千年都没从那条牧道里转出来。

母腹里的哈日王把外面的人问住了，都默默站着，好像突然开始怀疑起自己的生活。

哈日王说，你们从来没有站在局外看看自己的生活，所以从来不怀疑这样的生活到底是什么。

我不愿意出生，就是不愿过你们这样的生活。

在我看来，你们赶着牛羊在大地上不停地转，只是一个笨重的又苦又累的大游戏。

那个叫赫兰的孩子教你们玩的，却是一个精巧好玩的小游戏。

38

拉玛宫殿突然安静下来。

坐在鹿皮靠椅上的王母好似累了，她微眯了一下眼睛，又迅速睁开，目光在各位大臣的脸上扫一圈，最后落在忽闪管家脸上。

她锐利的眼睛里有哈日王的目光，腹内的汗在用她的力气说话，用她的眼睛看人，但一定不是用她的脑子想事情。这些，大臣们都知道。

哈日王似乎也不放心用母亲的眼睛看，他还用母亲肚脐眼里自己的眼睛看。

他左眼看过，又换右眼。

他用左眼看时，所有的大臣都心虚冒汗，尤其忽闪管家，更是低垂着头。

他用右眼看时，所有大臣的脸上都开放着孩子般天真的笑。

忽闪说，我是你的管家，要操心拉玛的生计。

如今拉玛人都变成了孩子，在我们宫殿牧道四周，大大小小的部落牧道上，已经没有大人。牛羊吃草时，人们在玩搬家家游戏。牛羊转场时，人们跟在后面玩搬家家游戏，扭动屁股的羊给草原上撒了无尽的羊粪蛋，足够所有的人把一年年的时光玩完。

在那些地方，牛羊已经不指望变成孩子的主人照顾，它们自己沿着牧道迁徙，自己散开吃草又在黄昏时聚拢成堆，它们一步一回头，咩咩地叫，喊上自己的小主人一同上路。

以前是牧民在管牲口，现在是牲口管牧民。

这样下去拉玛就完蛋了。

宫殿里再一次安静下来，都等着哈日王说话。

母腹里的汗好像睡着了,大臣们也都低垂着头,不敢朝王母的肚脐眼看。

这样过了许久,哈日王醒来了。

哈日王说,诸位不必担心,这一切都是我设计的。

我的父亲哈哈日王,把治理拉玛的重任交给我,一个未出生的孩子。

他让我在母腹,睁开眼睛,照看这个外面的大人世界。

那时候,他倾全拉玛之力征服了本巴。

可是,噩梦也跟着来了。

他白天耀武扬威追杀本巴人,夜晚的梦中却被刚出生的江格尔汗追杀。

他那一代人,都死于不能醒来的梦。

他让我藏在母腹不要出生。

他相信我在母腹的梦和元气,可以拯救拉玛。

可是他不知道,他留下的这个满是大人的世界,让我无时无刻不在母腹中张开耳朵和眼睛。

39

哈日王叹了口气,他的叹气声,一半是大人的无奈,一半是孩子的顽皮。

哈日王说,最让我不放心的,还是本巴。

江格尔把他的民众，都召集在二十五岁里，再不往前走。我不知道他们停住要干什么。

不过，本巴有一个不愿长大的孩子。他就是洪古尔。

我在母腹不愿出生，他在母乳旁不愿长大。

我派大力士给本巴下战书，就是想引来这孩童。

我想从他嘴里，知道本巴人停在二十五岁的真正意图。

我也想和洪古尔说说只有我们孩童能听懂的话。

可是，当我看见他的一瞬，突然讨厌他了。

我本来就厌恶来到世上的人。

我以为洪古尔会不一样。可他小小年纪满眼的杀气，这个母腹外的世界，把最小的孩子都教坏了。所以，我一脚踢飞他，又一脚把他踹落到地上，拴在车轮旁。

我把他拴在车轮旁时，突然想起他也曾经被我父亲哈哈日王拴在车轮旁，我们两代汗竟然都不能杀他，因为他一直没长到车轮高。

不杀没长到车轮高的孩子，这是我们草原上的法律。

我灵机一动，又想出一个主意。

我知道洪古尔还有一个弟弟赫兰，跟我一样不愿出生。

我把洪古尔拴在车轮旁，本巴人肯定会来救。

整日在二十五岁做美梦的江格尔汗，一定会让赫兰来救哥哥。

我原想，赫兰母亲会挺着肚子来，就像我母亲怀着我一样。

他在母腹里，一定知道本巴所有的事情，就像我在母腹里对外面的世界一目了然。

没想到他降生了。

但这个降生的孩子不吃一口世间的奶水，他完全保持了自己在母腹的身体。

就这样，拴在车轮旁的洪古尔，又引来救他的弟弟赫兰。

赫兰用在母腹带来的搬家家游戏，把拉玛人都玩成小孩子。这正是我想要的。

我在母腹管理这些大人，太费心了。

再说，我也一直想着，本巴人停在二十五岁青春不往前走，我们该怎么办？

我想了很久，想出一个绝妙办法，我们都回到童年。

他们不长老，我们不长大。

现在，赫兰已经把拉玛人都变成了孩子。他完成了我需要他做的。

可他还要来救哥哥洪古尔。

他每一日的行踪，都在我眼睛里。

忽闪管家和众人听得目瞪口呆，这个没出世的汗，竟然设计了这样一个只有孩子和未出生人的世界。那我们这些长大长老的人怎么办，都去玩搬家家游戏变成孩子吗？

恐惧

40

这日，母腹中的哈日王召见了洪古尔。他没有让洪古尔扛着车轮来见面，而是让母亲走到拴洪古尔的车轮旁。

哈日王说，当年，我父亲趁你们本巴人个个老得骨头变薄时，侵占了本巴草原。

没想到的是，本巴人全在睡梦中，他们眼睛紧闭，满嘴说着我们听不懂的梦话，对晃动在眼前的屠刀视而不见。

我们不能对睡着做梦的人下刀。

你砍了他的头，他的梦会回来报复。

我们把沉睡的本巴人全绑在牛背上，一头牛背上绑两个人，手和脚绑在一起，一边吊一个。

然后，把牛尾巴点着火，牛群受惊狂奔，我们想肯定有人会被颠醒。

我们饥饿的刀，闪着寒光等一个醒来的人。

结果没一个人醒来，那群拖着火光的牛群，狂奔着翻过一座又一座山。

我们逮住的唯一一个醒着的人就是你，洪古尔。

我们把你拴在车轮旁，等你长到车轮高了，再杀你。

可你停住不长。

我们派了像阿盖夫人一样年轻美丽的女子，守在车轮旁给你喂奶。你看都不看一眼，你担心吃了拉玛女人的奶水会长个子。

到今天，你仍然没有长到车轮高，我仍然不能杀你。

本来我还有一个理由可以杀了你，你不老实的右手臂，已经有车轮高了，我也可以先把你的右手臂砍掉。我没有这样做。

但你却在杀人，一次次地潜入拉玛草原，杀了人再潜回去。其实我也知道，你只是在一个念头的梦游里，潜入拉玛草原，过了杀人的瘾。但你在梦中的侵入也是侵犯，在梦中杀人也是罪。

我们在你一个念头的梦里也有一重生。你杀了梦里的拉玛人，让他们只剩下醒来后的自己。

你们的江格尔汗，就是用他从母腹带来的做梦本领，在每个梦里追上我们。

他几乎把梦里的拉玛人都杀光了，我们只要一做梦，就会被他捕杀。他在每个人的梦里守着。

我的父亲哈哈日王，当年被江格尔在梦中所杀。他白天跟我们一起生活。一到夜晚便恐惧难当。别人都躲进各自的梦中，他没有梦。

梦里的那个他被江格尔杀死了。

没有梦的人，只能漆黑恐惧地度过长夜。

他活了没几年，就死在了夜里。

他临死前托梦给我，要我千万不要出生。

江格尔的梦入不了母腹，那里最安全。

41

哈日王说到这里停住了，刚才还说话的肚脐，一眨成了眼睛，他变换着用左右眼各看了洪古尔一眼。

洪古尔看出来，他右眼的天真里有对自己的欣赏和喜欢，左眼的老成里却满是仇恨。

哈日王说，洪古尔你知道本巴人为什么停在二十五岁，再不往前活一岁？

洪古尔摇头。

那你一定知道自己为什么停在吃奶的童年，再不长大？哈日王又问。

洪古尔又摇头。

哈日王说，以前我也不清楚，但看见你的瞬间我全明白了，是因为恐惧。

洪古尔说，我的恐惧还没有长出来，也从不知道恐惧是什么。

哈日王说，你没长出来的恐惧，就像你没长到车轮高的个子，这些没到来的，才是你真正害怕的。所以你拒绝它们到来。

哈日王的话让洪古尔无言以对，他只好扬起头，目光空空地看天上，他似乎看见自己的青年、中年和老年，模糊地静候在虚空里，他真的不敢接纳这个长大长老的自己吗？

哈日王接着说，你的江格尔汗也活在恐惧中，他在梦中杀了我们的许多勇士后，自己害怕起来。

他在那个藏身的山洞里，积累了太多幼年的恐惧，他既害怕自己年幼无助，又恐惧年老乏力。

于是，他带着你们本巴人，躲藏在身强力壮的二十五岁。

他以为这个年龄的人天不怕地不怕，可以抵御任何外敌。

其实，恐惧是不分年龄的。

他们白天大碗喝酒时知道自己在人生最有劲的青年，晚上却常常梦见自己年幼无助或年老体衰。

哈日王的话让洪古尔吃惊，他从未想过，本巴人活在二十五岁是因为恐惧。他的父辈在年老体衰时被莽古斯征服，江格尔就让本巴人都活在二十五岁，不往老年走。

自己不愿长大也是因为恐惧吗？

我的恐惧就是这个刚出生时被拴住，现在又被它拴住的车轮吗？

哈日王好似知道洪古尔在想什么，他用左眼看着洪古尔说，我已经通知拉玛草原的牧民，寻找一个比你还矮的车轮。

如果那个比你还矮的车轮找到了，我就可以杀你了。

忽闪

42

忽闪管家已经找不到一个可以派遣的大人。他受哈日王之令，找寻矮小车轮的事，只能靠玩搬家家的孩子往远处传，而在那些孩子眼里，最小的车轮是羊粪蛋，最大的车轮是马粪蛋和骆驼粪蛋，它们一起在孩子们的手底下，朝天边滚动。

有一天，这些浩浩荡荡的羊粪蛋和马粪蛋，滚过拉玛宫殿，滚过拴着洪古尔的高大车轮，滚过拉玛唯一没有变成小孩的忽闪管家，滚过腆着肚子、坐在宫殿外晒太阳的王母。

母腹里的哈日王，用右眼羡慕地看着搬家家的孩子，又用左眼狐疑地看着忽闪管家，这个唯一没有变成小孩的人，让他不放心。

在拉坞，只有忽闪管家还佩着一把利剑，其他的刀剑全横七竖八扔在地上，再没人能扛动这些笨重兵器，也没有人能撑起宫殿的穹顶。

拉玛宫殿在一个黄昏竖起来，便再没有拆过。

远近草原上的毡房，也在一个黄昏搭起来不再拆迁。

拉玛草原沿袭千年的转场习俗，在一个黄昏终结了。

哈日王的母亲，看着遍地玩搬家家游戏的孩子，脸上露出少有的微笑。

有时她会禁不住蹲下身，看那些孩子玩搬家家游戏。

这些曾经是她的士兵、牧人和随从的男男女女，如今都变成孩子。

王母疼爱地抚着那些孩子的头，他们在还是大人的时候，可从未享受过来自王母的爱抚。

王母有时也会动手移动羊粪蛋马粪蛋，每当这时，忽闪管家便会将王母搀扶起来，说，王母您可不能在游戏中变成孩子，那样，您腹中的哈日王便难受了。

43

这日，忽闪走到拴着洪古尔的车轮旁，向洪古尔行了礼。

洪古尔手上拴着铁链，没法给忽闪大臣回礼，只是对他点了点头。

忽闪说，你在本巴坐江格尔右手第一把交椅，位置和我在拉玛的相当，我们平起平坐说会儿话。

洪古尔依旧点头。

忽闪说，多年前我出使本巴时见过你父亲蒙根汗，他胆识和酒量都过人,我和他有很好的交情。

洪古尔也觉得在班布来宫见过忽闪。

忽闪说,那时我每两年赴一趟本巴,会见江格尔的父亲和你的父亲,看看那一代人衰老到什么程度。

我观察他们剩下几颗牙齿,脖子上又多了几条皱纹,说话的力气能传多远。

那一次,我看到了江格尔的父亲和他的勇士们已经衰老的迹象。回国后我向汗报告说,江格尔的父亲只剩下两颗牙齿,一个不靠一个,脖子上的皱纹层层叠叠数不清,在三丈外便听不见他说话的声音。

汗听后当即发出攻打本巴的命令。

那时候江格尔刚刚出生,你也刚刚出生,你的父亲蒙根汗把江格尔藏在山洞,用你顶替江格尔交给我们。

是我亲手把你拴在车轮旁。我并不相信你是江格尔。

我想不管你是不是江格尔,等你长到车轮高,就杀了你。

后来江格尔汗在梦中打败我们,救出了你。

江格尔在那个藏身的山洞里积蓄了无穷的力量,他能把我们全做进他的梦里,又把他的梦变成我们的梦,在梦中把我们消灭掉。

你也在梦中一次次地来到拉玛,跟把你拴在车轮上的仇敌打仗。

你只是梦见我们,而不能像江格尔一样,把你的梦做成我们的梦。你每次从梦中侵入拉玛草原,都留下蛛丝马迹。

那是你一个人的无涯长梦,你来了,又去,你梦中杀死的仇敌,都不知道被你所杀,所以他们都在醒来的世界里活着。

我也在你的梦中死过多少次。只是,你还没有在我的梦中将我杀死,这是你和江格尔的不同。

忽闪又说,按说这次被捉到,你断无活路。

可是,这么多年了你依旧没有长到车轮高,是你早预料到,会再次被我抓住拴在车轮旁吗?

44

忽闪管家说话时,眼睛不时斜望身后的宫殿,王母和腹中的哈日王,此刻正在睡觉。或许只是王母在睡觉,腹中的哈日王是不是在睡觉忽闪也不清楚。

忽闪说,后来我又去过两次本巴,前后隔了好多年。

自从江格尔做了汗,本巴便很难进入了。她仿佛在一个恍惚的一眨眼就错过的梦里。

我去时看见你坐在江格尔右手第一的座椅上,一点没长,我却老得让你认不出来。

以往我去本巴,能看懂人的生长和衰老,还有死亡。

这对于我们来说,是最重要的情报。

双方交战，比的是年龄和力气。

可是，自从江格尔让本巴人人活在二十五岁，我从本巴带回来的情报便都一样，他们还在二十五岁的青春里，一颗牙齿没掉，脖子上没有一丝皱纹，说话的声音能翻过两座山，再回传回来。

在母腹中的哈日王，听了我的报告总是沉默。

我知道他的想法。他想在母腹中，等待江格尔这一代人老得骨头变薄时，他再出生，像他父亲一样，打败本巴。

可是，停在二十五岁里不再往前走的本巴人，让哈日王不知该何时出生。

还有，本巴一直不长大的洪古尔你，和一直不愿出生的赫兰，也让我们的哈日王捉摸不透。

45

忽闪说到这里，又斜眼望了望宫殿门口，一群孩子蹲在地上玩搬家家游戏。他们围着巨大的圆形宫殿，一圈一圈地转，转到宫殿门口时，抬头看看，似乎想起自己曾是这个殿堂的大臣或侍卫，曾为这个宫殿和一个未出生的汗效力。

有时他们也抬头看还是大人的忽闪，依旧像以往一样，操心着拉玛的一摊子事。

忽闪也无奈地看着这些曾经是自己的手下、听命于他的大臣和卫兵，现在都变成无法使唤的孩童。

或许在他们看来，我这个守在老年的大人的生活，是多么的可笑。

忽闪管家自言自语。

我的担心和想法跟汗的不一样。忽闪接着说。

你们本巴人人活在二十五岁，在我们看来，就是一个固执的梦。我也经常梦见自己活在二十五岁，但我醒来后，会接着过我实际的年龄。

而你们本巴人，一直活在一个不愿醒来的二十五岁的梦里。

就像你一直活在不愿长大的童年，你从没有怀疑过，这难道不是一个自己装糊涂不愿醒来的梦吗？

洪古尔被忽闪的话问住，他从来没有想过这样的问题。他单独长大的右手，不由得抬起来，摸着自己小小的脑袋，像要把这颗小脑袋摸醒。

如果真如忽闪所说，我活在自己不愿长大的梦中，那这只长大的右手，该是早早醒来了。洪古尔心想。

忽闪见洪古尔没有作答，又说，我所以问你这些，是因为我们拉玛，也像活在一个不愿醒来的梦里。

我们的老汗王离世前，把汗位传给母腹里的哈日王。

每当我们恭恭敬敬地听母腹里的汗安排事务时，我便疑惑地想，我们未出生的汗，是醒着，还是在梦中给我们说话。

我听老一辈人说，人未出生前，是在一个无尽的自己一出生便会遗忘的梦里。

这便是让我感到疑惑和恐惧的。

想想，我们的汗，是在他出生后便会遗忘的梦中，给我们这些醒着的大人安排事务。

有一天他出生，会把这一切都忘记。

到那时候，我们今天所做的，都变成无人承认的荒谬之事。

我们清醒地听由一个梦中的人安排，把他的梦话变成现实。

忽闪说完，目光呆滞地望着从头到尾没回应一句话的洪古尔，似乎他的嘴，也被铁链拴住。

洪古尔也望着忽闪，他知道忽闪管家不需要他回答什么，他只是想把话说出来。

整个拉玛已经没有听他说话的耳朵了。

第 二 章

迷　藏

捉迷藏游戏的规则是,
一半人藏起来,
另一半人去找。
地上的人已经太多了,
必须有一半藏起来。

捉迷藏

46

赫兰看见拉玛宫殿高耸的顶圈了,他追赶很久的宫殿终于停住不动。

这日,赫兰来到拉玛宫殿门口,看见拴在车轮旁的哥哥洪古尔。在一旁看守他的士兵全是孩子,正蹲在地上玩搬家家游戏。

赫兰混在玩游戏的孩子中间,一点点地挪到洪古尔身边。

赫兰说,哥哥,我来救你了。

洪古尔看着对他说话的小孩说,我怎么知道你是我弟弟,遍地都是和你一样的孩子。

赫兰说,我说出你也住过的母腹的样子,你就该相信我。

洪古尔眼睛看着赫兰,示意他说下去。

赫兰清了清嗓子,坐在一块石头上,双手叉腰,摆出说唱艺人的架势,这个架势让洪古尔想起在拉玛边界遇见的那个守边的老牧羊人,又像自己在梦中所见的。

每当他的梦快苏醒时,他都看见一个人影端坐在远处,双手叉腰,像在说着什么。

洪古尔说,我逗你玩呢,我怎会不认识你呢,你像一滴露水那样小时我便认识你。

赫兰说,我已经用搬家家游戏,把拉玛所有大人变成了孩子。

洪古尔说,你的消息每日传到宫殿,我早知道你来救我了。可是,拴我的铁链是三代铁匠锤打出来的,本来最后一代铁匠还可解开,但他也在搬家家游戏中变成小孩,已经没有解锁的力气了。

赫兰说,哥哥不用担心,我从那对守边老人那里,拿到了两个一百年的岁数。他们想用骗过你的伎俩,让我喝了那碗奶茶,就老得啥也干不动。

可是,我用搬家家游戏把他俩引到了再也回不来的童年。当他俩赶着羊粪蛋马粪蛋,一直玩到童年时,我像收拾长长的套马绳一样,把他俩的岁数各盘了一盘带在身上。

现在,我盘起来的两个一百年长的岁数有用了,我用一个一百年锈蚀你脚上的铁链,另一个一百年锈蚀你脖子上的铁链。

洪古尔看着赫兰从左右肩上取下两盘隐约的东西,往铁链上一扔,眼看着铁就开始生锈,一层层地剥落,只一会儿工夫,脚上脖子上的铁链便锈蚀断了。

洪古尔说,弟弟你赶紧跑吧,趁他们还没发现我挣脱铁链,我在车轮旁稳住他们,待你跑远了我去追你。

赫兰说，哥哥你放心，拉玛人全变成了贪恋游戏的孩子，连那个给本巴下过战书，一个人坐下能占七个人地方的大力士，都变成小毛孩了。

洪古尔说，最厉害的是那个母腹里的哈日王，我们打不过他。

赫兰说，我也是母腹里的孩子，虽降生了，但我没吃世间的一口奶一粒粮食，也不会有世间的丝毫害怕。

赫兰伸手去拉洪古尔的手，还没拉住，只听一个声音喊赫兰，扭头见王母怀抱一个孩子，两只眼睛一大一小看他们。

那孩子说，我就是母腹里的哈日王，现在我出生了。

我的忽闪管家，厌倦了给一个未出生的汗当差，他偷偷给我母亲唱了催胎歌，让我降生了。

他以为我降生成婴儿就会听他的，受他管。

他不知道，我从母腹带来的智慧和力气，足以对付一群大臣。

我降生的瞬间，就一脚踢飞了他。

我用左脚把他踢飞，又用右脚把他踢回来，原落在自己的脚窝里。

他被我制服后无地自容，跑到那些玩搬家家游戏的孩童中，如今正埋头滚羊粪蛋呢。

现在，我是拉玛草原的孩子汗。

他们都是大人变成的小孩，我是真小孩。

就像你们本巴人人活在二十五岁，我们拉玛人，就在永不长大的童年里生活了。

我先向江格尔下战书，引来洪古尔。又用洪古尔，引来赫兰你。我引你来救洪古尔，就是想让你用母腹带出的搬家家游戏，把我的拉玛人全变成孩子。你们帮我实现了。

47

哈日王说话时，一只眼睛看着洪古尔，一只看着赫兰，这会儿他看着赫兰的右眼睛在转。

哈日王说，我在母腹便认识你，赫兰。

母腹是一座座的白毡房，我们是无数个白毡房里相互认识的孩子，我们没有长出脚却在无垠的云朵里走，没长出手却相互牵连，没有嘴却能说出一切，我们有一颗小小心灵，不论相距多远，都能在一个念想里彼此感知，相互照亮。

你为了救哥哥来到世上，长出了脚没路可走，长出嘴说不清自己，长出脑子把以前的事都忘了。

你看，我虽降生了，我的脚没挨地上的土，我也不想走世上的路。以前是母亲怀着我，从此她会一直抱着我。

赫兰说，我没吃世间的一口奶一粒粮食，不会长世间的一两骨肉，也不欠世上的一点点情。待我救了哥哥，便回母腹里去。

赫兰的话让哈日王一下顿住，一大一小的两只眼睛不动了，赫兰和洪古尔也愣愣地看着哈日王。

过了一会儿，哈日王的眼睛又开始转动。

我本想等你和洪古尔长到车轮高，杀了你们。现在我改变主意了。

你们已经帮我完成了我想做的事，我就送你们回家吧。

你哥哥洪古尔挨了我在母腹里的一脚，你们俩再挨我母腹外的一脚。

我要让你们记住，我虽然降生为婴孩，依然能够一脚踹翻你们本巴的班布来宫。

哈日王在母亲怀里轻轻抬了下腿，赫兰和洪古尔，便朝两个方向被踹飞，一个沿着那只脚的大拇指方向，一个沿着小拇指方向，昏天暗地地飞远了。

洪古尔赶紧回头看弟弟赫兰，赫兰也在回头看他。

两人瞬间消失在各自的远处。

48

洪古尔不知飞了多久，身旁一群群的大雁在飞，老鹰和鸽子在飞，沙尘和树叶在飞。它们都是自己在飞，只有洪古尔是被一脚踢飞。

当他摇摇晃晃地坠落在地，他发现自己落在很久前走过的转场牧道上。他的两只脚，正好落在以前自己踩出的两个脚窝里。那时他脖子上套着沉重车轮，一脚深过一脚地跟在羊蹄牛蹄后面。

现在，深嵌草原的牧道已经荒草萋萋。

洪古尔不知道弟弟赫兰落在了哪里。在他们被那只婴儿的脚踢飞的瞬间，洪古尔看见朝另一个方向飞去的弟弟，脸朝下，四肢蜷曲，头低垂在胸前，那是他在母腹里的样子。

在那里，他无须迈步，无须抬头和睁眼，整个世界在他的小小心灵里。

在更早，洪古尔和赫兰，还有许许多多的弟弟妹妹都在母腹世界里。洪古尔那时也不愿出生，父亲蒙根汗在外面喊他，说刚出生的圣主江格尔有难，你赶紧出生去救他。结果他一出生，便被父亲用来冒充江格尔让莽古斯掳去，拴在车轮旁。当他又一次被莽古斯逮住，拴在车轮旁，他的母亲呼唤不愿出生的弟弟赫兰降生人世，来救他。他连累了弟弟赫兰。洪古尔心疼地喊着弟弟，声音空空散开，没有一只耳朵接住。他的喊声已经追不上飞远的赫兰。

49

拉玛的转场早已停住。牧道上只有玩搬家家游戏的孩子，他们一群一群的，在牛马羊走出的深深牧道上，搬动着羊粪蛋和马粪蛋。

洪古尔沿一条牧道走到头，又沿另一条牧道返回来。

每条牧道上都走动着搬家家的孩子，牛马羊成群结队地前行，羊粪蛋和马粪蛋在孩子们手中滚动。

洪古尔蹲下身，一个个看那些孩子的脸，他不敢喊赫兰的名字，他的名字跟这个游戏连在一起。

洪古尔想，赫兰或许就蹲在这些玩游戏的孩子中间。可是，这么多的孩子，这么长的牧道，这么大的拉玛草原，怎么才能找到弟弟赫兰呢？

洪古尔想起自己很早前玩的捉迷藏游戏。

那时草原上遍地是孩子，捉迷藏是每个孩子必玩的游戏，总有一半孩子藏起来，另一半在找。

本巴用这个游戏藏起来一半的孩子。

那些周边的敌对国，时刻在窥探本巴有多少孩子。

孩子是一个地方最大的秘密，是不能让外人知道的。

一旦他们知道了本巴有多少孩子，便知道了多少年后有多少勇士和牧人，进而知道本巴有多少胆量和力气。

那时候，洪古尔是众多孩子的王，一场场的捉迷藏游戏都是他组织的。他有的是办法让那些孩子藏起来，又把他们找到。

更早，洪古尔未出生前，便已经在这个游戏里。

母亲让她的孩子们，几个藏在人世，几个藏在母腹，更多的藏在他们的父亲那里，永远都不露面。

洪古尔便是藏在人世的那个，却还是被弟弟赫兰找见。

现在，轮到洪古尔找弟弟赫兰了。

50

洪古尔把拉玛草原上玩搬家家游戏的孩子聚起来，说，很久以前，一个叫赫兰的孩子，用他从母腹带来的搬家家游戏，把你们拉玛贪玩的大人们，都变成了孩子。

现在这个游戏要结束了。

因为给你们传授游戏的人，把自己玩丢了。

游戏即将停止。

所有的羊粪蛋马粪蛋骆驼粪蛋，都要被草原收走。

你们不赶紧从这个游戏里出来，就会被关在里面，永远不会长大。

孩子们手里攥着羊粪蛋，身边堆着马粪蛋骆驼粪蛋，那是他们全部的财富。

自从羊粪蛋替代了羊，马粪蛋和骆驼粪蛋替代了马和骆驼，这些大人变成的孩子，人人成了牛羊马驼遍地的牧主，他们赶着数不清的羊粪蛋，把家一次次地搬远又搬回来。

当洪古尔说搬家家游戏要终止了,他们都接受不了,舍不得扔掉这些让自己迷醉其中富足无比的财富。

洪古尔看透他们的心思,说,在你们沉迷搬家家游戏,把自己玩成孩子的这些年,那些曾经属于你们的牛羊马驼,已经在草原上繁殖了无数倍。

现在,你们每人名下的羊,都比地上的羊粪蛋多。

你们赶紧扔了羊粪蛋吧,去把属于自己名下的羊,赶到自己眼皮底下。然后,我教你们用真正的牛羊,玩一场更大的游戏。

这个游戏叫捉迷藏。

51

草原上快变成野羊的山羊和绵羊,快变成野牛的黑牛和黄牛,已经变成野马的枣红马和海骝马,终于又听见主人的呼唤。

它们从河边,从草滩,从树林,从石头后面,聚集到主人跟前。

老羊领着新生的小羊,老牛老马领着繁衍的子孙,一群群地来到主人跟前。

正如洪古尔所说,这些由大人变成的孩子,每人面前都聚了数不清的马牛羊,它们脊背上烙着自己家族的印记,耳朵剪出区别于别人家的豁口。

洪古尔说，现在我们开始玩新的游戏，捉迷藏。

捉迷藏游戏的规则是，一半人藏起来，另一半人去找。

地上的人已经太多，必须有一半藏起来。

藏起来的人一旦被找到捉住，一半的牛羊便归捉住他的人。

然后，新一轮开始。

原先捉的人藏起来，让被捉住的人去找。

捉住一个藏起来的人，你输掉的牛羊便会全赢回来，而且还加上被你捉住的那个人的一半财富。

游戏很快吸引了所有想藏起来的孩子。

那些可怜的孩子，最先藏在母亲身体里，被父亲找到。

后来藏在母亲怀抱，藏在小声啼哭说话的幼年、童年，都被大人找到。

那些大人们，喊叫着从童年少年里把他们捉出来，让他们做大人，干大人的事情。

现在，他们要在一个游戏里藏起自己。

他们知道在哪里深藏自己。

52

捉迷藏游戏开始了。

洪古尔让孩子们围成一圈,右手藏在背后,喊手心手背,大家同时伸出右手,手心朝上的站一起,手背朝上的站一起。

孩子被分成了两群。

洪古尔让手心朝上的转过身,闭住眼睛,两个小拇指塞住耳朵。

手背朝上的朝远处跑,藏起来。洪古尔喊。

很快一半的孩子消失了,刚才还人群拥挤的草原,一下子变得空旷。

藏好了。开始捉了。

手心朝上的大喊着转过身,哗啦啦四散开来,扑向各自的目标。

看见你了,快出来,捉住了。

洪古尔在遍地的喊声里找赫兰的声音,在四处跑动的孩子中捕捉赫兰的身影。

他让一半孩子藏起来,在剩下的一半里找弟弟赫兰,在被找到的孩子里辨认弟弟赫兰。

可是,到处是别的孩子的身影。

远近草原上的孩子,从搬家家游戏中抬起头,扔了手中的羊粪蛋马粪蛋，加入到捉迷藏游戏。

藏起来的人越来越多，找的人也多。

那些原本在各自的牧场山坳、各自的毡房羊圈，悄无声息过着童年的孩子，都被捉迷藏游戏找到。

而每场游戏，也有一些孩子没有被找到。

新的游戏开始了，他不在被找的人中间，也不在寻找的人中间，他藏丢掉了。

洪古尔原想用捉迷藏游戏找到弟弟赫兰，让他害怕的是，这个游戏也会让人越藏越深。

也许弟弟赫兰就在那些藏起来再不会出来的孩子中，他们在只有自己知道的角落里，静悄悄地长大，或者永远不长大，也不让人找见。

53

捉迷藏游戏很快在拉玛草原上风行，游戏轮番上演，不分昼夜。以前人们白天劳作夜晚睡觉，如今人的躲藏处即是睡觉的黑夜，而寻找的人是没有瞌睡的。被捉住输了一半牛羊的，想在下一局游戏中扳回本，已经赢了一群牛羊的，还想赢更多。

牛羊见主人藏起来，也跟着藏进深山草丛，捉起了迷藏。

刚从半野生状态回到主人身边的牛羊，又很快被主人抛弃或输掉。

洪古尔想要这个游戏停住,已经不可能。

游戏一经开始,就跟他没有关系。

那些孩子哗啦啦聚成一群,很快手心手背分成两拨,一拨齐刷刷背过身,闭眼塞耳,另一拨飞快地藏匿了。

地上的人一群一群在消失。

随着游戏广为传播,拉玛草原上的人,迅速地少了一半,又凭空多出来许多人。

洪古尔在不断消失又出现的人群里,没有看见弟弟赫兰。

54

洪古尔想,赫兰或许已经在回家的路上,我不如回到家等他。

洪古尔撇下捉迷藏的孩子,独自回家。

让他意想不到的是,拉玛草原上已经没有他走的路,所有大路小路上奔跑着四处躲藏的人和四处寻找的人,牛羊的蹄子跟着人的脚,奔波不停。

他一旦随在躲藏的人群里,就得费尽心机严实地藏起自己。

而一旦跟着寻找人的队伍,又被挟裹着满世界地翻找那些藏起来的人。

他无法成为一个不相干的人，也没有单独的一条路让他回家。

洪古尔记得自己是迎着西北风走到拉玛草原的，他要顺着一场西北风回家。

风的路在地上、草尖上，在翻滚的云上。

他在一个念头里飞升起来的能力，早已在拉玛草原上失效。

洪古尔先随找人的队伍顺风跑半日，又在别人不注意时蹲身藏在草丛，待到日落天边，四周安静了，他站起身，从摇动的草尖上辨出风向，从哗哗的草叶声里找到别人不走的路，他脚底踩着风，轻盈地奔跑起来。

没跑几步，身后突然响起一片叫喊声。

我们看见你了，你跑不掉了。

大片的喊声和脚步声追赶而来。洪古尔知道，他们把他当成藏起来的人了。

洪古尔拔腿飞奔，他的影子在后面，长长地拖在地上。

他们先按住他的影子，脚踩在影子的头上，他左右摇头，身体也忽左忽右，让影子左右飘移。

终于挨到太阳落地，他的影子与逐渐昏暗的大地融为一体。他们捉不住他的影子，但仍旧紧盯着他追赶。眼看要追上捉住他了，夜晚突然降临，他藏进一个漆黑的夜里，身后的喊声和脚步声也追到夜里。

55

洪古尔沿着多少年前虫子走过的路，避开多年前蜘蛛结的网，一路奔跑。

身后追赶他的孩子，在一个白天不见了，或许那些寻找者成了躲藏者，游戏在一个早晨翻转过来。

洪古尔知道，他也由一个被寻找者转换为寻找者。

在这一局中，他们没有捉住他，他赢了。遍地牛羊成了他的，但他没工夫去认领。

洪古尔从隐藏处走出来，先前寻找追赶他的人都藏起来了，就藏在周围，耳朵听着他的动静，眼睛从草丛从石头缝看着他的身影，他必须找到捉住他们。

洪古尔不知道他们有多少人，反正是一大群。

找的人只有他一个。

洪古尔在白天一声叠一声地喊叫，看见你们了，捉住你们了。

他把一个人的声音喊叫成一群人的声音。

在夜里他朝东跑一场梦的路程，又朝西跑半场梦的路程，把自己的喊声和脚步声送到黑暗草原的各个方向。

洪古尔在漫天繁星中，找到挂在自己家毡房顶的那颗星星。他的喊叫声朝着那里越传越远，最后消失在群山壁立的拉玛边界。

洪古尔知道，那些人将在越藏越深的白天黑夜里，没人寻找地躲藏下去。

他丢下他们回家了。

衰老

56

洪古尔又来到拉玛边界，那七个山谷里依旧放牧着七种不同颜色的马匹。洪古尔在很久前想用一碗奶茶让他变老的牧羊人毡房旁停住，在远远的草地上，变成小孩的那一对夫妻，正蹲在地上玩搬家家游戏，那是赫兰传给他们的游戏。

洪古尔走过去蹲在他们身旁，看他们把代表家的草叶，一次次地搬到代表马的马粪蛋上，然后赶着代表羊的羊粪蛋，翻过一个个代表山的骆驼粪蛋。他们玩得忘乎所以，根本没觉察到蹲在身边的洪古尔。

洪古尔本想告诉他们，搬家家游戏已经过时，现在拉玛草原人人改玩捉迷藏游戏了。

又想，这两个老人变成的孩子，一旦玩起捉迷藏，肯定玩丢掉，一个找不见另一个。

洪古尔起身走到那座破烂的毡房前，掀开烂成碎片的门帘进去，看见炉灶上的茶壶正冒着热气，好像主人刚刚离开。可是，它的主人已经在喊不回来的童年。

洪古尔突然渴了，他在拉玛的车轮旁没喝过一口奶水。

虽然每天都有敞开衣襟的女子坐在他眼前，洪古尔只是看一眼，长一个乳房的见识，却从不去碰一下。

他怕拉玛女子的奶水会让他长高个子。

一旦他长到车轮高，他们就会杀了他。

饥渴难耐的洪古尔，伸手提起茶壶，给自己沏了一碗奶茶。这次，他的左手没有阻挡右手。

当他端起碗往嘴边递的时候，饥渴使他忘记了一切，没有注意到外面的景色已经万千变化，季节飞速地在毡房四周轮回了百年，他的牙齿也在端起茶碗的瞬间长出来，又在喝下第一口奶茶的瞬间全部脱离，他被门牙落到碗底的响声惊醒，知道自己已经无可挽回地衰老了，老得连一颗牙都没有剩下。

洪古尔呆呆地站在那里，想不清楚自己缘何有了这样的结果。

以前，本巴人人活在二十五岁里，只他一人留在童年。

现在他没有经历半日的年轻时光，直接老掉了。

他张开干瘪的嘴，僵硬地笑了一下，这是他的第一个老年微笑，嘴里空空的没有牙，脑子里也空空的，不知道在笑啥。

而在毡房外，远到天边的草地上，那两个玩搬家家游戏的小孩突然站起来，像从地上捡起一根绳子，一圈一圈盘着走过来，身体越走越大，走成一对大人时，洪古尔看清他们脸上的表情，那是很久前他在这里看见过的。他们得逞了。

洪古尔呆站在毡房门口，想等他们走近了，问问他们是否看见他的弟弟赫兰从这里经过。

但是，恐惧让他连忙拾起一根木棍，迈着老人的步子，踉跄地逃出山谷。

57

进入本巴草原的洪古尔，又看见等候在一座座毡房门口的年轻女子，她们得了阿盖夫人的令，敞开衣襟哺乳打仗归来的洪古尔。

洪古尔掉光牙齿的嘴里依旧饥渴无比。

可是，当他蹒跚着步子走来时，那些女子纷纷掩住衣襟，眼睛往他身后的路上望。

洪古尔知道，她们在望那个没长大的自己。

洪古尔羞愧地扭过头，不让她们认出自己是长老的洪古尔。

他在牛蹄窝汪着的褐黄雨水里，照见自己的面容，横七竖八的皱纹，胡子杂乱花白，已经把那张吃奶孩子的脸完全盖住，再不会有人认出他了。

但他挤在一堆皱纹里的那双眼睛，依旧充满着一个吃奶孩子对乳房的无边饥渴。

58

洪古尔沿着多少年前自己踩在本巴草原的脚印一路回来，沿着多少年前自己一个念头飘过的广袤草原一路回来，闻着他早先贪恋乳房滴落在草尖的丝丝奶香一路回来。

本巴人都惊呆了。

他们看见一个老人迈着踉跄步子走向班布来宫，像个喝醉的人。

本巴人早已忘记人老了是什么样子。

洪古尔左手端着一只铜茶碗，右手提着铜茶壶，碗和壶都锈迹斑斑，仿佛积攒着多少代人的陈年往事。

所有人都不知道他是老掉的洪古尔，都以为是谁的老父亲，从坟墓里爬出来，找自己的儿女了，都远远地看，不敢走近。待看久了又觉得，像是他们中间的谁老了，老得不成样子，老得让人想不起他是谁。

洪古尔听见他们窃窃私语，都在打问老掉的这个人是谁。

他们逐一盘查，坐在班布来宫殿里的十二勇士一个没老，围在四周的七十二宝东一个没老，远近草原上成千上万的牧民家也没有老掉的人,那到底是谁老了?

没有人愿意走到苍老的洪古尔跟前,问一句他是谁。

都害怕这个人的衰老传染给自己。

他们甚至站在看不清洪古尔眼睛的地方,仿佛一个老人的目光,也会让他们染上老。

自从江格尔让本巴人人活在二十五岁,他们便再没见过一个老人。

老被人们遗忘了。

突然出现的老人洪古尔,让他们担心,老从什么地方开始了。

本巴人或许挡不住地要衰老了。

59

洪古尔在班布来宫殿外,能远远看见宫殿大门的草地上停住。他知道,他们不会让一个老人走近宫殿。

洪古尔父亲那一代人,带着自己的老年消失了,没有把衰老传染给这一代。

洪古尔也不想把自己的老传染给别人。

不久前,他还独自在不愿长大的童年。

现在,他只有孤守在自己的老年了。

洪古尔在草滩上，搭起一顶小毡房住下来。

这里临近和布河，河湾里散养着数不清的马匹，都是老马。洪古尔想，我就管护这些老马吧。本巴都是年轻人，年轻人费马，一匹马很快被他们骑乏骑老。解了笼头的老马，在离班布来宫不远的河畔，吃草饮水，不时抬头望宫殿，耳朵里隐隐是曾经驯服过它们，骑着它们四处奔波，最后把它们放归草原的那些人的声音。

这些有岁数的牛马羊，终于看见一个长老的人，来和它们一起过年老的日子。

洪古尔给老马修理蹄子，把寄生在马耳根和大腿内侧的草瘪子拿火烤出来。给马梳理毛发。把散落草地的马毛羊毛捡起来，揉成团，塞进毡房的破洞里。

他用拾来的牛毛，给自己擀了一条毡。

把捡来的骆驼毛捻成线，给自己织了件毛外衣。

他可从来没干过这些活，但也从未忘记，一上手便熟练无比。仿佛他父亲的手艺，母亲的手艺，转眼间传到他手上。

他在自己编织毛衣的手指间看见母亲熟练的手指，在自己修理马蹄子的动作中看见父亲的动作。

同样的劳动让他觉得父母不曾离开。

酒宴

60

班布来宫酒宴的喧闹,时刻传到洪古尔的耳朵里。

在他去拉玛应战的日子里,宫殿里七七四十九天的宴席早已经结束,现在是另一个九九八十一天的盛宴。

洪古尔忘记了自己在拉玛草原上的时间,套在他脖子上的沉重车轮,把那里的每一天都拉长成许多天。

现在他老了,本巴的酒宴还在继续。

他隐约听见这个早晨的酒宴主题是赞颂马的。

洪古尔去拉玛的这些日子,天底下所有的事物,都被这些满脸喜色的勇士们,挨个地赞颂了一遍。

河湾里得了赞颂的马匹,兴奋地跺着前蹄,打着只有马能听懂的响鼻。

一时间,从河湾的草滩,到和布河上游下游,整个本巴草原上的马匹,都受了鼓舞,嘶嘶鸣叫起来。

远在拉玛草原的马匹,也扬起头来,朝着班布来宫的方向眺望。

61

这一日,本巴九九八十一天的盛大宴席正在进行,得了江格尔令的四大管家,快马飞奔跑在通往九十四个部落的遥远牧道上。满载阿尔扎酒的驼队,行走在每一条通向班布来宫的道路上。

江格尔高举镶满九色宝石的铜碗,向众英雄祝福。

他的目光环视全场,看到右手空着的席位时,举起的酒碗又放回桌上,神情也变得忧伤凝重。

策吉知道江格尔又在想念洪古尔和赫兰。

为本巴出征的洪古尔被莽古斯捕住,捆绑在车轮上。去营救他的赫兰也一去不返,没有下落。

但另一方面,放狠话要踢翻班布来宫的哈日王,并没有前来进攻,他的行动像是被阻止了,本巴依旧平安无事,酒宴依旧如期举办。只是,洪古尔和赫兰不知在哪里。

策吉每天都站在班布来宫瞭望塔上,向拉玛遥望。

他只看见小小的洪古尔,每日上午扛着沉重的车轮,随拉玛宫殿迁徙,又在黄昏宫殿搭建好后,拴在比他高大的车轮上。

但他一直没看见赫兰,仿佛赫兰没有来到世上,他降生人间的只是一个远了便看不清的影子。

或者只是一个念头。

对于未出生的孩子,他的一个念头,会像梦一样显形在世上。

而世上人的梦,又仿佛一个封闭的自己依稀熟悉的子宫。

谋士策吉有一天突然看见,拉玛日日转场搬家的队伍停住了,从宫殿到部落毡房,都停住了,不再拆了又建。

谋士的目光,先落在天边一朵云上。那是他们端起酒碗祝赞过的云朵。在那里,一只同样被他们祝赞过的翱翔的雄鹰,接住他的目光朝下望,鹰的目光又被一只咩咩叫的山羊接住,谋士看见了羊眼睛里的拉玛,所有牧民都变成孩子,蹲在地上玩搬家家游戏。

谋士嘴角露出得意的微笑。

赫兰出征前,他问赫兰有什么本领降服莽古斯时,赫兰说他唯一的本事便是玩搬家家游戏。

策吉深信人从母腹带来的本领,会征服所有来自母腹的人。

他原想,赫兰会用搬家家游戏,把拉玛人全搬到本巴草原,做江格尔的牧民。

没想到他把他们全变成了孩子。

谋士把这个喜讯告诉江格尔时,班布来宫一时热闹起来。

大家纷纷提议,趁拉玛人全变成了孩子,我们出征占领拉玛草原。把他们的牛羊全赶回来,让变成小孩的拉玛人给我们做儿子，当孙子。

江格尔显然没有像勇士们那样兴奋。

他看看谋士，又看身边的阿盖夫人。

谋士策吉说，拉玛人在搬家家游戏中回到童年，或有更深远的谋算。

一方面，哈日王希望他部落的人不要走太远，都围在离母腹最近的童年，他好管理。

另一方面，也让拉玛和本巴，拉开至少二十年的路程。

本巴占据青年，拉玛守住童年。

他们有童年里无尽的梦，跟我们的年轻力盛相抗衡。

俗话说，这世界上，最浅的是勇气和冲动，最深的是梦。

我们不清楚他们会做些什么梦，万不可贸然进攻。

阿盖夫人说，他们全变成孩子了谁来养活。

又一天，谋士看见拴在宫殿门口的洪古尔不见了。

谋士的目光，在那片遥远草原的九十九年时光里来回张望。他们端起酒碗祝赞过的事物，都为策吉睁开眼睛，他看到洪古尔小小的身影从所有虫子走的路上、羊和骆驼走的路上、西北风和月光走的路上，消失了。

而这时候，拉玛草原上的人和牛羊，也在一群群地消失，一半的人和牛羊不见了，另一半在寻找。

谋士看了很久，终于看明白，所有拉玛人和牲畜，正在玩捉迷藏游戏。

谋士想，洪古尔和赫兰，也许陷在拉玛的捉迷藏游戏里，出不来。

谋士揉了揉眼睛。

每当他努力想朝不知谁为他设定的、只能看见过去未来九十九年凶吉的限度之外张望时，他总是看见一个模糊的身影坐在这一切的尽头。那是一个孩子的身影。他微眯眼睛，敞亮的额头轮廓清晰，仿佛谋士所能看见的这个世界的光，都来自那里。

谋士不敢细看下去，每次看到这里他都浑身一怵，内心充满恐惧，他不知道这个恐惧的全部含义，只是赶紧收回目光，让自己看见的更少。

62

谋士没有把他最后看见的告诉任何人。他只把洪古尔不见的消息，告诉了江格尔和阿盖夫人。

整个宫殿只有阿盖夫人最关心洪古尔和赫兰的消息，连他们的母亲，都不会每日在策吉面前打问。

也许他们的母亲只是独自担心流泪，洪古尔去打仗了，她便再没有理由每日待在宫殿。

阿盖夫人说，洪古尔一去不返，去营救的赫兰也没有丝毫消息，肯定出事了，各位把酒宴停了，众英雄们一起出击，救回洪古尔和赫兰吧。

大家举起的酒碗在嘴边停住，眼睛看看江格尔，又垂眼看酒碗。

阿盖夫人的美丽容光，再一次把每个碗底的陈年酒垢照亮。

江格尔说，我记得洪古尔是在七七四十九天宴席的第九日出征的，现在我们举办的是另一场九九八十一天的酒宴。

这场酒宴是在三年前那场同等规格的酒宴上定下的。我们早在三年前，就把这一年里的八十一天约定了。

有了这不变的八十一天，其他的日子都围着它转。草原上所有的事也都围着它转。冬羔子、二齿子羊都为它长膘，母马的乳房为它鼓胀，奶桶里的阿尔扎酒为它飘香。

我们还会在这场宴席上，约定三年后的更大酒宴。而明年后年的酒宴，已经在前年去年约定了。

岁月流转，我们约定好的日子不会再改变。

策吉说，江格尔汗说得对，我们约定不变的日子，正是本巴永葆青春的根基。我每次站在宫殿瞭望塔上，朝前后几十年的时间里遥望时，都感到头晕，我们漂泊在时间的汪洋之上，随波逐流，没有方向。但是，我们定下来的这九九八十一天，是汪洋中的岛。别的日子都淹没了，我们举起酒碗守住的时光不会流失。

美男子明彦说，就像我们约定好在二十五岁里，永不离开。勇士们从酒宴出征,打完仗又回到酒宴。这是我们在时间里不散的家。

江格尔端起酒碗说,只要我们守住本巴不变的时间,初心不移,洪古尔和赫兰终会得胜归来。干。

63

阿盖夫人无奈地等勇士们把碗里的酒喝干,然后说,尊敬的汗,你有梦中杀人的本领,何不在今夜的梦里杀了那拉玛汗,救出洪古尔和赫兰。

江格尔说,我在多年前便已关闭了梦。

当我循着月光进入梦之门时,我知道别人也会进来。

我觉察到梦的危险,所以,我在梦中杀死莽古斯,把平安还给本巴草原后,便把梦之门关死了。

我不想再回到那些模糊的梦中去打仗,所有被我杀的人,都知道梦中的死不是真的,苏醒后人还是活的。

他们不把那样的死当回事。

我认真地杀他们,他们不认真地死去。

这便是我最恐惧的。那些不认真地死去的人,把死亡的恐惧全留给了我。

我是你们的汗,任何时候,我都不能有丝毫的恐惧,我的恐惧会传染你们。

当我把所有的恐惧留在梦中，我也失去了在梦中的勇敢和神武。

江格尔看一眼周围勇士，又说，我已经多少年不去梦里。所有梦的出入口都被我堵死。从今往后，我们所有的敌人，都会醒着来，从有名字的山口来，从有道路的草原来，而不会从梦里来。

策吉说，自从江格尔做了汗，所有莽古斯都远逃到江格尔梦不到的地方，他们早已领略过江格尔在梦中杀人的本领。但他们还不知道，江格尔已经没有了梦。

江格尔说，没有梦的人，最容易被别人梦见。

而被别人梦见，是一件最危险的事。

在我们昏睡的黑暗长夜，梦带着人的魂转移到远处。

现在，我的梦做完了，夜里只有别人在做梦。

江格尔顿了顿又说，但愿我不被莽古斯梦见。

阿盖夫人一直看着江格尔，听他说自己的梦。

她知道，这个叫江格尔的男人的梦里，早已经没有了她。

她的美丽容颜，只被江格尔睁眼看见，再不会被他闭眼梦见。

阿盖夫人有一丝的忧伤，又感觉自己的忧伤原本是空的，并不在她心里。

躲藏

64

赫兰被哈日王一脚踢飞,不知飞了多久,跌落在地时,不偏不倚,落在了自己早先留下的一对脚印里。

赫兰在自己的脚印里愣愣地站了半天,感觉这一切像是被谁安排好的。

赫兰沿自己脚印的反方向,一步步前行,这些脚印曾经是走向哥哥洪古尔的,现在,他要沿着它回家。

这天,赫兰经过一片全是孩子的草原,地上的羊粪蛋马粪蛋,都被玩搬家家的人捡光,一粒粒搬运到远处。牛羊也跟到远处。孩子们站在光秃秃的草地上,像在等待走远的牛羊回来,又像在等赫兰走来。

赫兰走到跟前时,立马被他们认出并围了起来。

一个孩子说,好多年前我们还是大人的时候,你教给我们搬家家游戏,我们沉迷其中,把自己玩成了孩子,玩得所有人家里只有代表羊的羊粪蛋和代表马的马粪蛋。

这个游戏我们早已经玩腻。我们想真的在草原上转场搬家。可是，我们都是孩子，谁也没有真的搬一次家的经验和力气。

后来我们学会了另一个游戏，叫捉迷藏。

也是一个孩子教给我们的。他在遍地的孩子中，找他丢失的弟弟。我们不知道他的弟弟是谁，他在每个孩子脸上找他弟弟的脸，有时会在一个孩子脸上看好久，他好像想不起弟弟的长相了。就是他教给我们玩捉迷藏游戏。

他说，地上的人太多了，要有一半人藏起来，另一半人去找。

我们听了他的，纷纷扔掉手中的羊粪蛋马粪蛋。

现在的拉玛草原上，有一半人正藏起来，另一半人在找。

这个游戏把我们从上一个游戏中捞了出来。

65

赫兰从他们的讲述中，隐约觉得教他们玩捉迷藏游戏的那个人，是哥哥洪古尔。

还是在母腹中，他和洪古尔一起玩捉迷藏。他们没有长出身体，只是一颗小小心灵。

赫兰在心里藏一个念头，让洪古尔去找。他在藏起的那个念头前面，设置一个又一个别的念头做隐蔽。

洪古尔常常找错，不知道哪个念头是赫兰想让他找的。

待洪古尔藏起一个想法时，他会在这个想法前面，设置四季变换的山林草原，他让赫兰翻越这些属于外面世界的景色，最后找到自己那颗露珠般的心灵。

有一次，洪古尔说，赫兰你再不会找到我了。

洪古尔藏进一个幽深洞穴，赫兰尾随过去，待快要捉住时，洪古尔突然不见了。

洪古尔躲藏到赫兰去不了也不愿去的人世。

66

孩子们拉住赫兰的手，拽住赫兰的衣服，缠着他一起玩捉迷藏游戏。

所有人都在这个游戏里，所有的路都在这个游戏里。他们说。

我只想回家。赫兰说。

你藏起来，别人找不到你的地方就是家。一个孩子说。

赫兰想起哥哥洪古尔藏起来让他再找不到的地方，竟是这样一个人世，他心里的念头又浮起来。他没吃世上的一粒粮食，也没长出人世的一丝伤心，他只有一个念头，想找到哥哥洪古尔。

你一旦被找到，就输了，对你的惩罚就是别人藏起来你去找。那孩子说。

赫兰正好想藏起自己，就说，我跟你们玩吧。

赫兰想，我要藏回到谁也找不到的母腹。

手心手背。

大家围成一圈齐声喊叫。

所有人的右手伸出来。赫兰看见他们全是手背朝上，只他一个手心朝上。

手背藏起来，手心去找。他们喊。

游戏开始了。

他们让他背过脸，闭住眼睛，用两个小拇指头塞住耳朵眼。

赫兰老老实实照做了，感觉世界突然被隔开，两个小拇指，一直伸到脑海深处，那里有一片莫名的空寂，就要被他触摸到了。

藏好了，要找了。赫兰大声喊着，睁开眼睛。

他们藏在石头后面，藏在草垛和牛粪墙后面，藏在草丛和马肚子下面，赫兰都一一找到。

他们藏在树后面，山后面，草滩那边，赫兰也一一找到。

赫兰在多少年前蚂蚁走过的路上发现他们的踪迹，在多少年前蜘蛛结的网上探知他们的动静。

当赫兰把他们从藏匿之处一个个捉出来时，他们懊丧地垂着头，像被抓住的俘虏一样。

赫兰你赢了，你放眼望见的牛羊，都归你了。

现在该你藏起来，让我们找你。那些孩子说。

67

他们站成一排，脸朝后，眼睛闭住，个个用小拇指塞住耳朵眼。赫兰不知道他们用小拇指塞住耳朵时，脑子里的空寂是否和他一样。

藏好了，开始找了。他们喊。

赫兰藏在碎小的紫苜蓿花朵后面，藏在飞成漆黑一团的蚊群后面，藏在母牛哞哞的叹息声里，藏在青草无边摇曳的影子里，赫兰以为自己藏得足够隐秘。

看见你了，我们看见你了。

他们散开在草原上，嘴对着四野大喊。

赫兰连忙往更远处藏，藏在树后面，山后面，戈壁滩后面。

看见你了，我们看见你了。

那些喊声在远山间回响，在草原戈壁上回荡。

赫兰惊慌失措，往更远的山后面、树林和草原戈壁后面躲藏。

我们看见你了，看见了。

他们的喊声在所有的山谷和草原回荡。

赫兰藏进黑夜。他们的喊声追到夜里。

赫兰往夜深处奔逃，跑着跑着，天亮了，他暴露在另一个白天。

赫兰避开多少年前蚂蚁走过的路，老鼠和蝎子走过的路，飞快地逃过白天，藏进又一个黑夜。

他们的喊声在每个白天和黑夜里回响。

赫兰被追赶得无处躲藏。他在极度惊恐的逃跑中，快要绝望崩溃，都想停下来束手就擒时，突然感觉到那些喊声渐渐地远了，小了，最后一丝声音都听不见。

68

赫兰以为甩开了他们，却又不放心，当他躲过一个个白天和黑夜，他知道，自己已经躲藏到更加隐蔽深远的年月后面。

让他们满世界去找吧。

赫兰这样想时，似乎听见他们远远的喊声。

他猜想，在遥远的山林和草原上，到处是寻找他的孩子，他们喊着他的名字，他的名字在远山近水间久久回响。

只是他已经藏得太深，他们再捉不到他，他也再不会听见他们找他的脚步和喊声。

赫兰惊慌的心跳还是不能完全平息，白天他知道不会有人再找到他，夜晚的梦中却到处是追他的人。每个夜晚他都盼望天亮。以前他总是仓皇逃过白天，躲进黑夜。现在，夜晚成了最可怕的，他一入梦，便暴露了自己，他们追到梦里找见他。

每当他从一个被人追赶的梦中醒来，都会不安地看看四周，心想，梦里大喊着找见了自己的那些人，一定躲在山和树的阴影里，等待在下一个夜晚的梦里捉住他。他害怕那些阴影，一片风中晃动的树影，都让他担惊受怕。

一个黄昏，他在急促的北风中又听见他们追来了。

他们的喊叫声裹在风撕扯树梢的声音里，急促的脚步声藏在风吹响沙土的声音里。他们开始隐蔽地找他，而不像以前那样大喊大叫，这让他更加恐惧。

他们或许在几十年前风刮过的沙土路上发现他的踪迹，在几十年前鸟飞过的树梢上捕捉到他的动静，在盘旋头顶的山鹰眼睛里看见他的身影，在探出洞口的老鼠的眼睛里发现他刚踩过的脚印。

他藏在山后面，他们裹在风声中的脚步声找到山后面。

他往一座一座的山后面躲藏。

当他躲到最后一座山后时，看见了无尽的碧绿草地，他已经翻过整个的阿尔泰山,到达西南边的本巴草原。

赫兰再无处可藏,眼前一望无际的本巴草原,被称为天下最平坦的草原,在马背上放一只装满圣水的宝瓶,打马走过,宝瓶里的水都不会溢出一滴。

他隐约听见他们裹在风声里的脚步声也已经追到这里。

赫兰始终没听见自己的脚步声,他不让自己的脚沾上土,也不踩出一丝脚步声。

69

赫兰突然朝一户牧民家走去,他趴在毡房外的草丛中,看着有一对年轻夫妻的这户人家,男人把羊圈门打开,牛羊在草地吃草的时候,他把地上冒着热气的湿牛粪铲起来,一块块垒成墙,墙在地上垒一圈合拢来的时候,一个牛粪垒的羊圈就完成了。

太阳还有半山高时,头羊领着羊群回家。

赫兰跟在尘土弥漫的羊群后面,沿着几十年前羊蹄踩过的路,几百年前牛蹄和马蹄踩过的路,和逐渐昏暗下来的天色一起,来到牧人的毡房旁。

羊群进圈了,月牙升起来了。

赫兰蹲在门外,听毡房里的夫妻说悄悄话。

女的说，你给我一个孩子吧。

男的说，今晚就有了。

赫兰听见圈里的牛羊一阵欢叫。

然后，夜晚的宁静铺天盖地。

赫兰就在夫妻俩此起彼伏的鼾声里，悄悄摸进毡房，借着照入天窗的一丝星光，看见男女主人面对面挨在一起的脸，似乎他们在梦中也能相互看见。

赫兰轻轻掀开女主人被子的一角，静静地睡在她身边。

70

赫兰往一户一户的牧民家里藏，藏成他们刚出生的孩子，藏成他们走丢很久又找回来的孩子，藏成他们忘了有没有生过的孩子。

赫兰最想藏成他们未出生的孩子。

可是，没有一个母亲愿意再怀他一次。

他在草原上被好几户牧民收养，又被抛弃。因为他一点不长大，让收养他做儿子，指望靠他赡养的人一个个失望。

赫兰在这样的藏匿中逐渐地失去了被找见的恐惧。

他不再东躲西藏，甚至开始等待那些孩子来找到他，希望被他们一把捉住。

可是,赫兰并不知道,那些早已在童年里玩腻的孩子,转过身,朝十八岁二十岁三十岁里走了,草原上所有的游戏成为往事。

整个拉玛草原的捉迷藏游戏里只剩下赫兰一人。

人们把他忘记了。

71

赫兰从最后隐藏的草丛中走出来,依稀听见风声中依旧夹杂着远远的孩子的喊声。

只是那些喊声下面空空的,只有风。

喊出那些声音的人早已经离开。

赫兰想,我得先从捉迷藏游戏里出来,再回家。

赫兰为了救哥哥被迫降生,现在哥哥不知去向,自己不能带着一个身陷其中的游戏回去。

赫兰沿着被他们追赶藏匿的路往回走,他这才发现,往回走的路是多么遥远。

当时他逃跑躲藏时后面有脚步和喊声追赶,他不知疲倦。

现在,他要费劲地从自己曾经藏匿的一处处草丛和树林中走出来,从一座座近山和远山后面走出来,从一个个白天和黑夜中走出来。

赫兰这样走的时候，并不知道自己在远离家乡，他从最后躲藏的本巴草原边沿，又回到层层叠叠的阿尔泰山，回到一望无际的拉玛草原。

赫兰大摇大摆地走在路上，故意地喊出声音，想让那些孩子发现自己。

可是，他沿途看见的都是大人，他们在牧羊，剪羊毛，拆了又建那顶毡房，没人对他这个小孩感兴趣。

赫兰想起自己曾经用搬家家游戏让这一国人全变成小孩，他们这么快又长回到大人。这一切，都是真的吗，还是他脑子里的念头，从来没有落在地上？

出来

72

赫兰又看见他第一次步入拉玛时的景象。远远近近的牧道上,行走着转场搬家的队伍,拉玛停顿已久的转场又动起来。那些被他用搬家家游戏变成孩子的牧羊人,仿佛在他转身回来的瞬间,全都原样地长成大人。

赫兰再次陷入初来拉玛时的困境。

那时他迈着小小的步子,追赶他们。

现在他回来找那些跟他一起玩捉迷藏的孩子。

一个孩子都没有了。

吆喝牲口的声音全是大人的,夹杂在牛羊蹄声里的脚步声全是大人的,地上的脚印也全是大人的。

赫兰孤单地走在转场队伍后面,那些重新长大又开始生活的人们,再不回头看他。

拉玛宫殿的顶圈,依旧架在十二峰白骆驼背上,仿佛一座晃动的白色山峰。

黄昏，巨大的宫殿顶圈从十二峰骆驼背上，移到七十二个勇士的肩膀上。然后又被一百零八位壮士用长杆举起，安置在围成一圈的宫殿支架上。

从牛背马背骆驼背上卸下的一卷卷彩色毛毡，包裹在宫殿四围，各种金银器皿布置在宫殿内。

待一切布置妥当，拉玛最尊贵的王母，抱着出生不久但不愿长大的哈日王，缓步进入宫殿。

过一会儿他们又出来，王母坐在宫殿门口的高椅子上，怀中的哈日王眼睛环视四周。

那些重新长大的士兵和大臣，都又回到各自的岗位，尽职尽责。

赫兰不敢太靠近宫殿，他怕那个一脚踢飞他的哈日王。也不是害怕，赫兰还没长出人间的一丝害怕，他只是不想再让他看见。

可是，赫兰知道，那个哈日王的目光，在他经过的每一片草地每一条道路上。他能感觉到他的目光。

赫兰隐身在一棵草下时，哈日王的眼睛从草尖上掠过。赫兰变成一块石子时，他的目光从石子上扫过。赫兰被他看得无地自容，只好迎向哈日王的目光，他又看见那两只不一样的眼睛，一只依然是孩子的，带着天真好奇，另一只却更加的老到世故。

以前他的两只眼睛从母亲的肚脐轮换着，一眼天真一眼世故地看外面，现在，两只眼睛同时看。

他好像从不抬头看自己的母亲，他懒洋洋地躺在母亲怀里，吃一口奶，扭头看一眼他的臣民和草原。他看过去的地方，所有臣民都低垂头，不敢正视他的目光。

那些被搬家家游戏变成孩子，又在捉迷藏游戏里躲藏，后来不知为何又长大的拉玛人，脸上的表情都像哈日王的眼睛，一半是小孩的活泼天真，一半是大人的世故和僵硬。

73

赫兰要从捉迷藏游戏里出来，就必须有一个还在玩捉迷藏的人，把他找到，一把捉住。

然后，那个捉住他的孩子，会藏起来让赫兰找他。

赫兰也可以不找，待那个孩子藏好了，他悄悄溜掉，扔下他回家。

这样想时，他突然明白，自己在好久好久以前，便被那些孩子扔掉，他们早已不找他了，那些追赶他的脚步和喊叫，只是落荒的风声，捉迷藏游戏早已结束。

一日，赫兰遇见一位面熟的成年人，突然想起来，这便是曾经和自己玩捉迷藏的那个孩子，他长成大人了，但模样却没变。

赫兰喊出他的名字，他答应。

赫兰说，你还记得我吧。我是赫兰。他摇头。

赫兰说，很久很久以前，你像我这么大时，我们一起玩捉迷藏游戏。

那人说，只记得小时候玩过捉迷藏游戏，跟谁玩过忘记了。

赫兰说，你再好好想想，起先你们都是大人，我教你们玩搬家家游戏，那个游戏把你们带回童年。

后来搬家家游戏过时了，你们又玩捉迷藏，我就在那时跟你们玩捉迷藏游戏，你们藏起来让我找，我一个不剩地找到你们。然后我藏起来你们找。你们大声喊我的名字，你们找了好多年，我也藏了好多年。你们在我藏到最深最远处时，却再不找了。

你们结束了捉迷藏游戏。可是，我还在游戏里。

你们得有一个人，回到那个游戏里把我找见，让我从游戏里出来。

赫兰一口气说了这么多。那人呆呆地看他，直摇头。仿佛赫兰在讲一个只有自己知道的梦。

74

驮载拉玛宫殿的驼队，占据了整个牧道。宫殿卸下来安置在草地上时，又占据了整个草原。赫兰没法绕过去，只好随在转场队伍后面。

赫兰想,我从每一个跟我玩过搬家家游戏的人眼前走过,总有人会认出我,喊出我的名字,只要他喊出我的名字,我立马答应,就算被找到,从深藏已久的捉迷藏游戏中出来了。

可是,那些匆忙转场的牧民,眼里只有走动的牛羊。

他们再不像当初他教给他们玩搬家家那时,对一个不认识的孩子充满好奇。

这期间赫兰被一个老牧人收养,做了他的孙子。

老人说,我有七个儿子,正当他们长大,要娶妻生子时,跟着一个叫赫兰的孩子玩搬家家游戏,都玩成了孩童。后来,他们又跟着一个叫洪古尔的孩子玩捉迷藏游戏,七个兄弟玩得七零八落,到现在,还有两个儿子玩丢了没有回来。

老人不知道他收养的小孩,就是曾经用搬家家让拉玛人都变成孩子的赫兰。

赫兰在心里说,我也是在捉迷藏游戏中玩丢的孩子,你把我从那个游戏里找见领出来吧。

赫兰缠着老人玩捉迷藏游戏,赫兰藏在毡房门后面,藏在老人身后,让他找。

老人说,我六十岁时,这个世界跟我玩捉迷藏游戏,它躲藏起来,我什么都看不见也听不见,我变得耳聋眼花。我七十岁时,终于找到这个世界,它就藏在我心里,安安静静的。按游戏规则,该我藏起来,让这个世界来找我了。现在我藏在人生的八十岁里，我不知道谁还会找见我。我的牙齿也跟我玩捉迷藏，一颗一颗地不见了，头发也跟我玩捉迷藏，一根一根地没有了。

75

老牧人张着剩下一颗牙齿的嘴，慢腾腾地说着。他的前一句话在找后一句，前一句在明处，后一句在暗处，被找到的后一句又接着找更暗处的一句。

捉迷藏也是我们哈日王喜欢玩的游戏。老牧人说。

他先藏在母腹，让我们找他。我们不想让母腹中一个看不见的汗统治，说了他许多坏话。后来他出生了，我们都害怕地往自己的梦里躲藏。但是谁也躲不过他的眼睛。

赫兰从老牧人的眼睛里，似乎看见哈日王的眼睛。

那个跟自己一样不愿出生、被迫出生后又不愿长大的汗，他把自己的目光藏在每个人的眼睛里。

老牧人接着说，我们的哈日王真是游戏玩家。一开始他嫌拉玛的大人难管，就让他们在搬家家游戏里都变成孩子。后来嫌他的牧民太多，就用捉迷藏游戏藏起来一半人。再后来又嫌这些孩子干不了事，他用两只不一样的眼睛，在草原上扫一圈，被他那只世故的左眼看见的人，都迅速地长成大人。而被他那只天真的右眼看见的人，都只长身体不长心智。这样他的拉玛人大都长成了儿子娃娃，有男人的强壮身体和小孩的天真头脑。

赫兰摸摸脑袋，想到自己会不会也在哈日王那只世故的左眼睛里，长成大人。

这样想时，他突然意识到哈日王一定也知道他所想的。
赫兰有点害怕，他不知道这个害怕是怎么来的。
他和洪古尔所做的这些，竟然都是哈日王安排好的。
哈日王让拉玛运转在一场场的游戏里。
连本巴也在他的游戏里。

回家

76

赫兰从那时开始回家。他想,世上还有一个人在找我,那是我的母亲。她让我藏在她的子宫,不让世人找到。她又让我来到世上,不被她找到。

她一定每日都在找我,在心里喊我的名字。

还有哥哥洪古尔,他应该回到本巴了吧。他设置了捉迷藏游戏,想通过这个游戏找到我。可是,他让我陷入游戏里没法出来。他却不知道这些都是哈日王安排的。

或许回去找到哥哥洪古尔,他会把我从捉迷藏游戏里捞出来。

赫兰沿着多少年前蚂蚁走过的路,回到本巴。他在本巴草原上,瞬间又获得了飞升的能力,在一个念头里回到母亲生他的毡房旁,所看到的景象让他大吃一惊。

他的母亲端坐在毡房门口,等待哺育的孩子们,从本巴草原的这头排到那头。他们都说自己是赫兰的弟弟,被他用搬家家游戏引到童年,又在洪古尔教他们的捉迷藏游戏中走丢,回不了家,他们都来找赫兰和洪古尔的母亲要奶吃。

赫兰的母亲从这些大人变成的小孩嘴里,听见赫兰和洪古尔的名字,她向他们打问赫兰和洪古尔,所有孩子都往后指。待哺的孩子排了长长的队伍,一个挨一个,她没完没了地哺育这些不知道是谁家的孩子,盼着下一个能奶到自己的孩子。

别的母亲都随长大的孩子走了,只有赫兰的母亲留在这里,她的两个孩子都没长大,大儿子洪古尔一直在哺乳期,小儿子赫兰没吃一口奶便匆忙出征,在本巴草原无尽的白天夜晚里,只有赫兰和洪古尔的母亲乳房鼓胀着等待她哺乳期的孩子。

那些得了阿盖夫人的令,守在路边等候洪古尔的年轻女子,早已等得乳房干瘪,她们在二十五岁里待得太久的青春,已经落满尘土。

赫兰母亲想,当我把天底下的孩子都奶完,就会轮到我的孩子了吧。

她把别人家的孩子搂在怀里,眼睛却看着远处。

那时赫兰就在母亲远望的长长队伍里,低垂着头,不让她看见。

赫兰跟在等待哺育的孩子后面,他排了三天三夜队,眼看要轮到自己了,却突然扭头跑开。

母亲只看见一个孩子扭头跑开的背影,是那么熟悉,她已经干瘪得没有一滴奶水的乳房突然又膨胀起来。

她起身追那孩子,围过来的大群孩子挡住她的路。

赫兰远远看着四处张望的母亲。

他唯一想回去的是母腹。他曾在母腹中听见隔壁的人世是多么热闹，人们忙于打仗，忙于喝酒，忙于做梦。

他孤独地听见人间的喧闹，却从不想降生。

77

有一天，那些讨奶吃的孩子都不见了，仿佛在一个早晨他们全长大走了。

赫兰看见坐在毡房门口的母亲。

那个孤独的母亲，她远望的眼睛里，所有的草木都枯死了，不再摇曳。马死成一架架的骨头，还在奔跑。羊死成一团团羊毛，还在吃草。她想让一切都停住不动，好让她看见自己儿子走动的身影。她让有蹄子和脚的都离开路，让她的两个儿子顺利走来。她让有舌头的都变成哑巴，只剩下她孩子的声音。

这个丢了两个孩子的母亲，已经不管全世界的死活了。

她心里只有自己的儿子。

她不知道她的小儿子赫兰，就在她的眼皮底下。

他千里万里地赶来，就是想回到母腹，而不是她的怀抱。

她更不知道，赫兰认识的是一个包裹着他的母亲，他在她无边的孕育里，整个世界是他的。

他不认识这个长着鼻子眼睛和手臂，能闻到他的气味、能看见他喊出他的名字、能抱他入怀却让他置身在外的母亲。

他出生的那一刻，母亲便已经将他抛弃给外面的世界。

他不认这个有太阳月亮和白天黑夜的世界。

他为了救哥哥洪古尔，降生到被人们认为是天堂的本巴，又奔赴被他们认为是魔域的拉玛。

他用搬家家游戏，把所有大人变成孩子。

但他无法将所有孩子变成婴儿，回到母亲那里。

连他自己，都回不去了。

78

很久以后，赫兰来到班布来宫前的广阔草原上，他在那里被一个老得没牙的牧马人收养，他叫他爷爷。

赫兰不知道他是哥哥洪古尔，但洪古尔一眼认出了弟弟赫兰。赫兰早已在回家的路上忘掉自己的名字，也忘掉哥哥洪古尔的名字，也忘掉本巴的名字，也忘掉他刚出生没吃一口奶就出去打仗这件事，他只记得一起玩捉迷藏游戏的那些孩子，只记得他们让他藏好了，千万别出声，他在那个游戏里藏到今天。

变成老牧人的洪古尔，并不知道弟弟赫兰陷在他设置的那场游戏里。

那时他还是一个不愿长大的孩子，他和弟弟赫兰被拉玛汗一脚踢飞，各自东西。为了从拉玛遍地的孩童中找到弟弟赫兰，洪古尔教会那些孩子玩捉迷藏游戏。现在，他把自己藏到谁也找不到的老年。

洪古尔觉得愧对弟弟，自己没能耐打败莽古斯，反让一直待在母腹不愿出生的弟弟来到世上，没吃一口奶便踏上征程去救他。

当赫兰对着苍老不堪的洪古尔叫爷爷时，洪古尔内心的悲凉无以言表。

他蹲下身，抚着赫兰的小脸说，你叫我哥哥吧，我虽然看上去老得不成样子，但其实岁数也没那么大，当你的哥哥或许正合适。

赫兰说，我在世上只有一个哥哥，他不愿长大，我不愿出生。他不愿长大是不愿舍弃我，每当他依偎在母亲怀里吃奶时，他就在我的隔壁，我们隔着一只圆圆乳房的距离，我听见他吸吮奶水的声音，他故意让我听见。他一定也听见我的心跳。他一个人孤独地来到世上，没有哥哥弟弟，父亲也不在了。

在母腹时我和他，还有数不清的弟弟妹妹在一起，我们玩搬家家游戏，玩捉迷藏游戏。

那时他总是蹲在路口看，我们都不知道他在看什么。

有一天，他离开我们来到世上。

洪古尔背过脸，不让赫兰看见他的眼泪。

他们说我恋乳，不愿长大。说我每吃一口奶，就长一个乳房的见识，却不长半日的岁数。只有弟弟赫兰懂我。当我耳朵贴着母亲胸脯时，我听见未来世的弟弟，我想离他近一些。洪古尔在心里说。

洪古尔自从喝了那对老牧羊人的陈年奶茶，身上便只有牛奶和酽茶的味道，赫兰再也闻不到哥哥独有的吸吮了一千个乳房的芳香气味。但他跟洪古尔天然地亲近，自从认了这个爷爷，便一寸不离。洪古尔更是对弟弟赫兰百般疼爱，将小小的赫兰捧在手上，放在肩膀上，让他坐在自己白发苍苍的头顶上。

赫兰很快习惯了洪古尔对他的好，他把洪古尔躺下时平坦的胸脯当草原，把洪古尔站起时弯曲的脊背当山梁，把洪古尔仰脸眺望的头颅当山峰，他在那里顺着洪古尔的眼睛望去，九色十层的班布来宫殿竖立在眼前。

79

班布来宫殿外的草原上，本巴唯一的老人洪古尔，和年幼的赫兰，住在一顶低矮的旧毡房里。

每天早晨，太阳从班布来宫后面升起时，洪古尔便牵着赫兰的小手，站在破旧的小毡房门口，看被朝霞染得一片金黄的巨大宫殿。看站在宫殿门前，朝远处眺望的阿盖夫人。

在阿盖夫人的后面，稍远一些的毡房旁，站着他们的母亲。

每个早晨，这两个女人都站在那里，朝茫茫草原上望。

那是他和赫兰远去的方向。

洪古尔知道，母亲看不见小小的赫兰，也不认识变得比她还老的儿子洪古尔。

赫兰和洪古尔，都没法走过去，认这个盼儿子回来的母亲。

赫兰一旦认了她，就像吃了外面世界的粮食，喝了外面世界的水，他的身体和心灵，就会长出外面世界的肉和情感来。那样，他便再回不到母腹。

而洪古尔，更是无颜去认依然年轻的母亲，他曾经是她怀抱里不愿长大的孩子，如今却变得比她还老。

如果他去认了这个母亲，他的老会传染给她，她会迅速地变老，变得比洪古尔还要老。

洪古尔希望母亲一直在二十五岁的青春里，盼着她不长大的儿子回来。这样便有了两个洪古尔。一个老态龙钟，住在班布来宫对面的破毡房里。一个永远在离不开乳房的哺乳期，被年轻的母亲日日盼望。

有时，赫兰也能从洪古尔看他的眼神中，感觉到不一样的神情。他觉得这个眼神亲切熟悉，又遥远陌生。

使者

80

班布来宫殿喝酒唱歌的声音时时传到洪古尔的耳朵,他仿佛什么都听不见,宫殿里的热闹对他已经毫无吸引力。

但他仍侧耳去听。

这是江格尔的声音,他在提议今天喝酒的主题,领受赞颂的是风。

在洪古尔的记忆里,他出征时刚刚开始的那场七七四十九天的宴席早已经结束。现在是九九八十一天的宴席。

接着是美男子明彦,唱起本巴对风的赞歌,这歌洪古尔从未听过。

他还坐在江格尔汗右手第一宝座的那些年,天上地下等待赞颂的事物千千万,还没有轮到风。

接下来的敬酒中,东西南北风都被赞颂了一遍。

在勇士们酒气飘香的赞颂声里,外面突然起风了,从八个方向吹来的大风,呼天啸地,把班布来宫殿包裹起来,像要把它捧举到天上。

洪古尔在所有的声音里，唯一想听见的是阿盖夫人的声音。可是没有。

81

不断有勇士从班布来宫殿的酒席上离开，跨马奔过宫殿外的金桥，朝着茫茫草原飞奔而去，他们去找洪古尔和赫兰。

洪古尔看着他们打马远去，多少个白天黑夜后他们空手回来。

也不断有远近地方来下战书的使者，在金桥边下马，高举战书走进班布来宫殿。

这些场面洪古尔见识多了。

战书的内容大多是让江格尔交出牛羊和夫人。

江格尔有一位美若天仙的夫人，全世界的汗都惦记。

他们势力弱小时，便臣服于本巴，隔三岔五地派使臣到班布来宫，给江格尔汗敬献珠宝和赞美诗，借机多看几眼阿盖夫人。然后心满意足地回去，把阿盖夫人的美貌讲述给他们的汗和群臣，又传给百姓。

他们自以为强大时，便派力大无比的壮士，气势汹汹地向本巴下战书，让江格尔把阿盖夫人献给他们的汗当妃子，让江格尔去给他们汗当马夫。

洪古尔身在宫殿那些年，见多了这些来使。

每当遇到敌人挑衅，便有勇士从酒宴上挺身而出，单枪匹马杀入某个遥远地方，把汗的头砍了，提来往酒桌上一扔。

班布来宫殿的北墙上，挂满了有名无名的汗的人头。

进到宫殿的使臣，先被司仪引领，穿过北墙边的观展通道，听司仪一一介绍本巴的强大和杀敌成果。

然后，再将使者引到江格尔汗面前，呈递他们的战书或献赞诗。

好多来下战书的使臣，看过挂了一墙的人头，便立马将战书改成了赞颂诗。

82

赫兰从来不关心这些往来的使臣，他只在宫殿外的草地上，埋头做搬家家游戏。他想用搬家家游戏，把自己从捉迷藏游戏中救出来。

有一天，他赶着羊粪蛋，翻过一座座代表山的骆驼粪蛋，一抬头，看见班布来宫，看见站在宫殿一侧朝远处张望的女人。他依稀记得自己有一个母亲，他在她腹内待了多年，后来因为一件什么事情，她在外面喊他，让他赶紧出生去救一个人，说那个人是他哥哥，然后他就出生了。

他记得母亲抱着他进过这个宫殿。

大殿就像怀了许多孩子的母腹，那些满脸天真的人，像一群大孩子。他们说着打仗的事。说不该让一个刚刚出生的孩子去打仗。又说让他吃一口母亲的奶水再出发。他就在那时抬头看了一眼母亲，后来他就忘记她的模样了。

赫兰抬眼望高大的宫殿，代表羊的羊粪蛋，和代表马的马粪蛋，被它挡住。赫兰坐在草根下，听见宫殿里人们喝酒说话的声音，仿佛他在另一个地方无数次地听到过。

那应该是在温暖母腹。

赫兰又抬头看站在眼前的女人，在她望着远处的泪眼里，赫兰看见了自己。

那是一个母亲眼里的亲生儿子。

但赫兰觉得他不是她的孩子，他没吃她的一口奶，没在她怀里睡一觉，做个梦，没眼睛对眼睛久久地相认过。

他只认识她的子宫，那是他的世界。他在里面时，从未称呼她为母亲。她也从不知道自己的子宫是怎样的一个世界。在那里，她未出世的孩子排着长长的队伍从深远处走来，只有个别的几个，来到世上，成了她的孩子。

她更多的孩子留在身体里，她不知道。

他曾想象那个母腹世界的外貌，是一个美丽女人的样子，他一旦出生，那个女人就成了他母亲。

而里面的世界，在他吸吮第一口母乳的瞬间，会被遗忘干净。

他没吃半口奶水，他还清晰地记得那个世界，记得回去的路。

赫兰也想尝试着去认这个母亲，每次他静悄悄地走近她时，都身不由己地变小了，小到母亲看不见他的样子。

他不想走到她怀抱，做她世间的孩子。

赫兰想在搬家家游戏里，让自己变得更小。

小成一颗露珠，在一个早晨滴落在母亲脚背上，他冰凉的脚步走过母亲温暖的肌肤。细成一粒尘土，在母亲的一声轻微叹息里回到她的身体。轻成一缕月光，在她熟睡的夜晚悄然潜入她的身体。

83

一天，赫兰从搬家家游戏里抬起头，对洪古尔说，你跟我玩捉迷藏游戏吧，你藏起来，我找。

洪古尔说，我已经藏在谁也找不到的老年。你看，我的脸藏在秋草一样的胡须里，眼睛藏在山岭一样的皱纹里，我的名字藏在只有自己知道的心里。

赫兰说，那我藏起来，你找。

洪古尔说，赫兰，你在只有我知道的幼年里，还要往哪里藏？

洪古尔右手牵住赫兰小小的手，又用左手托起赫兰，抱在臂弯里。

洪古尔这样抱住赫兰时，突然意识到自己的左手，也已经追上早先长大的右手。

赫兰在洪古尔怀里,突然流起了泪。

他用手指将自己的泪珠一颗一颗捉住,放在手心。他没吃世上的一口粮,却流出了人世的眼泪,这让他有点难过。他意识到难过也是不该有的。

赫兰把自己被那群捉迷藏的孩子捉弄的事,一五一十说给洪古尔。

洪古尔没法告诉赫兰,这个游戏是他为了找到弟弟,而教给那些拉玛的孩子的,他不知道弟弟赫兰会深陷在这个游戏里,走不出来。

洪古尔说,我看见你的那一刻,便已经找见你了。那个游戏早已结束,你已经不在里面。

赫兰说,我每晚的梦里,那些孩子都喊叫着找我,我四处躲藏。

我在白天知道游戏结束了,所有玩游戏的孩子都长大走了。我夜晚的梦不知道这些。我没办法把游戏结束的消息,告诉我的梦。它成了我一个人的梦中游戏。

洪古尔抚摸着赫兰的额头说,我从来不去分清楚梦与醒,不管眼睛睁开看见的是真,还是眼睛闭住梦见的是真。

这次被哈日王绑在车辆上,我才知道,多少年来我在一个念头里,一次次地奔赴拉玛杀敌,原来都是梦。

那时我坐在班布来宫殿江格尔右手第一的位置上,勇士们商讨国家大事,谈论过往战事和眼前危机时,我睡着了,去了他们不知道的远处，我在那里独自打仗，把一场一场只有自己知道的仗打完。

我从来不去想它是真是假。

可是，那个拉玛汗告诉我，我每次在梦中侵入拉玛草原，杀死拉玛勇士，都被他看见。

那个不愿出生的汗，他的一只眼睛在梦里，看见我们睡着做的梦，一只清醒地看着我们醒来做的梦。

洪古尔这些话是在心里说的。

他在心里说这些话时，依然不能确定自己是在醒来的白天，还是，梦里的白天。

洪古尔把赫兰紧紧地搂在臂弯里，他意识到，这个因为他来到世上的弟弟，也在一个无法自己醒来的梦里。

84

赫兰仍在不断地长小，当他小到只剩下一个说话的声音时，洪古尔已经觉不到他的存在。洪古尔的手朝四周摸索，想拉住赫兰的小手，想把他放在手掌托起来，像以前那样。可是，他的手指碰到的是草尖、风中飘过的树叶。有时他想，赫兰已经回去了，回到他要去的母腹。

有时他又分明听见赫兰喊哥哥，他没吃一口奶水的微弱声音，淹没在拼命叫唤的虫鸣声中。

洪古尔不知道，在赫兰小到只剩一粒透亮的露水大时，他认出了已经衰老的哥哥洪古尔。他看着他无法挽回地一日日衰老下去。本巴人人活在二十五岁的青春，只有他一个人在往老年的深坑里掉。

赫兰心想，当哥哥洪古尔老得没有呼吸时，他会把吃的奶水全还给世上，只剩一颗露水般透亮的心灵。

那时候，他们面对面，什么都不说，什么都明白。

85

年老的洪古尔每日在毡房外的火炉上煮一壶奶茶，自己却从来不喝，只是看着它冒热气，烧干了又加水续奶。

有时，洪古尔会对着过往行人远远地喊一声，请他们过来喝碗奶茶。

从来没有人走到他的毡房门口，端起那碗茶。所有人都知道那碗奶茶熬了多少年，茶壶和碗上的陈垢，积攒了一个地方的老，人碰一下便会立马老去。

洪古尔每日看见母亲，站在班布来宫门口的一侧，朝远处望。她每天从自己家毡房走到班布来宫门口。她的两个孩子都是从宫殿门口远去的，她只有站在这里等。

有一刻，洪古尔试图走近一点，想看清母亲的面容，看清他在她怀里时，从来没有认真仔细地看过的她的脸庞和眼睛。那时候，他躺在母亲怀里，眼睛看着别的女人的怀抱。吸吮母亲奶水时，心里想着别的女人奶水的味道。

现在，那个怀抱里空空的。

一个母亲空空的怀抱里，满是失落与悲伤。

洪古尔连走近看一眼她的机会都没有了。一旦他试图走近班布来宫，他的衰老会把所有人吓住。多少年来他能安稳地在仅能看见宫殿的和布河边住下来，享受他们远远的礼敬，正是因为他从来没有朝宫殿走近半步。他把自己的老，停留在不会吓人的距离。

阿盖夫人的身影也会每日出现在宫殿门口，她跟洪古尔的母亲一样，久久地朝远处眺望。

每当这时，洪古尔都会背过脸去，他怕自己苍老的脸被阿盖夫人看见，又怕自己看见阿盖夫人的脸，把老传染给这个天下最美的人儿。

那时他在母亲怀里，想得最多的是他从未挨近过的阿盖夫人的怀抱。现在，他想起自己幼年时的渴望，胸腔里依旧有一颗少年的心在怦怦直跳。

洪古尔在草丛中寻找赫兰，他喊赫兰的名字，所有的虫子应声鸣叫。赫兰从来不答应洪古尔，他藏在那里要让洪古尔找到,见洪古尔确实找不到他,便自己走出来。

洪古尔把赫兰捧在手心,高高地托起来,让他看九色十层的班布来宫殿,看宫殿门口一侧站立的女人。

洪古尔说,那是你的母亲,你顺着蚂蚁走过的草根下的路回去,顺着蜻蜓飞过的草尖上的路回去,她的两个儿子,一个叫洪古尔,已经再无法回到她身边。只有你能回去。

赫兰没有告诉洪古尔,他早已无数次地走近母亲又离开,她鼓胀的乳房在等一个回来吃奶的孩子,她望穿秋水的眼睛在等一个拥抱入怀的孩子。可是,母亲所有的期待都不是赫兰想要的,赫兰只想做一个被母亲怀在心里的孩子。

86

又有使者飞马奔至班布来宫外,马拴在金桥旁的石柱上,大声喊出自己部落和汗的名字,让江格尔汗接他们的战书。

本巴少儿英雄洪古尔被刚出生的哈日王一脚踢飞、不知所终的消息,早已传遍远近草原。这之前,洪古尔在一个念头里杀死远方敌人的传言,早已在天底下有草的地方生根。

以前,外敌不敢轻易冒犯本巴,是因为本巴人都活在二十五岁的强壮青春。但那些遥远地方,也有一茬茬的人长到年轻气盛的岁数。年轻人不服年轻人。本巴永不长老的年轻人,疲于应付着那些知道自己会长老,所以要趁年轻闯出一世英名的青年人。他们一次次地莽撞而来，把本巴永不停息的酒宴扰乱。

但是，本巴一直不长大的洪古尔，却让他们心悸。

人们害怕年轻人的鲁莽做法，却更恐惧小孩童的奇怪想法。

在那个靠一个念头便可翻山越岭到达远地的年纪，洪古尔的英名，传遍有雄鹰飞翔的所有草原，他成了本巴的保护神。

如今洪古尔不在了。

失去洪古尔的本巴，已经没人害怕。

洪古尔看着手持战书的使者，趾高气扬地走进宫殿。

之后的场景他再熟悉不过，来使当着江格尔和各位英雄的面，宣读战书，让江格尔把本巴财富的一半，分给他们。让美艳四方的阿盖夫人，去给其汗当妃子。

使者宣读完战书，猛喝几碗酒，然后迅速离去，把那些勇士的愤怒留在班布来宫殿里。

这时候，便会有勇士跳起来，说要单枪匹马，去灭了这个地方。在勇士们争吵着要领命出征的时候，洪古尔一个念头已经到达远处，在下战书的使者还在回返复命的路上，其汗的头已被洪古尔砍了。

87

这日，洪古尔又看见西边草原上有一干人马飞奔而来。

洪古尔左手提壶右手端碗迎了过去。在本巴，只有最尊贵的使者，才能享受在距宫殿七里远处被迎接的待遇。

来下战书的使者，看到自己享受到本巴的最高礼遇，都兴奋不已。加之长途跋涉，口渴难耐，端起洪古尔递给的奶茶便喝。

洪古尔的一壶奶茶，很快被一干使者喝光。

他们端起那只能遮住眼睛的大茶碗时，丝毫没有注意到季节已经急速地流转，改换了多少天日。

洪古尔用一壶奶茶，让那些来自遥远地方的使者，全变得老态龙钟，手中的战书，也在喝下奶茶的瞬间，腐烂成碎片。

这些走遍天下的使者，惊恐地看见自己一瞬间走到了老年，都大张着嘴，不知该如何用老得没牙的嘴，说出一句话。

他们围住洪古尔，个个目光痴呆，手和脚都不知道如何挪动。

洪古尔想，我就一壶奶茶，一顶破毡房，可养活不了这些老人。

洪古尔叫来赫兰，让他教苍老的使者玩搬家家游戏，这些做梦般到了老年的使者，个个惊慌失措，手里给一个羊粪蛋，都牢牢握住。给一棵草叶，都紧紧抓住。

赫兰说，羊粪蛋是羊，马粪蛋是马，草叶是搭起又拆散的家。

他们全听话地滚着羊粪蛋马粪蛋，一路翻山越岭，玩耍着朝自己的地方走去，走成谁也不认识谁的孩子。

一批批的使者被洪古尔用这种方式打发回去。

那些遥远地方的汗，看见派去的使者，许久后变成孩子回来。他们滚着羊粪蛋马粪蛋，一路传授搬家家游戏，待走到宫殿，所在地方的半数人都变成玩游戏的孩子。

再没有哪个部落敢往本巴派遣使者。

班布来宫的酒宴依旧在延续。除了谋士策吉，没人知道本巴的周围早已危机四伏。那些从遥远天边扬起的尘土，每日都在逼近班布来宫，又总在接近宫殿时烟消云散。策吉心里知道，这些危机是被洪古尔和赫兰一一解除的。

洪古尔依旧每天烧一壶奶茶，耐心等待。他一直担心的拉玛，从未有使者来下战书。自从他和赫兰逃离拉玛草原，那个地方便没有了消息。

尽管不时有勇士从班布来宫殿的酒宴上起身，自告奋勇去找寻洪古尔和赫兰。许久后他们打马回来时，却没带回洪古尔和赫兰的消息，也没带回有关拉玛的一丝消息，仿佛那个地方睡着了。

洪古尔知道，只有那个在母亲怀抱的哈日王，清楚他和赫兰此刻在哪里，在做什么。

他的目光比谋士策吉看得更远。

他不一样的两只眼睛，一只看见清醒，一只看见睡梦。

第 三 章

做　梦

捉迷藏游戏早结束了，

搬家家游戏也结束了，

现在，

草原上玩起了更大的做梦梦游戏。

乌仲汗

88

一夜，江格尔梦见父亲乌仲汗正从酣睡中醒来，他斜躺在一处阴面山坡上，两条腿上拴着比腿还粗的大铁链，两只胳膊也被比胳膊粗的铁链拴在大石头上。

他醒来先动了动腿，铁链的哗啦声把住在七个山谷的人和牲畜都惊醒了。

以前他在梦中动腿，铁链的响声也在遥远的梦中，不会传到醒来的人耳朵里。

现在他开始苏醒了，铁链的响声也跟着一起醒来。

他又动了动胳膊想站起来，胳膊和大石头紧拴在一起，他必须连石头一起抱起来。

他凭着半睡半醒、在梦中才有的无穷力气，一次次抱着石头站起来，朝远处望，累了又把石头放下。

开始他能很轻松地抱起石头，然后轻轻放下。后来，他的意识从梦中逐渐往醒来转移，胳膊也在失去梦中的力气，在真实地用劲。那石头也随他从梦中醒来，变得死沉死沉。他费的力气越来越大，石头重重砸在地上的声音，把深埋土中的树根和骨头都惊动了。

在这个梦里，江格尔的眼睛仿佛在草尖的露珠上，在花瓣、树洞、开裂的石头上，在天上的鹰、土里的虫子身上。他举杯赞颂过的一切，都为他睁开眼睛。

他看见一个全景的世界。

不像他在白天，看见了前面便看不见后面，看见左边便看不见右边。他在梦里同时看见父亲乌仲汗的前胸和后背。

当父亲抱着石头，朝远处张望时，他既在父亲远望的目光里，又在父亲看不见的背后，随着他的目光一起在望。

江格尔想起多少年前，他在梦中追杀莽古斯时，也是这样，既看见山的这边，也同时看见隐藏着敌人的山那边。他既看见莽古斯匆忙逃跑的后背，又同时看见他们担惊受怕的脸和前胸。这样的感觉让他无所不在，仿佛自己在万物中，睁开眼睛。

江格尔不敢直视父亲的目光。他知道父亲望去的方向，正是自己做梦的班布来宫。仿佛父亲在儿子的梦中，看见了儿子在做梦。他既在梦里被儿子梦见，又在梦外，看见自己被梦见。

89

江格尔把这个梦说给谋士策吉。谋士沉思良久,然后说,汗你又开始做梦了,一旦你的梦之门被打开,便没有什么是你看不见的。

江格尔说,当年我从追杀莽古斯的梦中退出时,便发誓永远不再做这样的梦。可是,不知为什么,昨夜我竟然又做梦了。

策吉说,我的汗,昨晚不是你做梦了,是你父亲乌仲汗先梦见了你,然后让你在他的梦中做梦,看见他正在背阴的山坡上,抱着石头醒来。

他老人家为什么要做这个梦,他想告诉我什么?江格尔说。

策吉说,你很久不去梦里,你父亲着急了。他抱起石头砸地,以此来唤醒你。那石头的声音已经传到了梦外,把赛尔山下吃草的牛羊都惊动了。

江格尔说,谋士你早知道这些了。

策吉说,虽然你我都在不会衰老的二十五岁,但我是在四十五岁里,听你的召唤,退回到二十五岁。我比你年长。我父亲也比你父亲年长。我和我父亲知道的,比你和你父亲要多一些。

90

江格尔和策吉走出班布来宫殿，天上闲散地堆着几朵白云，与地上的白毡房遥相对应，仿佛它们彼此是对方的影子。从这里可以看见赛尔山下，闪着水光的和布河，河边成片的马群，和一顶破旧毡房。

江格尔和策吉都知道那里住着本巴唯一的老人，但都没过去看个究竟。

策吉说，当年，拉玛人集结草原上最有力气的年轻勇士打来时，我父亲让我浑身涂满牛粪，爬到赛尔山顶上，坐成一块黑石头。他想让我看见正在发生的一切。有朝一日把这些告诉你。

那时你和洪古尔刚刚出生。我们的父亲们，早早让自己昏然入梦。整个本巴草原上，唯一醒着的洪古尔，被莽古斯拴在车轮旁。

而你，被洪古尔的父亲藏在山洞。

那个山洞就在我坐成一块黑石头的山峰下方。

你在那里做了无数的梦。

江格尔看着策吉的眼睛，知道这双能看见过去未来九十九年凶吉的谋士，也一定能看见他做的梦。

江格尔说，是你把我做的梦说给各位勇士，说给草原上每一只听话的耳朵，所有人都知道我在梦中消灭了莽古斯。

策吉说，当时拉玛人突然袭来，又很快败退，人们都不知道是怎么回事。很多人都说他们在梦中追杀莽古斯，当我说出江格尔汗在梦中杀敌后，他们都不说了。

一个地方，只需要一个人做梦，其他人去信他的梦。

若都做梦，便无人做地上的事了。

91

策吉接着说，你的父亲乌仲汗早已预知到危机，当他一天天步入老年，远处草原上更年轻的人们已经长出无穷的力气。

他清醒地喝完每一场约定好的酒宴，然后，把无尽的睡梦留给以后不测的日子。

他知道用一睡方休了结天底下最麻烦的事情。

那些攻入本巴草原的莽古斯，看见遍地是酣睡的人，无论怎样折磨都唤不醒。

他们在酣睡的人中找到你父亲乌仲汗。这位昔日征战南北称霸一方的汗，静卧在青草丛中，打着均匀的鼾，面带从梦中渗出的一丝得意微笑。

莽古斯把睡着的乌仲汗和勇士们用铁链拴住，但无法拴住他们的梦。他们早已把牛羊女人和金银财宝转移到梦中，把挡风遮雨的毡房转移到梦中，让草木授粉的昆虫飞到梦中，也把子孙后代安置到梦中。只剩下一坨坨牛粪和满地滚动的羊粪蛋。

　　莽古斯不杀没车轮高的孩子，也不杀睡着做梦的人。

　　他们相信人做梦时跟神在一起，是不能伤害的。

　　人一醒来，就不神了，你砍断他的腿，他便走不了路，剜了眼睛，便看不见东西。杀死他，便什么都没有了。

　　莽古斯用尽各种办法都不能让乌仲汗醒来。

　　他们把他扔到冰雪翻天的老风口，他便做一个春暖花开的梦。把他扔到日头毒烈的沙漠中，他便做一个凉风习习的梦。他开始梦见这些晃动在身边的莽古斯，每天每夜地做着跟莽古斯的生活一模一样的梦，他梦见他们的早晨下午，梦见他们白天做的事和夜里做的梦。

　　莽古斯中能看见人做梦的巫师，每天盯着乌仲汗的梦，看了十天十夜，害怕了。

　　巫师给汗说，这个乌仲汗每天做的梦，跟我们过的生活一模一样，开始我以为，我们每天的动静传进他耳朵，所以做了这样的梦，后来我知道不是，哪怕我们的生活没有任何响动，他的梦也跟我们正在过的生活一模一样。

　　巫师停顿一下又说，最可怕的是，在乌仲汗的梦里，他变成了汗，他的部下变成了我们这些大臣。他指挥着看似是您的部队，在屠杀本巴人，而实际上，被屠杀的竟然是被他偷换的我们自己。只有喝大了才能做出这样颠倒的梦。他在梦里把我们的生活置换掉了。我们的胜利成了他的，我们对本巴草原的征服成了他对我们拉玛草原的征服。

巫师说，我每天站在那里，左眼看他的梦，右眼看我们正过的生活，我仿佛看见一个事物和他的水中倒影，我不知道哪个是真的。我们正在过的生活，只是他的梦，他梦见我们奔波千里，侵占本巴草原，梦见我们抢夺牛羊财物，梦见我们把他用铁链拴起来，一切都是他的梦，自从我们进入本巴草原，便进入了他的梦。我们所做的一切，都在他梦中。而梦中的我们，早已被他颠倒成他们。他用我们的手抢夺我们，借我们的刀屠杀我们，拿我们的铁链拴住的却是汗您。

92

巫师的话，让侵占了本巴草原的拉玛汗恐惧无比。那时的拉玛汗叫哈哈日王，是哈日王的父亲。

最后，他们把所有酣睡的本巴勇士绑在牛背上，牛尾巴点着火，让牛驮着他们疯跑，一直跑到再也梦不见他们的地方。

就这样，拉玛人看着曳着火光的牛群越跑越远，再也看不见，他们也策马往相反的方向跑，一直跑到他们会看梦的巫师，再也看不见乌仲汗的梦。

他们相信一旦跑出乌仲汗的梦，梦里的一切便随之失效，铁链也原回到乌仲汗身上，被乌仲汗颠倒的梦便会复原回去。

拉玛人以为安全了。

可是，另一个做梦者出现了，他是藏在山洞的你，江格尔汗。

你父亲乌仲汗把莽古斯做入自己的梦中，就像把牛羊赶进圈。而你，在你父亲的梦中追杀莽古斯。那些被你父亲的梦圈起来的莽古斯，怎么也跑不出你的追击。

你带着母腹里未完全醒来的梦，几乎无人能敌。

可是，天无绝人之路。那些莽古斯，也学会了在你的梦中做梦，你杀死他们的瞬间，他们立马做一个让自己活过来的梦。

93

策吉看着脸上毫无表情的江格尔，他似乎对这些早已知悉，却又愿意听他继续说下去。

策吉说，莽古斯被赶走了，本巴草原恢复了平安。你父亲却没有回来。他领着跟他一起长老的那一辈人，一天天地远离了我们。

但他一直在用梦和你联系。

梦是先人和我们唯一的联系。

你刚出生父亲便被莽古斯掳去，他用梦对付强敌，也用梦来养活你，他在梦中教你说话，教你打仗和做梦。

他所有的梦为你而做。

而你多年不做梦,他找不到你。

江格尔说,我从未中断和父亲的联系。有时我看自己,就像在看他。父亲活在我的身体里。他所经历的我都在经历。我坐在他坐过的王位上,感觉自己坐在他怀里。我一岁岁活成他的样子。我看人看近处远处的眼神是他的,微笑和皱眉是他的,说话和咳嗽的声音是他的。

直到我在二十五岁停住。

我知道自己再不会活成老年的父亲。

这也正是他所希望的。我为了不再活成他年老的样子而关闭了梦。

可是,昨晚我在梦中看见铁链拴住的父亲时,我竟愧疚得不敢直视他。

我们在二十五岁里集聚了能搬动大山的力气,却从没想过去救他老人家。

策吉说,尊敬的汗,你的父亲早已得救。

那些先辈们,都有借梦逃生的本领。

他们年轻时贪图醒来拥有的世界,老眼昏花时,懂得用不会醒来的梦,去占有世界。

如今我们周围全是他们的梦,包括我们,也在他们早已做成的梦里。

江格尔说，很久以前，我在梦中听他喊我，我不敢答应，怕那个苍老的声音会把我喊向老年。

现在我不怕了。我想听见他老人家说话。我想走到他身边，打开拴住他的铁链。

策吉说，汗，你千万不可有这种想法。当你想到老时，老便在走来的路上。

这个世界原本是你的一个想法。

当年你经受父亲的年老被辱，有了永远活在二十五岁青春的想法。到现在，我们全活在你的想法里。如果你动摇了当初的念头，守住二十五岁青春的时间之坝便会溃败，那时候，衰老会像秋风吹黄所有草木一样，吹老我们。

江格尔看着策吉，看着自己永远二十五岁的身体，心中喃喃地说，我真的想过一天自己的老年了。

他这样想时，父亲衰老的身体浮现在脑海，仿佛那是另一个自己，也在朝年轻的他张望。

迁徙

94

入夜，江格尔又做梦了。

梦中本巴全部人马和牛羊，集合在班布来宫殿外的草原上。骑在银鬃马上的江格尔汗，身披纯银盔甲，目光环顾四周，所有的人，还有牛羊都迎着他的目光。

多少年来，人们第一次看见江格尔汗披挂出征。

以往他们只是听说江格尔在出生前的梦中消灭莽古斯，谁都没有亲眼看见汗出征打仗。

天低垂在头顶，分不清是白天还是夜晚。天上没有太阳，也没有月亮和星星。每个人的面孔都被自己闪烁的目光照亮。而所有人的目光，把江格尔汗的盔甲和战马照得一片通亮。

江格尔大声说，我召集你们，是因为我的父亲乌仲汗，还有我们所有人的父辈，都被莽古斯用铁链囚禁在孤苦伶仃的老年。现在，我要带领你们前去营救。

江格尔说完，人群鸦雀无声。多数人已经想不起自己曾经有过父亲。他们在二十五岁里待得太久，早已忘记自己是谁的儿子。

这样沉默了许久。只听一个牧民说，尊敬的汗，我虽想不起父亲的名字了，却知道我住的毡房是父亲留下的，草场是父亲留下的，草场上的牛羊是父亲留下的牛羊下的崽。待救回父亲后，所有这些，都要归还给父亲吗？

身边一位勇士接着说，我的汗，您的汗位也是父亲乌仲汗留下的，您救回了老汗王，他在班布来宫中坐哪？您又坐哪？

江格尔被问住了，不知如何回答，左右看，没见谋士策吉。往常这个时候都是谋士出来解围，他怎么不在身边。

人群陷入长时间的沉默。

这时阿盖夫人探出身来，她美若明月的脸庞，将所有人的眼睛照亮。

阿盖说，汗，您的父亲远在人生尽头的老年，而我们活在二十五岁，我们须在老去的路上，才能和他相见。您要把我们带向老年吗？

阿盖见江格尔没有作答，又说，您在梦中看见父亲被铁链拴在孤独的老年，但从您父亲那里看，我们也都被铁链拴在二十五岁的青年。只是我们看不见拴住自己的铁链，也不知道需要谁来解救。

阿盖的话又让大家陷入长久的沉默。

天变得更暗了。

江格尔好似没听见这些。或许听见了但无须去想。他目光远眺，从远处不断涌来的人马，让草原变成望不到尽头的黑压压一片。

江格尔知道他的部落全到齐了。

他举剑直指前方。

队伍无声地出发了。没有马蹄声，没有马嘶和人声，也没有空气被带动的风声，仿佛这场浩大出征的声音在别处。

草原尽头是黑色的山岭，或许不是山岭，只是巨大的黑云堆在天边。

95

转过一个湾，天突然变了，仿佛到了另一个世界，寒风带着狂雪呼啸而来，江格尔的耳朵里瞬间灌满了所有声音，风刮过脸庞的声音，眉毛胡子被冻住的声音，马蹄和人脚踩进深雪艰难挪动的声音，羊喊羊人唤人的声音，铺天盖地。

骤然响起的声音让江格尔心惊，以往他从未在梦中听见过这么多的声音，他发觉自己的梦被改变了。刚才他们出行时还正值盛夏，都穿着单衣。现在一下到了冬天。

他极力想回到那个天气暖和的夏夜，回到营救父亲的路上。可是，脑子被谁扭了一下，转了一个弯，前面的念头全忘了，心里瞬间装满了另一个念头。这个念头像是一直在心里，这一刻突然蹿出来。

眼前依然是模糊的黑夜，但江格尔知道自己已经是另一个江格尔，他目光坚定，正带领全体族人，在寒风暴雪中，回一个遥远的地方。

那地方深藏在他心中，被层层黑夜掩盖，现在清楚敞亮了，那是他们的故乡。

营救父亲的队伍转眼成了奔赴故乡的队伍。

茫茫雪原上，迁徙的队伍看不到尽头，四周是围追堵截的莽古斯，不断有人和牲畜冻死，或被莽古斯抢掠截杀。

江格尔惊醒过来，浑身疲惫。

96

一连几个晚上，江格尔都陷在这个梦里，他带领部族在回一个很久前的故乡，大家被一个共同的目标所激励，勇往直前，毫不畏惧。

可是，醒来后他又觉得那是件荒唐的事。他想不起来那个梦里要回去的故乡在哪。整个白天他为夜晚的梦懊恼，晚上又不由自主做起同样的梦。

江格尔把这个梦说给策吉。

策吉说，汗，你把整个本巴都带进你的梦里了。

江格尔说，这也正是我最担心的，本巴人白天由我统领，夜晚又全跟着我到了梦里。一旦我不能左右自己的梦，便危险了。现在的情况是，我的梦像是被谁控制了。

江格尔没说他在梦中去营救父亲乌仲汗，然后梦被中途改变的事。他看着低头沉思的谋士，知道自己做的所有梦，都瞒不住他。

策吉说，我看你和勇士们都疲惫不堪，我在宫殿瞭望塔上，看见本巴草原上到处是疲乏无力的人，原来是汗带着所有人在梦中耗尽了力气。

江格尔说，看来谋士已经知道我所做的梦，也知道谁施的梦了。

策吉说，只有给我们下过战书的哈日王，能做这样大的梦。他下战书时还在母腹，如今已经出生。他先梦见了你，又让你在他的梦中做梦。这是你父亲乌仲汗才有的本领。

江格尔说，我也能在别人的梦中做梦，可是，这个梦太强大，他捕到我深藏心中的想法，让我心甘情愿把这个梦做到底。我该如何破了这个我愿意一直做下去的梦呢。

97

阿盖夫人也感到极度的累。她坐在哈欠连天的江格尔身边，看见大家个个疲乏得直不起腰。

阿盖问在座的勇士没睡好觉吗，都说睡得昏天暗地。问做梦了吗，说做了一夜梦，但想不起来什么梦，只是醒来后浑身疲乏，腰酸腿疼。

阿盖夫人说，你们最会做梦的江格尔汗，如今被莽古斯控制了梦，他夜夜做同样的梦，带着所有本巴人和牛羊，在回一个梦里知道去哪，醒来便想不起来在哪的遥远故乡。哪位勇士去破了这个莽古斯的梦？

策吉说，勇士们都把力气耗尽在江格尔的梦里，连端起眼前酒碗的劲都没有了。

江格尔无奈地看着众勇士，又看向右手空了很久的座椅。

策吉说，若是洪古尔的弟弟赫兰在就好了，他和那个哈日王都是刚出生的孩子，都带着母腹里没做完的梦，也都不把我们的世界当真，只有他俩是对手。论做梦，我们大人是做不过孩子的。

阿盖夫人说，既然没人去对付这个施梦者，各位可否在今夜的梦中劝说江格尔汗，不要再跟着他做这场无谓的迁徙？

美男子明彦说，在江格尔汗的梦里我们只是影子，并不会自己想事。

旗手尚胡尔说，即使我们在梦里会想事，也不会违背江格尔汗的命令，梦里梦外，我们都听从汗的指使。

98

阿盖夫人站在班布来宫殿门口，她远望的目光落在一位老人花白的头顶和微驼的脊背上，那老者总是背对着她，目光望着她所望的远方。

多少年了，老人一直在班布来宫殿外的草地上，放牧着那些被勇士们骑乏淘汰的老马。他是本巴唯一的老人，他一个人过着所有人的老年。

进出宫殿的勇士们，没有一个不尊敬他，见了远远给他鞠躬，却从不走近去喝一碗他的茶，都知道他熬了多少年的那壶奶茶，喝一口就会地老天荒。

洪古尔也感到阿盖夫人的目光，正掠过他蓬乱的白发。他知道，阿盖夫人又在遥望没有回来的洪古尔和赫兰。她应该知道他和赫兰早已经不在那里。可她依旧每日朝远方眺望。

洪古尔一动不动地站着。

接着他听见她走下台阶、走到草地上的脚步声，那声音响在他幼年时的耳朵里，那时他的耳朵只寻着一个声音，只为她转动，她的一丝呼吸、轻若落叶的脚步、腰间银坠的碎响、绣裙和衣袖的摆动，都在他竖起的耳朵里。

洪古尔心慌地听着她的脚步越走越近。他不敢转身，怕一转身，会和阿盖夫人的目光相遇，他只是僵直地站在那里，任凭阿盖夫人的目光掠过他的发梢。他能感觉到这缕目光的温暖了。

这时，脚步声停住了。只听阿盖夫人轻声地说，若是洪古尔在，江格尔汗和他的勇士们便有救了。

洪古尔浑身血液涌腾。阿盖夫人的话不长不短，正好在他的耳根停住，仿佛是嘴对着他耳根说的，但又离得那么远。洪古尔的耳朵发烫，下意识地扭了扭头，让烧红的耳朵对着阿盖夫人。

只听阿盖说，洪古尔啊，我知道你能听见我说话，不管隔千里万里，你都会听见我说话。你的江格尔汗又有难了，他夜夜梦见自己带着本巴人在寒冬里迁徙，他把我也带进他的梦里，全本巴人都在他的梦里耗尽了力气。

洪古尔啊，那个施梦给江格尔汗的莽古斯，就是拉玛的哈日王。若是你在，一定能打败他。可是你在哪里呢。

听着阿盖夫人轻柔的声音，洪古尔布满皱纹的脸上，突然淌下两行泪水，头也微微地点了三下。

99

洪古尔对赫兰说，我要去趟拉玛，你在这里守着，等我回来。

赫兰说，我也要跟你去，他们把我丢在捉迷藏游戏里，我要让他们找见我。

洪古尔说，捉迷藏游戏早结束了，搬家家游戏也结束了，现在，草原上玩起了更大的做梦梦游戏。拉玛那个在母亲怀抱中的哈日王，把我们的江格尔汗和本巴人，全做进他的梦里，由他摆布。现在，只有我们一老一小不在他的梦里。我要去打破他的梦。

赫兰说，我从母腹带了两个游戏来救哥哥洪古尔，搬家家游戏已经用过了，另一个就是做梦梦游戏，还没派上用处呢。

洪古尔说，那我带你一起去。

赫兰说，哥哥你老了走不了那么远的路。让我在一个念头里去趟拉玛吧，这是我在世上要做的最后一件事，做完了，我便回去。

洪古尔惊愕地看着叫自己哥哥的赫兰。

赫兰说，我早知道你是哥哥洪古尔。我在你看我的昏花眼神中认出你小时候的明亮眼神，从你老态龙钟的脚步中认出你幼年的步子，从你跟我说话的粗哑声音中，认出我在母腹听见的你的清脆童音。

我还从你心疼可怜我的神情中，看见我在世间的可怜样子。

赫兰话未说完，人已经不见。

洪古尔望着西边茫茫草原，知道赫兰已经到达那里。当洪古尔还是一个不愿长大的孩子时，经常在一个念头里到达草原尽头的天际。

现在，他哪都去不了。他陷在自己满脸的皱纹里，却还是被弟弟赫兰认了出来。

做梦

100

拉玛草原铺天盖地的转场队伍,又出现在赫兰眼前时,就像一个曾经的梦。那些行走在飞扬尘土里的人和牛羊,没醒来似的,神情恍惚地移动着脚步。天色也灰暗,像被用旧的一个破烂白天,又拿过来罩在今天的草原上。

赫兰想起上次在拉玛草原经过的那些白天,也都灰土土的一模一样。这让他相信,拉玛只有一个白天和一个夜晚,来回地轮转着。

那些人和牛羊,好像也都知道日子是旧的,牧道和草场是旧的,自己也是老样子,都没有表情,麻木地移动着步子。

赫兰跟在他们后面,没一个人回头望他。走在前面,也没一只眼睛睁开看他。

那些人和牛羊的眼睛里,灰灰地返着陈旧年月的光。

赫兰走到一个骑马牧民面前,马和人都眯着眼睛。

赫兰喊,呔,你的羊群跑远了。

马眨了眨眼。人没反应。

赫兰知道这个人的神已不在这里。

他也学牧人的样子眯住眼睛，在一个念头里进入他的梦。

这个大白天做梦的人叫贾登。

101

贾登羡慕邻居阔登的力气比自己大，妻子比自己的年轻漂亮，牛羊也比自家多，便和阔登玩起做梦梦游戏。

他先在夜里梦见阔登，成了自己家雇用的牧人，阔登放牧的牛羊便成了他的，年轻美丽的妻子也成了他的佣人。

阔登白天放牧着自己的三百只羊，夜里这些羊成了贾登家的，妻子也成了贾登的。

而这个阔登，因为被贾登做进了梦里，所以没有了自己的梦。

有时阔登在贾登的梦里，看见自己的妻子在伺候着贾登，觉得这样不对，但他没法改变，因为这个梦是贾登做的，不是他的。

阔登从不知道自己夜夜被贾登做进梦里。

自从把阔登做进梦里，贾登见了阔登，便再不羡慕他的牛羊，而是高扬起头。

阔登不知道，贾登已经用夜晚的梦，改变了白天的生活。

在贾登眼里，白天属于阔登的一切，晚上的梦里都是他贾登的。白天和黑夜一样长，他在梦里拥有这些牛羊的时间，跟阔登醒来拥有的时间一样多。

他还经常在梦里宰吃阔登的羊，偶尔给阔登送一只羊腿，让阔登对他充满感激。而这个阔登，虽然养了一大群羊，却从来不舍得宰一只吃，他的愿望是拥有更多的羊。他也不知道贾登在梦里宰吃他的羊。

贾登白天也做梦，因为他的牛羊少，白天要干的事便少，便有更多时间把别人的牛羊做到自己梦里。

赫兰还发现，这个贾登，在另一个牧民巴登的梦里。

巴登先梦见贾登，让贾登在梦里为自己做梦，梦见阔登。这样贾登做的梦便成了巴登的。

贾登不知道，他在夜夜的梦里为巴登高兴，他脸上的微笑是巴登的，心里的幸福也是巴登的。

102

赫兰串门一样，走进一个个牧民的梦，那些牧民骑在马上，马驮着主人和他的梦，马也半梦半醒。

无数的梦像一个个巨大气泡，悬浮在半空。

每个梦都封闭得严严实实。

梦与梦之间没有门，没有窗。但赫兰能轻易进入。

这些又空又饥饿的梦，彼此孤立又相互吞噬，力气大的吃掉力气小的。在只被梦看见的荒野中，堆积着梦的累累废墟。

赫兰从一个个梦里出来，仰头看见笼罩四野的灰旧天空，知道这是哈日王的梦。整个拉玛人，在他布置的一个单调白天和一个枯燥黑夜里，玩做梦梦游戏。

这是草原上千百年来最隐秘的游戏，它先靠搬家家游戏把人的心灵变小，再靠捉迷藏游戏把人分成梦和醒两种状态，让人的醒去寻找自己的睡，醒在前，睡在后，前脚跟后脚，后脚又变前脚，在周而复始的白天黑夜里相互找寻。

有时候醒找不到睡了，她藏在无边的清醒里。

有一刻醒消失了，剩下无尽的睡。

在无尽的睡中，人去别人的梦里续命，把别人的生活做成自己的梦。

在拉玛草原，从汗、大臣到牧民，人人在做梦。

死去的人活在别人梦里。活着的人，也在自己和别人梦里。

赫兰还是母腹中一团模糊的梦时，他看见自己长出眼睛，以前以后多少年的生活铺展在眼前。长出耳朵，从生到死的所有声音一时间响起来。长出嘴，却再也说不出那时的样子。

直到有一天，母亲在外面喊。

他知道自己该醒来了，却坠入另一重梦中。

103

拉玛宫殿的驼队走在最前面,踩起的漫天尘土朝后飘,仿佛尘土也是一层梦,覆盖在长长的转场队伍头顶。

王母抱着哈日王端坐在高高的白骆驼背上。往后飘的尘土,没有一粒落在他身上。

哈日王睁开的右眼看着转场中的牛羊,眯着的左眼扫过所有大臣和牧民的梦。他对那些梦中把别人家牲畜据为己有、把别人的女人占为己有的贪婪者早已漠然。人们沉迷于梦,必是梦中可以随意占有。

他还没看见梦中替换了他当上汗的人,这让他心安的同时,也多少有点失望。他的牧民一遍遍地做着这些俗常的满足欲望的梦,没有一个人做出异乎寻常的梦来,让他看着兴奋。

他想,可惜他们看不见他们的汗做的梦,他做了一个又一个异想天开的大梦,却只有自己看见。

刚从搬家家和捉迷藏游戏出来的拉玛人,此时又深陷在做梦梦游戏中。一群一群的羊在人的梦中更换了主人。羊也在做梦,梦里羊群驱赶着牧人,在辽阔草原上迁徙。羊使唤人修羊圈、给羊割草喂料清理羊粪。在羊眯着的眼睛里,牧人成了羊的牲畜。

哈日王对羊的梦也早已漠然。羊吃了草,自会生出羊多余的想法。

现在，这群做梦的人和牛羊，倏忽间已经把天走黑。

104

哈日王带着童音的隆隆鼾声，贴着地皮响过来，仿佛是催人入睡的命令，百里千里的月光下，人、牛羊和草木，都在他的鼾声里沉沉入睡。

赫兰也不由闭住眼睛，拉长呼吸。

他一次次睁开眼睛，却又无法挣脱那个鼾声的控制，它有一种将人拉入睡梦的力量。

赫兰就在那个鼾声里，进入到哈日王的梦中。

眼前的场面让他吃惊，数十万人和数百万牛羊，行走在冰天雪地的茫茫草原，刺骨的北风夹带大雪，吹向一群缓慢移动的脊背。看不清人的脸，那些瘦得皮包骨头的牛马羊和人，全脸朝前，身后是倒毙的累累尸体。

走在队伍最前面的江格尔汗，高扬起头，直视前方。

所有人和牲畜都紧跟他的脚步，目光直视着汗眼中那唯一的什么都看不见的前方。

在绵延百里的迁徙队伍的左右和后方，不断有一队队的莽古斯在追杀、掠夺。让赫兰惊奇的是，整个迁徙队伍对发生在身旁的屠杀和掠夺视而不见。父亲被杀了，儿子的眼睛直视前方。儿子被杀了，母亲和女儿的脚步迈过尸体继续前行。一个部落被杀了，牛羊被掠夺走，另一个部落的人马羊踏着尸体走向前方。

赫兰不忍看下去。他在一个念头里走到江格尔面前。赫兰说，我是你派去救洪古尔的赫兰。汗你被别人做进梦里了，我来喊醒你。

赫兰说，你再不醒来，本巴的人和牲畜，会全死在你一个人的梦里。

江格尔根本听不见他说话，或是听见了但不知道他在说什么。

旁边的十二勇士还有阿盖夫人，都眼睛直视茫茫雪原。

赫兰知道，这些梦中死去的人和牛羊，尽管醒来后还会活过来，但梦中不知疲倦的跋涉，却会变成极度的劳累，加在醒来的人身上。

梦不会白操劳。

105

赫兰无法喊醒江格尔汗，只好跟随队伍前行。他感觉自己瞬间成了他们中的一员，不由得扬起头，眼睛盯着前方，脚步紧跟江格尔汗。

当他这样不管不顾地奋力前行时，突然意识到自己早已在这个队伍里，已经长大成人，埋头走在人群中，迈着他幼年时走习惯的步子。

他下意识朝两边看，那些风雪中挪动的身体个个都像是已经长大的他，却都不是。

赫兰不敢想下去，他倏地脱身出来，高远地站在这场梦的外面，看着茫茫雪原上迁徙的人群。

他们像在一个巨大的搬家家游戏里，迁向看不见尽头的远方。又像在一场捉迷藏游戏里仓皇逃跑，躲藏。

把这两个游戏组合起来的，正是哈日王的做梦梦游戏。

这场梦里的江格尔汗，怀着巨大的热情和决心，带领全族向东跋涉。他们在二十五岁里用不完的劲，终于遇上一件可干的大事情。他们永远停在二十五岁的青春，不惧怕道路遥远艰辛。

每前行一步，都有人和牲畜在死去，却没有一个人回头。

他们心里只有那个要回去的故乡。

106

这时赫兰看见黑夜的边沿了，一线微弱亮光在地平线上逐渐清晰起来。天色依旧灰蒙蒙，地上挪动着人影，仿佛人们从夜晚的梦中直接走到白天，连眼睛都没有闭一下眨一下。

牛羊踩起的尘土是昨天的，牧人和牛羊是昨天的。

赫兰也觉得又回到昨天。

他在这群永远到不了明天的转场队伍中，想到好久前他曾用搬家家游戏，让这些人都变成了孩子。又在一场捉迷藏游戏里迷失自己。他不确定这些是不是真的，或许仅仅是一个念头里发生的事情。他在世上也只有一个念头的力气。

现在，他要在一个念头里，跟哈日王玩一场做梦梦游戏。

赫兰用盘旋天空的鹰的眼睛，清数完拉玛草原上长着四个蹄子的牲畜头数。用老鼠和蚂蚱的眼睛，数清长着两条腿的人数。一天很快过去了，待晚霞满天时，他在宫殿外的大石头上，坐成一块不起眼的小石头。

天渐渐暗下来。

辽阔平坦的拉玛草原上，白色宫殿的巨大影子，铺展成汗的铁青色夜晚。牛羊纷乱的影子伸长成牛羊的夜晚。酥油草和蚂蚱的影子长大成各自的夜晚。

远处地平线的影子覆盖过来时，所有影子都加厚一层。

人的梦也有一层影子。

牛羊的叫声和四处张望的目光也有一层影子。

赫兰没吃世上的一粒粮，没长出一寸影子。

他没有影子的矮小身体，站在拖着长长影子的那些事物后面。

当他收集了所有影子,他想,我该去哈日王的梦里了。

107

还是昨晚他看见的那场暴风雪,还是那片茫茫雪原,还是围猎在四周的莽古斯,一切都没有变。只是,江格尔的迁徙队伍只剩下单薄的一群,稀稀拉拉地蹒跚在雪地上。

赫兰挨近浑身结冰仍在艰难前行的江格尔。

他在母腹时听见满世界都是这个人的名声,人们念着江格尔的名字,说着他在梦中打仗的事。

现在,这个最会做梦的人,被别人做进了梦里,在替别人完成一场徒劳的迁徙。

这个梦里江格尔的意志不是自己的。他在白天知道自己夜里为别人做梦,带领全族在奔一个乌有之乡。但他在梦中并不知道这些,甚至不知道还有醒来这回事。

赫兰用黄昏时采集的影子,覆盖住江格尔眼前的雪原。

然后,把他白天清数过的拉玛的牛羊,全变成江格尔的。

把他清数过的拉玛的牧民,都变成本巴的。

江格尔的队伍瞬间壮大起来,四周追杀他们的莽古斯的身影被淹没了。那些倒毙的牧人和牛羊,都齐刷刷站起来。加入到前行的队伍。

走在最前头的江格尔汗，眼睛依然直视前方，他从不回头，只从身后踏踏的脚步声和蹄声，判断自己的队伍是否跟了上来，还有多少人马。

今夜，他的耳朵里陡然增加的脚步声和蹄声，让他的目光，更加坚定地望向远方。

真实

108

这个早晨,赫兰站在了王母怀中的哈日王面前。他的牧民和牛羊刚刚醒来,个个疲惫得没有睁眼睛的力气。

他们把劲都耗费在昨夜的梦中了。

哈日王用左眼看着赫兰说,我知道你去了我的梦里。

赫兰说,我还知道这个白天也是你做的梦。

哈日王说,你上次来,还不知道自己在别人的梦里。

赫兰说,我也来自母腹,怎会不知外面世界是一个梦。

哈日王说,你既然知道是一个梦,又何必太认真。

赫兰说,我看你用单调乏味的长途转场,敷衍遍地的牧人和牛羊,不舍得给他们的白天安置一个明亮的太阳,也不让他们有半刻清醒。我看你原地重复着这单调的一日,我就想,我要更加认真地把世上短暂的日子过好。

哈日王说,你不用为我的牧民操心,他们需要太阳,会自己梦见,不需要,挂在头顶也会遗忘。

赫兰看着跟自己一样停在幼年不长的哈日王，他说的每句话都像梦呓。

在他还是母腹的一团梦时，父亲托梦给他，让他接管这个隐约听见声音的外面世界。拉玛草原上醒着的人，都听从他的安排。他的每一句梦话，都被大臣们认真落实，变成拉玛一日日的真实生活。

他被迫出生后，也没把这个外面的世界当真，他借用一场一场的游戏，将拉玛人把玩在手中，也把本巴和江格尔汗把玩在手中。

109

哈日王依旧用左眼看着赫兰，他的右眼照管着昨晚的梦。

哈日王说，我等你来，就是要让你看见我的梦。

你们本巴能看见过去未来九十九年凶吉的谋士，或许看不见我的梦。你的江格尔汗虽知道自己深陷梦中，却不知道这场梦要告诉他什么。

赫兰说，你在每夜的梦中，让一半本巴人和牲畜死去。你在白天无法战胜本巴，便想在梦里把他们全部消灭。

哈日王说，事情远不是你想的这样简单。我本来是跟江格尔玩做梦梦游戏。当年他在梦中杀死我的父亲哈哈日王后，我便一直想在梦中报复他。

可是，他关闭了自己的梦。

他在白天做了一个人人活在二十五岁青春美梦，让本巴人生活其中，永不衰老。

但我相信他还会在夜里做梦。

我布好一个大梦等着，只要他一做梦，我便能逮住他。

就在不久前，他终于又做梦了。

他梦见了被铁链拴住的父亲乌仲汗。

梦是他和父亲唯一的联系。

他消失已久的父亲，也一直在梦中等待江格尔。

那个梦让他对年老受虐的父亲产生了怜悯，他想救出父亲的愿望促使他做了一个梦，他在梦中集合起全体本巴人。这个梦正是我为他设置的圈套。我想让他在营救父亲的梦里，带着所有的本巴人一起老去。

我在途中设置了一座又一座的高山，每一座山都够他们翻越一年，他们每翻过一座山，头发会花白一片，直到翻过最后一座高山，江格尔被铁链拴在山坡的父亲，会看见跟自己一样苍老的儿子，带着全部白发苍苍的本巴人来到眼前。

梦里的老将会传染到梦外。

本巴人会在醒来后的白天迅速老去。

那时候，刚刚从搬家家游戏中回来，又在捉迷藏游戏中长大的拉玛人，已经积聚了无穷的力气。

本巴将再次被我们征服。

它被我父亲打败一次，又要被我打败一次。

我父亲用铁链，把江格尔的父亲拴在孤独的老年，就是要让不敢老去的江格尔，有一天梦见衰老，继而跟父亲一样老得骨头变薄。

这是我们给本巴人安排好的结局。

我眼见江格尔集合起全族，浩浩荡荡地走上我为他们设置好的路。

可是，这个梦被改变了。

它变成了你现在看见的样子，他们没有走向衰老的父亲，而是拐了一个弯，冒着风雪走向很久前的故乡。

赫兰说，但我并没看出这个被改变的梦有什么好，他们没有在梦中变老，却在梦中死去。

昨夜我用母腹带来的做梦梦本领，把你的所有人马也做进这个梦里，他们全成了江格尔的。

哈日王说，这些都不重要了。不管拉玛人还是本巴人，都是做梦的材料，是影子。他们因梦而生，也将随梦而逝。

我想让你知道的，是更重要的事。

哈日王那只右眼也转回来，一起看向赫兰。

他接着说，起初，我以为是江格尔发现我设置的前一个梦，而做了后一个梦摆脱我的控制。

但我很快知道这个梦不是江格尔的。也不是我的。

因为它太真实了。

我们做梦的人都知道梦是无声的，不能把声音做进梦里，那样会把梦吵醒。

可是这个梦里所有声音都在，人和牛羊踩在雪地的声音，人的喘息，前呼后应的喊叫，以及风声，都在。

还有，梦中的江格尔和本巴人是那样的执着认真，我看见他们眼睛中真实存在的遥远草原上的故乡。

而我们只认母腹为故乡。

昨晚，你把我的拉玛人和牛羊也做进这个梦里时，梦被撑大，更多的真实展露出来。

我越来越相信，在我所经历的一切中，只有这场梦中的迁徙是真的，它在真实地消耗着人畜的生命和体力。

我在吹着他们的寒风中感到了从未有过的寒冷。

我在那里看见了真正的死亡。

每个人每头牛羊，都真实地在死去和活着。

110

哈日王的话让赫兰一时愣住，他在那个梦里也感受到了极度的寒冷，那种把浑身的皮肤吹凉，变冷，继而渗透到骨头里，把心都冻硬的寒冷。

他第一次觉知到人世的寒冷原来是这样的。

他伸手摸一个牧人的脸，他的眼睛冻硬了，闭不住。目光冻僵在眼睛里，收不回去。呼吸和心跳冻成冰。

他的手摸见了真实的寒冷和死亡。

赫兰想，如果那个梦里的寒冷是真实的，这个不冷不热的早晨一定是假的。

如果梦里的那些人是真实的，自己和哈日王，以及远在本巴的江格尔汗和十二勇士，便都是假的。

这么说，自己也是假的了。

赫兰不敢想下去，他只想再回到梦里，再伸手摸见冰冷。

他没喝世上的一口水，也没有世间的一丝冷暖。

他昨晚摸见的冰冷却留在手指上。他想把它还回去。

他还想知道，他和哈日王都醒来后，梦中的江格尔和他的人马都去了哪里，是否还在不知死活地跋涉。

他还想再看看，这个被哈日王认为是真实的梦里，有没有一个叫赫兰的自己。

如果有，他在做什么。

若那个梦是真的，此刻他看见的这个白天，这些转场的牧人和牛羊，以及看出了这个真实之梦的哈日王，还有知道了这一切的自己，又在谁的梦里。

赫兰想着，便不住地回头看，他的头又伸进那场凛冽寒风中。

111

灰白色的冰冷雪原上，迁徙的队伍停住了。天上没有月亮，也没有星星，只有冰雪泛着寒冷的光，模糊地照见躺了一地的人和牲畜。

所有的人脸被雪埋住。寒风呼啸地吹刮着雪地。

赫兰跟在寒风后面，自己也变成了风。他吹开一张脸，是冻僵的，吹开一大片人脸，都是冻僵的。

赫兰的嘴也在冻硬，手指的冰凉传到体内，那里有一颗紧张跳动的心，他第一次感觉到。他双臂抱紧自己，生怕这个感觉会跑掉。又赶紧松开手臂，害怕这个感觉留在心里。

赫兰知道这个梦中的世界到了夜晚。

他想找见江格尔，找见阿盖夫人。

如果这个梦中的江格尔和阿盖夫人是真的，那个在本巴草原的宫殿里做梦的江格尔便是真正的梦中人了，还有班布来宫殿里每一场的酒宴，都是梦中无休的喧哗。

他想跟真的江格尔说句话，听听他的声音，和他在母腹听见的是否一样。

他移动脚步，听见自己脚踩在雪地的声音，嚓嚓地响，传到很远处又返回来。他第一次听见自己的脚步声。他在捉迷藏游戏中被人追赶奔跑时，都没踩出一丝声音。

现在，他的脚踩出声音了。

他抬起一只脚，害怕地不敢落下。他不能把脚步声留在世上，更不能带回到母腹。

还有他浑身的寒冷。他原想要把它还回到梦里，寒冷却更真实地包裹住他。

112

这时赫兰看见远远的一星火光，一驾支起的牛车下面，几个大人围坐在一个孩子身边，中间的牛粪火堆被风吹得忽暗忽明。

赫兰不觉间已经坐在他们中间。他只有一个念想的身体，谁也觉不出身边多了一个人。

被围在中间的那孩子双手叉腰，摇头耸肩地诵唱着一个长长的故事，那故事中有江格尔，有洪古尔和众多英雄。有一场一场的战争，连接起这些熟悉的名字。

赫兰眯住眼睛倾听。

那孩子用诗歌说唱出的本巴世界，竟跟他在母腹听见的一模一样，也跟他降生后所经历的一模一样。

他讲江格尔在梦中消灭莽古斯，讲本巴草原的温暖夜晚，女人们在阿盖夫人如月的美丽容光中穿针引线，讲能预知过去未来九十九年凶吉的谋士策吉。

赫兰学其他人的样子伸手烤火，又用烤热的双手，捂冰冷的耳朵。热和冰的感觉都让他既惊喜又惊恐。

他隐约知道自己也在这个故事里。

当那孩子讲到洪古尔出征,被莽古斯逮住拴在车轮上时,赫兰想,马上该讲到自己了,他似乎怕那个故事里的自己突然冒出来。这样想时,就听那孩子说,赫兰为救哥哥洪古尔,自母腹带来搬家家游戏。

赫兰惊得一抬头,见那个讲故事的孩子竟是自己。

他大张着嘴。似乎那孩子将要讲下去的故事,也在他嘴里,就要被说出来。

那孩子也看见了他,两双一模一样的眼睛,惊异地相看着。

眼前的世界,轰然消失了。

113

清醒过来时,赫兰正坐在很久前坐过的那块大石头上。

他几度尝试着再进入那个梦,可是,他找不到那个梦了,也找不到哈日工的宫殿,转场的牛羊也从眼前消失了。牧道和草原空空的,像什么都没有过。

赫兰不知道哈日王又要作什么怪。他肯定不会善罢甘休。

一群花脸蛇围在他身旁。赫兰也不害怕,觉得心里早知道要发生眼前的事。

花脸母蛇吐着红色芯子说，我从几年前蛇走过的路上探知你到来的动静，你们人有一句话，不走的路也要走三遍。

花脸公蛇说，你上次经过这里时，答应救了哥哥洪古尔，吃一口奶，长出人世的肉来，就让我们吃了你。

花脸母蛇说，我把你的许诺讲给刚刚出生的小蛇。

花脸公蛇说，你却用搬家家游戏，把我们变小，回到互不认识的童年。

花脸母蛇说，也怪姻缘未尽。多少年后，我们俩又在草丛相逢，成了夫妻，然后才想起我们在前世里刚刚生了一窝小蛇，便撇下它们玩起游戏。

花脸公蛇说，我们找到这块石头时，看见我俩前世生的那窝小蛇，依旧小小的盘成一堆。

问它们怎么还没长大。

小蛇说，你许诺有一个叫赫兰的孩子，等他吃一口奶水，长出点人世的肉来，就让我们吃他。

我们一直等着赫兰的肉，也等着丢下我们自顾自地玩游戏中的父母。

花脸母蛇说，赫兰你该兑现自己的承诺了，也好让我们给孩子有个交代。

花脸公蛇说，不管你愿不愿意我们都会吃了你。

赫兰说，我会兑现自己的承诺。一件事有头便会有尾。那时你们为了自己的孩子要吃了我，我说，待我救了哥哥，长一点人世的肉，你们再吃我不迟。可现在，我非但没长一点人世的肉，反而小得只有一个说话的声音了。

花脸母蛇说，不管你是什么我们都要吃了你。

赫兰说，那你们吃吧。我只剩下了声音，我说一句，你们吃一口，待我把所有话说完，你们就把我吃掉了。

一群花脸蛇嘴对着赫兰说话的地方。

赫兰说话时，那里有一个声音，不说话时，便什么都看不见。

赫兰说，我开始说话了。

花脸蛇说，你说吧。

赫兰在石头上坐定，双手叉腰，扬起头。

当阿尔泰山还是小土丘，和布河还是小溪流时，时间还有足够的时间让万物长大。江格尔就在那时候长到二十五岁，本巴所有人约好在二十五岁里相聚。

赫兰一张口，便说出一章长长的诗。

他一句接一句说唱时，清楚地知道这是他在母腹的完整记忆，也是昨晚梦中那个自己所讲述。他一口气从江格尔降生，讲到洪古尔出征，讲到他营救洪古尔，讲到搬家家、捉迷藏和做梦梦游戏，讲到哈日王给他说那场梦是真的时，他突然意识到这个故事快要讲完了，他下意识地停住。

他停住时，那群花脸蛇扭动的躯体随之停住，四周刚刚消失又浮现的转场的牛羊和牧人停住，骆驼背上晃动的白色宫殿停住，天空飞翔的鹰和百灵鸟停住，他看见这一切的眼睛也呆滞地停住。

似乎他再不往下讲，这个世界便永远地停在这一刻了。

齐

114

江格尔从昨夜开始不再做梦。

他看见自己的睡眠,和笼罩草原的夜一样长,一样宽,也一样漆黑。

那个梦因何不见了,江格尔并不知道。

白天他在宫殿暖洋洋的宝座上,腿关节依旧冷飕飕地疼痛,似乎那里有一场没刮走的寒风。

他用手去搓,想把里面的寒冷驱走。

当他摸到自己冰冷的双腿时,意识到他的腿还在梦中的风雪中,没有走出来。那里的大雪还在纷纷飘落,人畜还在每时每刻地死亡,只是不再被他梦见。

他又回到之前漫长无梦的夜晚。父亲乌仲汗在这样的黑夜靠梦找见他。他本来是去救父亲,梦中却踏上他从不知道的回乡之路。那个故乡一直藏在黑暗里,像他被铁链拴住的父亲,等候被儿子梦见。

115

今天是本巴九九八十一天酒宴的最后一天，酒宴的主题是梦。

作为汗国颂祺的美男子明彦，首先祝贺江格尔汗从那个长途迁徙的寒梦中摆脱出来，然后低吟起本巴对梦的祝赞歌。

那歌词取自人的梦呓，一句跟一句隔得很远，但用同样来自梦中的低缓曲调唱出时，所有做过梦的人都听得入迷。

仿佛人们是梦丢失的孩子，在被她找寻。

仿佛梦是遗忘的故乡，在召唤人回去。

江格尔端起酒碗，看看右手空了很久的座位，想着没有回来的洪古尔和赫兰，腿关节的疼痛又冷飕飕地袭来。

江格尔说，这碗酒，敬给刚刚过去的那个梦，愿它不再袭扰我们。

一碗酒下肚，前夜的梦又浮现在眼前。

江格尔说，我在那个梦里明明知道有一处要回去的故乡，醒来后却全然不知。难道我们世代生存的本巴草原竟是异乡，或是梦中真有一处要回去的故乡。

江格尔看着众勇士，又看谋士策吉。

策吉说，我们在梦里时，醒是随时回来的家乡。

而在醒来时,梦是遥远模糊的故乡。

我们在无尽的睡着醒来里,都在回乡。

江格尔沉默了许久,说,那个梦中的故乡,果真是真的吗?

策吉看江格尔,又看各位勇士。然后缓缓地说,汗,不光你梦中要回去的故乡是真的,连那个梦都是真的。

江格尔呆呆地望着策吉,他的目光停住了。

每当他想不清楚一件事时,周围的一切便停顿在那里,时间仿佛也停住。

116

策吉说,我一直在看你的梦。

你把所有本巴人和牲畜都带到梦里时,整个夜晚只有我一个人,孤独地站在梦外面,探头看。

以前,当我站在班布来宫殿的瞭望塔上,朝过去的九十九年里远望时,会看见我的父亲——那位本巴的老谋士,他偶尔抬起睡眼朝这里望来时,我会接住他的目光。

他的目光里有我所不知道的九十九年。

当我们父子俩的目光连接在一起,静静地掠过那片一百九十八年的时间旷野,我看见了层层叠叠的时间里,过去的一切都被安排好,像一节一节的故事。

每一节故事里的人都活着。

即使死去的人，死亡前那一段人生也还活着，连死亡本身也以死亡的方式活着。

那些故事连接着我和你正在说话的此刻。

当我朝未来的九十九年里眺望时，那里没有了我父亲的目光，我同样看见一节一节被安排好的故事，或整齐或错乱，就像我们约好不会改变的一场场酒宴，我们一日日地走入那些布置好的故事里。

而在这一切的尽头，我总看见那个背对我的人，我不知道他是谁，但我知道他在说话，他的脊背在摇，肩在耸，头在晃。我听不清他在说什么，但我知道他说的一切都跟我们有关。

就在前夜，我看见他出现在你的梦里。

就是那个人，他清楚地坐在寒冷黑夜的雪地上，在给一堆几乎冻僵的人讲故事。

他耸肩摇头的动作跟我以往看见的一模一样，只是这一次，我看见他的正面了，他竟然是一个孩子。

他太像刚出生就去营救哥哥的赫兰，又比赫兰稍大。

仿佛是赫兰转世到那里，我看着那么熟悉，又有一种隔世的陌生。

他似乎知道我在这场梦的外面看他,知道我已经看了他很久。他朝上望了望,突然间我落坐在他对面,却不敢看他,只听他在说唱一个长长的故事。

我眯着眼安静地听着,故事中有江格尔汗,有在座的众英雄,有阿盖夫人和洪古尔。那一节一节的故事,说的正是本巴草原一段一段的日子。有过去,有现在,也有将来,跟我们每日所过的生活一模一样。

我第一次听见我们的生活被人说出来。接着他讲到了我。

讲到我时他往人堆里看了看,他应该知道我在听故事的人里。他讲的故事其他人听了无数遍,唯独我是第一次听。他似乎是专门讲给我听的。我跟围坐的其他人都不一样。我是他正讲述的故事里的人,又被他安置在故事外面。

他有意要让我知道,我们所在的本巴,都是他讲出来的,我们只活在他押韵的诗歌说唱里,诗有多长,我们的世界便有多大。

他不会让我们跑到故事外面。

他给每个英雄非凡的本领,给了我能预知过去未来九十九年的能力。

现在,他给了我更多的几乎不可能有的能力,让我看见他——那个真实世界里的说梦者——齐。

我们的本巴,正是他说出的一场梦。

117

江格尔看着耸肩摇头说话的策吉,仿佛他在梦中无数次地看见的那个背对自己的人,就近在眼前。

你是说,我们的本巴不是真的?江格尔说。

是的,我们并不真的存在。策吉说。

那什么是真的?江格尔说。

你前些夜里所梦见的,是那个真实世界里正发生的事。策吉说。

那我们在那个梦里拼命要回去的故乡,也是真的。江格尔说。

那个故乡是说梦者齐的,也是我们的。他带着满脑子的本巴世界,走在迁徙队伍里。策吉说。

我们都在齐的头脑里?江格尔说。

是的。策吉说,在绵延百里的迁徙队伍中,载满货物的牛车是沉重的,牛羊疲惫的步履是沉重的,已经死去躺了一地的人是沉重的,还在艰难跋涉的活着的人更加沉重,只有齐脑子里的本巴是轻的,云一样悬浮在冰天雪地中挣扎的人群羊群头顶。他带着我们的本巴世界在回乡。

齐为何要让我在梦中看见真实,我们什么都不知道地活着,该多好。我们这些知道了真相的人,还会像以前一样快乐地生活在他的讲述中吗?江格尔说。

坐了一圈的众勇士都愣愣地听着,面无表情,仿佛讲述此时此刻的齐,没有给他们表情,也没有给他们知道真相后的惊奇和慌乱。

只有美男子明彦端起酒碗，抿一下一口干了，然后说，难道我们喝了多少年的阿尔扎酒，也不是真的。我们缠绵其中的无数次醉与醒，也是假的。我们放声赞颂的万千事物，也不曾存在。

策吉看着明彦，又看在座的众勇士。他意识到自己的看及眼前所见，也不真的存在，心中陡然泛起一股悲凉，继而觉得这悲凉也是虚的。

他扭头看一眼外面渐暗的天色，第一次觉得这样的黄昏，已经虚设很久很久了。

他有必要把真实告诉在座的各位了。

策吉端坐在那里，耸肩摇头，带着梦中那个齐的声调，一句一句地说唱起来。

他这样说唱时，突然觉得，那个他在梦中看见的真实的世界，正被他说出来，那里的人和事，也在他的说唱中，似乎并不真的存在。

118

本巴是齐的祖先所居草原的名字，那里碧草连天，在马背上放一只装满圣水的宝瓶，打马走过辽阔平坦的草原，瓶中水都不会洒落一滴。

每当夜幕降临,部落的男女老少围坐在黑暗中,听齐说唱《江格尔》。

草原上从不点灯。四周黑黢黢的山是暗的,草叶上正在凝结的露珠是暗的,牛羊卧在更暗的山坳里,说梦者齐暗暗地晃动头和身体,只有他说唱的语言是亮的。

那些押韵的诗歌里的英雄故事,在每个人心中明亮起来。

那样的夜晚,无边无际的大草原上,其他地方的人们在沉睡,唯独齐所在草原,人们沉浸在如梦的本巴世界里。

齐创造了本巴世界中战无不胜的江格尔汗,和他的十二勇士,也创造了让人害怕的莽古斯。

那时他们的主要敌人来自西方,因为常年的西北风从那里吹来,暴风雪从西边刮来,他们醒来和睡着后的害怕也来自西边。

西边被他们想象成魔鬼莽古斯出没的地方。

可是,他们的威胁却出现在了东北边。那里的另一个部落迅速壮大,不断向西侵略。他们被迫离开世居的本巴草原,西迁到史诗中莽古斯所居的拉玛草原。

迁居拉玛草原后,齐说唱的史诗中家园依然在本巴草原,班布来宫殿依然耸立在本巴草原的中心。史诗中的敌人莽古斯,也依然在已经是自己家园的拉玛草原。

每当他们倾听史诗中的江格尔，自本巴草原出发，策马挥刀征战拉玛草原时，就仿佛自己从未离开过家乡。远迁到拉玛草原的，只是他们的影子，在早晨的阳光里朝西延伸到这里。

而在黄昏，齐坐在朝东伸去的影子里，讲述本巴的英雄故事。他们在无限延伸的影子里，仿佛又回到东方的故土。

多少代过去了，他们已经把西迁的拉玛草原当作自己的本巴。史诗中的莽古斯，却真的在西边出现了。

他们驻牧百年的草原，在一个黄昏被纳入其版图。

他们不堪受其统治，在一个寒冬，集合起全体部落，回那个已经完全陌生、只在史诗中留下名字的本巴家园。

二百多年前，他们带着史诗西迁，如今又带着她东归。

他们早在三年前便在秘密地准备这场东归，为此不准妇女怀孕，不准牛羊产羔。他们深知道路艰辛。孩子会拖住父母的后腿，羊羔会让母羊频频回头。

119

策吉看着江格尔说，接下来的故事，就是你在梦中看见并经历的。

本来，我们无缘看见这些。我们只在齐创造的梦里。

在过去的几百年间，这个梦里的所有人，都活在永远年轻的二十五岁。

而创造梦的部落人在一代代老去,死去。我们替他们永远年轻,替他们征服无法征服的莽古斯。

每当他们打一个败仗时,齐便会讲七个江格尔带领勇士们打胜仗的故事。

当他们因衰老和作战死亡时,也被告知去了永远二十五岁的本巴。

而现在,这个创造了本巴世界的部落,却在面临灭顶之灾。

你前夜梦见的,正是他们此刻在经历的。

即使你已经离开那个梦,那场迁徙还在继续,那里的人还在每日每夜地死去。

我从你的梦里,已经看不见他们生存下来的任何希望,那条回乡的路太长,太寒冷。那些倾听过史诗的耳朵,将全部地冻硬,然后腐烂在草地。说唱史诗的嘴再不会发声。

到那时,我们的本巴世界,便永远地沉寂了。

120

江格尔像是听着睡着了。围坐的勇士们也跟江格尔一样昏昏欲睡,似乎他们对于自己是否真的存在并不担心。又好似心里早已知道,在这里装糊涂。

江格尔眨了眨眼睛说,齐用梦的方式告诉我们这些意义何在。

策吉说,他在向自己创造的本巴世界作别,也向我们求助。他相信部落传唱数百年的江格尔和众英雄,会显灵在每个人心中。

江格尔说,这会帮助他们吗?

策吉说,你带领勇士们梦里奔赴在回乡之路时,已经加入到他们的队伍中。梦中你在他们真实的队伍里。勇士们在你的梦中带回的累,已经减轻了那个真实世界的重量。

在他们最困难的时刻,你指引了方向,带去了力量。

他们陷入绝境时,曾一次次地回头,盼望随后而来的援兵。他们部落的一半驻牧在河西。出发前,他们约好在这年十一月,河水结冻后一起东归。

到了十一月河水竟然没有结冰,那一半人过不了河。东归的行动却已经泄密。

就这样他们先出发了。对他们残酷的围剿堵截也由此开始。

他们的另一半人永远地留在了河西。

当他们知道后面只有冻僵的尸体,不会再有自己的援兵时,便不再回头。

这时候,他们唯一的希望是熟记于心的史诗英雄。

他们夜里听齐讲史诗中的英雄故事,白天冲向敌人时,浑身充满史诗英雄的勇猛和气力,人人不惧死亡。

史诗英雄在每个人心中显灵。

121

策吉的讲述，让江格尔仿佛又陷入那场寒冷的梦中。

江格尔说，我想知道此时那边是怎样的情景。

策吉说，此时齐正坐在那个寒夜里，给围坐身边的人们说唱江格尔。

齐在夜里讲述。他的白天正是我们的漫长黑夜。

当齐拖着忽长忽短的影子，在太阳底下奔波时，我们的世界是睡着的。

现在，我们的世界醒来了，说明齐又开始说唱。

他唤谁的名字谁活过来。

他说的每一章史诗都先从江格尔汗开始。

齐先创造了江格尔，又给江格尔造一个父亲。

听故事的人，总是先知道江格尔，后知道江格尔的父亲乌仲汗。江格尔创造了自己的父亲。我们都是自己父亲的创造者。

齐让我们日日相聚在酒宴。他似乎忘了给我们每个人创造一个家，他让我们从酒宴上出征又回来，在酒宴上，等待每一个时刻的到来。

起初，我们只有名字，后来在一个个故事里，被讲活，有了灵魂。

有灵魂的人才能在故事里活下去。

齐的说唱是连贯的，我们的生活便一直向前。

当齐停下来时，我们的世界便进入黑夜。

那个黑夜有多长我们并不知道，如果齐七天没说唱，我们的夜便是七天长。如果一年不说唱，我们的世界会沉睡一年。

如果齐消失了呢，我们的世界是否从此终结？江格尔问。

齐不会消失。策吉说，因为我们会在沉睡中做梦。

梦是我们在齐创造的世界里，多余出来的生活。在梦中我们每个人都成为说梦者。

似乎我们早已知道自己活在齐的说唱里，早早便向那个世界偷渡了自己的说唱者。

事情就是这样的。

每隔二十五年，会有一位史诗中的人物，在故事中觉醒。他借搬家家游戏回到童年，又在捉迷藏游戏中藏回到母腹。然后，在梦中替换了时间和命运，降生为那个真实世界的说梦者齐。我们自创说梦者齐，然后被他在另一个世界里讲述。

洪古尔、赫兰、哈日王、江格尔，还有我策吉，都曾降生为齐，在那个世界里一出生，便会说唱所有的江格尔诗章。

我们既在人世说唱史诗，又在史诗中被说唱出来，同时活在两个世界里。

122

策吉接着说,我们的故事已经被无数代的齐说唱过。

前夜我在你梦中看到,这一轮说唱我们的齐是一个孩子,那些前辈齐说过的江格尔,他在母腹中早已听会。

如今他讲的这一章,是自己新创的,他或许不想一出生就讲成人们打仗喝酒那些事。他新编了洪古尔和赫兰的故事,在寒冷的迁徙途中说唱出来。

他希望这场迁徙只是一场搬家家游戏,希望死去的人只是躲藏到死亡那里,还会在捉迷藏游戏中被找回来。

在他新创的这一章里,几个顽皮孩子成了主角,我们这些大人们,便只有在一场场的酒宴上喝酒聊天了。

也正是他,把那个真实世界透露给了我。

其实,拉玛不愿出生、出生了又不愿长大的哈日王,早知道这个世界是虚构的,他从不认真生活,但却认真地摆布着一场场游戏。

他知道自己是故事里的人,让故事变得好玩,有意思,故事才能走下去。

一个不好看的被人抛弃的故事,肯定是故事里每个人都没有尽力。

你的父亲乌仲汗,也早知道这个世界的荒诞,他用睡梦对付自以为清醒的那些人。江格尔你带领我们坚守在二十五岁不往前走半步。不愿长大的洪古尔和不愿出生的赫兰，都让我们的世界变得不一样。那个哈日王，更是做足了一个故事中人的能事，他倒腾出一场一场的故事，最后用做梦梦游戏，让我们知道，原来我们的本巴，是由现实世界东归途中一个孩子说唱出来的。

而这个孩子和他的整个部落，都生死未卜。

123

谋士说到这里突然顿住，整个人僵在那里。江格尔也僵在那里。过了好一阵，才回过神来。

谋士说，我看见那边的黎明了，我们等待明天会发生什么吧。齐和他的部落正迎来一个无比惨烈的早晨，他们在天亮前遭到了袭击。

他仓促停住了说唱。可是，故事是有腿的，说唱的语言停住了，故事没有停住，往前蹿了一截子，我是在说梦者不知道的故事惯性里，说出这些。

接下来，齐会参加到这场最险恶的战斗中，他的白天正是我们的黑夜，如果他活不过这个白天，我们的黑夜将是无尽的，或者说，我们的世界将就此终结，这是我们最后的相见了。

江格尔说，我多想带着你们再回到那个梦中。如果我们全回去，会扭转他们的命运吗？

策吉说，梦一旦说破，便再回不去了。

我们的世界发生什么或不发生什么，都是齐说了算。他不会说出你所想的这些。故事虽是他所述，但故事有自己的发生轨迹和逻辑，故事中的人物，也早有了自己的本领、性格和命运，齐要创造一个意料之外的故事，也要合理，不然故事里的人也不会配合。

江格尔僵硬地坐在那里，勇士们端起酒碗的手凝固住。江格尔试着动了动手，将碗里的酒一饮而尽，勇士们也学他的样子一饮而尽。

江格尔重重地放下酒碗，他想听见碗碰木桌的声音。竟然没有一丝声响。

很久以来江格尔都没觉察到，在他的本巴，碗碰木桌竟然没有声音。也许声音被说梦者齐隐瞒了。

他继而感到喝进嘴里的酒也没有味道。或许齐只说了酒让人醉，让人热血沸腾，却没有说出它的味道。在一场场的酒宴中，江格尔和勇士们喝到嘴里的酒，都没有味道。

第 四 章

本　巴

人无路可走时，
影子也是路。

影子

124

赫兰发现拉玛宫殿不见了。浩浩荡荡的转场队伍转眼间不知去向。刚才还听他说话的花脸蛇也无影无踪。四周一无所有地安静。

整个草原上只剩下他和一棵孤零零的白杨树。

又是哈日王的梦吧。赫兰想,这个吝啬鬼,都不舍得在梦里多长两棵树。或许他靠梦维系的拉玛转场到别处,所有树被带走,青草被带走,天上的鹰和麻雀被带走,只留下一棵白杨树,和树梢上一只呱呱叫的乌鸦。

天刚亮一会儿。白杨树的影子长长地铺在地上。

在白杨树的影子里,那只乌鸦呱呱的叫声也有一重影子。

赫兰没有影子。以前他怕自己生出影子。如今看见自己光秃秃地立在地上,连个影子都没有,心里却有一丝的孤独。

这丝孤独像是一条影子,静悄悄地爬在心里。

赫兰想,待它积累得厚重了,便会爬出来,忽长忽短地消受世上的光阴吧。

赫兰在母腹时，没听见外面世界里影子的声音，也便不知道世上有影子。

出生后他看见爬在地上的影子就害怕。这个害怕像是一条看不见的影子跟着他。

赫兰不清楚影子是人身上生出来的，还是，人是影子生出来的。

有时影子跟着人，像不会站立的孩子。

有时人被影子领着走，像是影子养大的孩子。

若没有影子陪伴，地上的人，牛羊和草木，连同大山和石头，都会孤独而死吧。

我会不会因为没有影子而早早死去呢。

这样想着，赫兰心里的孤独又长了一寸。

125

人无路可走时，影子也是路。

赫兰在白杨树朝西伸去的影子里，一路奔跑，影子翻山他翻山，影子过河他过河，一直跑到影子停住的地方，那已经是草原的最西边。

在树的影子尽头，那只乌鸦叫声的影子也黑黑地停住。

再往前，是没有影子也没有树和草木，甚至没有一只蚂蚁的茫茫沙漠。

那里不会有本巴草原，不会有哈日王和拉玛宫殿，也没有梦和醒来。只有反着青光的沙子，无边无际地粉碎成梦破灭后的冰冷模样，又蜿蜒地聚沙成丘，向更远的世界延伸而去。

赫兰不敢往前走半步，怕自己也碎成一粒沙子，混在茫茫沙漠中认不出来。

太阳正在升起来。树的影子像晒蔫了，窸窸窣窣地往回缩，赫兰赶紧跟着往回走。太阳升到头顶时，影子缩回到树根下，像一个孩子回到母腹。

然后，过了好一阵，影子又被树生出来，开始往东移。赫兰跟着影子一寸一寸移，接着一丈一丈地前移。

太阳落到树西边时，影子十里百里地跑起来。

赫兰的步子也越来越紧，他在捉迷藏游戏中也没跑得这样飞快。真是光阴似箭。

赫兰终于没跑过影子，太阳落到地平线下时，影子黑黑地盖过头顶，整个大地在一棵树的影子里，也在一只乌鸦呱呱叫声的影子里，变黑了。

这已经是世界的最东边。

赫兰想等影子缩回时带他回去，回到拉玛宫殿消失的地方。只有找到拉玛宫殿，找到那条牧道，他才能沿着它回到本巴。

可是，下午的影子没有回路。它一直延伸到梦中，在那里做了另一棵树。

树每天新生出一条影子来，朝西朝东丈量过大地，然后带着这个世界的长短远近去了梦里。

乌鸦也用自己叫声的影子，丈量这个世界的远近高低，去了梦里。

人、牛羊和石头，也都带着各已丈量过世界的影子，去了梦里。

梦每天向大地上的万物索要影子，去造它的世界。

赫兰曾在一个黄昏，收集拉玛人和牛羊的影子，改变了哈日王的梦。

哈日王也在每个黄昏，让他的牧民和牛羊，向夜晚交出影子，供他做梦。

他的每一场梦，都消耗掉拉玛一天里所有的影子。

赫兰躺在一棵树无限长大的影子里，睡着了。

梦中他看见树的影子尽头长着另一棵树，和那棵一模一样。

只是树梢上光秃秃的，那只呱呱叫的乌鸦已经飞走了。

126

天再亮时，眼前是一望无际的平坦草原，他追赶而来的影子不见了，一条清亮的小河流淌在草原上，河边聚集了许多人和马匹，上百匹清一色的白马整齐列队，牧人把装满圣水的宝瓶安放在每个马背上，然后打马前行，跑到远处山前再返回来。

围观的人眼睛盯着马背上的宝瓶，马在跑，远山在晃，宝瓶却一动不动。

赫兰问一位穿着整洁的男人，这是啥地方，人们在做什么游戏。

那人看着小小的赫兰说，你是外地来的吧，怎么不跟父母在一起，别跑丢了。

赫兰心里说，我跑丢了才到了这里。

那人说，这里是江格尔史诗中的本巴草原，传说在马背上放一只盛满圣水的宝瓶，打马走过，瓶中水不会洒落一滴。每年蒲公英花开时，我们都要举办一场马会，选上百匹最好的走马，把宝瓶放在马背上，打马走过草原。

那宝瓶真的不会倒吗？赫兰问。

那人说，今年有八匹马背上的宝瓶倒了，其他都好好的。不过那八匹马已经被宰杀，它们拿命领走了自己的错，也便没有宝瓶倾倒的事了。

赫兰听见头顶一群乌鸦呱呱的叫声，他抬头看，乌鸦也低头看他，都像是他昨天见到的那只。

赫兰说，那些被杀的马，还会活过来吗？

那人指着河湾说，你看那一大群马匹，今年被宰杀，来年又像青草一样长出来。

这些都是我们的游戏。那人说，我们把《江格尔》中好玩的游戏搬出来，让游客参与其中，一起玩。

127

赫兰看周围的山,远远地环围住草原,像是他出生后只匆匆看了一眼便去救哥哥的本巴。难道自己在一棵树的影子里已经回到了本巴?

那是赛尔山吧?赫兰指着北边像马鞍的高山说。那座就是哈同山了。赫兰又指着西南稍矮的山说。

那人点头说,是啊,它们一个是王,一个是妃。

江格尔的班布来宫呢?赫兰问。

那人扭头指身后,赫兰见一片大广场上,高高竖立的九色十层的班布来宫殿,最上的两层伸到云里。

赫兰想,能看见过去未来九十九年凶吉的谋士策吉,应该就站在云端吧,他能看见迷途回来的我吗?

赫兰朝河湾里望,想看见提一只奶茶壶的哥哥洪古尔、他和哥哥居住的小毡房。只见满河湾都是白色毡房,每个毡房前都有老人在架火烧奶茶,奶茶的香味远远飘过来。他闻着那么熟悉,像是在这样的香味里度过了许久的年月。

128

赫兰跟着那人往广场上走,天渐渐暗下来。宫殿前的两排柱子上亮着金黄色的灯,一群骑在马背上的高大勇士,正挥刀射箭，策马冲杀，但却一动不动。

赫兰认出来，冲在最前面的是江格尔，他头戴银色头盔，身穿银色铠甲，挥剑直指前方。赫兰在那个冬夜寒冷的梦中看见的江格尔，就是这般模样。他身后紧随的十二勇士，个个眼睛直视前方，仿佛在杀入敌阵的一瞬突然凝固住。

前方并没有敌人，只有一群仰脸看他们的人。

赫兰径直走过去，像在那个冬夜走近勇往直前的江格尔跟前。他心里念叨着每位英雄的名字，挨个地看，伸手抚摸，冰凉的感觉也跟那个梦中摸见的一样。

摸到洪古尔时，他抬眼朝上看，踮起脚尖，才摸到他的衣襟。

那人抱着他举起来，他摸到洪古尔握剑的手，穿着铠甲的胸脯，想摸到洪古尔充满英气的脸，却够不着。

赫兰只见过不愿长大的洪古尔和突然长老的洪古尔，原来二十五岁的洪古尔就站在这里。

赫兰的小手握住洪古尔的拇指，握了好一阵，感觉拇指渐渐地不太冰凉了，他害怕地挪开，担心自己的小手会把洪古尔的拇指暖过来，他会突然开口说话，迈步走起来。

那人抱着赫兰围绕雕像转一圈。走到大肚英雄贡布跟前时，举手敲了敲他鼓起的肚子，只听嗡嗡的声音在每个铜像上接连不断地回响。

东归

129

这些铜像所塑造的,其实不是史诗中的江格尔和十二勇士,而是他们的扮演者。那人说。

赫兰不解地望。

那人把手按在铜像上,嗡嗡声瞬间停息。

我们这里的人,大多是东归部落的后裔。东归途中,部落唯一的小江格尔齐走丢了。首领派了十二位青年返回去找,几天后,小江格尔齐回来了,十二位青年却全部牺牲。

后来人们为怀念那十二位牺牲的青年,便把他们装扮十二英雄的像塑在广场上,供人们纪念。

那人说完又敲了一下铜像。

赫兰隐隐听出是在讲他的事。他在哈日王的梦中看见自己转世在东归部落中,做了小江格尔齐。以后的事他便不知道了。他一直担心在那个雪夜说唱史诗的自己,是否走出寒冬活了下来。

那位小江格尔齐叫赫兰吧。赫兰说。

是叫赫兰。那人眼睛斜看着他说，东归那年他五岁，还没长到车轮高，但已经会说全部的《江格尔》诗篇了。

那他后来怎么样了？赫兰问。

他一直没长大。都说他是为了赶上东归，把《江格尔》史诗带回故土才匆匆出世的。他若长过车轮高，或许就被敌人杀了。

我们现在说唱的史诗章节，都是他传下来的。

东归回来没几年，他就死了。离世时也小小的，没再长个子。

赫兰听了心里寂寂的，知道转世为齐的自己，依然没有在这个真实世界里长大身体，他早已回到本巴。

现在又是谁在这里传唱《江格尔》呢？

赫兰又抬头看这些英雄塑像，他们为营救他而死去，又以另一种方式活在这里。他们不会老老实实地这样立着吧。在无数的夜里，骑在马背上的江格尔和十二勇士，会迈动沉重的步子。那时候人都去了梦里。本巴草原留给这群青铜勇士，他们一次次地从宫殿前出发，把嗒嗒的马蹄踩到遥远的地平线上，一直到月落星稀，铁青色的脸上锈迹斑斑。

天亮后他们又静悄悄地站在这里。

130

那人抱着他没有放下来的意思,赫兰从他嘴巴鼻孔里,闻到粮食和酒肉的味道。他在班布来宫看见勇士们吃肉喝酒,却没闻见过的味道。或许只属于真实世界的酒肉味道,从来没有飘进本巴世界里。

赫兰不敢离这个味道太近,想摆脱他的怀抱跳下来,却没有做到。

我还不知道你的名字呢。赫兰问。

我叫忽闪。那人说。

赫兰一惊,扭头看那人的脸,真有点像哈日王手下的忽闪管家。那时他跟哈日王说话时,忽闪就站在一旁,眼睛斜斜地看他。

忽闪不是《江格尔》中的人物吗?赫兰问。

是。我因为喜欢《江格尔》史诗,起了史诗中的人名字。这里的许多人,都起了史诗中英雄的名字。那人说。

赫兰看见忽闪脚下有一条模糊的影子,那些一动不动的英雄塑像,也向远处伸出长长的影子。赫兰想,它们都是从本巴伸过来的影子吧。

还有起了英雄名字的那些人,也都是史诗里英雄的影子吧。赫兰似乎看见影子尽头的本巴了,但又不想这么快回去。他对这里有一丝的留恋了。

131

这些塑像里怎么没有赫兰？赫兰说。

他不在十二勇士里。忽闪说。

那他在哪里？赫兰说。

忽闪被问住了，眼睛斜看着赫兰说，待会儿我们去听哈日齐说唱《江格尔》吧，他最喜欢说的就是赫兰营救哥哥洪古尔那一章了。

哈日齐？赫兰又怔住了。

莫非是哈日王的影子也伸到了这里。

忽闪说，我们的齐叫了史诗中哈日王的名字。上一任齐叫明彦，他可把草原上的女子迷坏了，那些姑娘们见了他，领口的纽扣都会自己解开。再上一任齐叫洪古尔，赫兰齐在时，他是邻家的孩子，比赫兰齐大两岁呢，他自小跟赫兰一起玩，赫兰说的诗章全听会了。洪古尔齐活到了老年，一颗牙都没有了，还在说唱《江格尔》。

赫兰听到哥哥洪古尔转世成为齐前，和他一起度过童年，心里有了一丝温暖。只是不知道他在世间年轻过吗，还是直接从童年到了老年。

忽闪又说，我们的哈日齐讲《江格尔》是最有趣的，他讲的全是史诗里的孩童故事。每天这个时候，都有好多大人带着孩子来听《江格尔》。我们这里还办了江格尔小学，请齐给小孩教说《江格尔》，这些故事是我们祖先在孩童时代创造的，孩子最喜欢听了。如今我们长大了吗？我看没有。每个在母腹的孩子都是赫兰和哈日王，每个孤单地待在童年的孩子都是洪古尔。

他好像终于逮住一个听他说话的人，把赫兰的耳朵当成了听话筒。

132

赫兰跟着忽闪往广场西侧走，那里立着一尊高大塑像，几十名勇士肩扛手抬着一尊黄铜巨碗，个个面含笑容。站在前面的是本巴美男子明彦，他双手捧着哈达，在敬献。

赫兰想起来，他还在母腹时，时常听外面人说起这尊巨碗，每当有英雄打胜仗归来，便会有七十二宝东抬出这尊巨碗，倒满酒敬给凯旋的英雄。

而这位英雄，双臂举起巨碗，憋足一口气，咕嘟咕嘟喝好一阵，把碗里的酒喝干。

然后迈着地动山摇的步子，走进宫殿，重重地落在座椅上。

忽闪说，这只大碗盛满酒足足有六万斤，铸造时就算好了，刚够我们这地方的人每人一斤。现在的人酒量小，一斤就喝醉了。这原本是敬献英雄的，如今敬给平凡的人。

巨碗南端围了一圈人，一位老人坐在中间的椅子上，双手叉腰，在摇头晃脑地说唱：当阿尔泰山还是小土丘时，江格尔诞生了。

忽闪把赫兰抱过来，放在地上。赫兰知道眼前的老人便是哈日齐，他入神地听着，不由双手叉腰，伴着齐的说唱晃动起来。

看不出你还是个小江格尔齐呢。忽闪说。

赫兰不好意思地停住动作。

一弯半月升起在南边的哈同山上，山的影子伸过平坦草原，和广场上的英雄塑像连在一起。月光集聚在哈日齐亮闪闪的额头上，赫兰看见齐的影子朝后伸过去，其他人的影子跟在后面，一直伸向背后黑黢黢的赛尔山，和更远处如梦般的阿尔泰山相连。

看见那些影子了吧。忽闪对着赫兰的耳朵悄声说，影子会把我们和史诗世界连接在一起。我们相信在影子和黑夜伸去的远方，史诗里的人都真实存在着。

那赫兰也确有其人了？赫兰问。

是的，他活在史诗里。忽闪说。

赫兰自从哈日王的梦中出来后，便一直为自己和所在的本巴是被齐说唱出来的，并不真的存在。

现在，他听到自己真实存在的消息了。

133

这时就听齐说唱道：要说本巴的英雄，还有一位没有出生，母亲怀他已有数年。

赫兰心里一惊，像是从地上被拿去，放进那个长长的故事里。

他冥冥地听着，仿佛睡着了，梦见自己在一个声音里活过来，那声音里有他的名字，有草原、宫殿、和游戏一样的战争。有一群不愿长老的大人，让一个不愿出生的孩子赶紧降生，去救自己不愿长大的哥哥。他只身进入拉玛草原，尾随在转场队伍后面，每个人都回头看他，每只羊都回头看他，都以为他是自己遗失的孩子。

这是他最沉迷其中的记忆，又复活在眼前。

134

齐，这一段您讲过无数遍了，还是讲讲美人阿盖吧。一个人站起来打断齐的讲述。

赫兰忽然从刚才的故事里回落到地上。

还是讲讲美男子明彦吧。另一个人说。

齐给我们讲讲东归的事吧。一位老人站起来说，我听您说了大半辈子江格尔了，我一直想，当您把所有史诗故事讲完，然后，有一晚您能讲到我的祖先东归的事。

老人有点激动，喘着粗气接着说，我的祖先在东归路上打头阵，三千人的部落，全打光了，只剩下一个成年男子。他把自己年仅五岁的孩子托付给一位失去孩子的母亲，然后，加入到营救小赫兰齐的十二勇士中。他去救被敌人抓获的江格尔齐，也想看看刚刚突围出来的草地上，还有没有活着的亲人。

后来的结果齐您都知道，他们全战死了。

留下的那个孤儿，在别人家养活大，孤儿生独子，到现在，多少代过去了，我们部落才繁衍到十几个人。

萨满说，因为我们部落死的人太多，孩子都不愿出生。

我母亲生我时就难产，好不容易生下来。我的弟弟却没有出生，母亲怀他到十个月，最后他带着母亲去了另一个世界。

我没有兄弟姐妹，同辈的人就我一个，我感到孤单时就来听您说唱《江格尔》。

其实，我想在您这里，听见我祖先的名字。至少，您该说说那十二个勇士去救小江格尔齐的故事吧。

可是，您从来不讲东归的事。那些为部落死去的英雄，难道不能进入史诗被您说唱吗？

齐似乎从没细想过这个问题，他停顿了好一阵，然后说，《江格尔》讲述的，都是久远年代的事，齐从不讲眼前的。

老人说，东归过去二百多年，七八代人了，还不算久远吗？

齐说，我们祖先曾做过多少堪称伟大的事，都没有进入史诗。东归也一样，那场让十几万人和数百万牲畜死亡的漫长迁徙，虽然已经过去很久，但我们说起它时还会伤心，会恐惧，会因为那些亲人的流血牺牲感到疼痛。

史诗是没有疼痛的。

我说唱《吃奶的娃娃洪古尔大战格楞赞布拉汗》那一章，洪古尔和格楞赞布拉汗拿刀对砍，刀砍在对方头上胳膊上，跟砍在石头上一样。用箭对射，箭射在脸上胸脯上，像射在冰面上一样。他们没有丝毫疼痛，我们也觉不到疼痛。后来，两人扔了兵器，用父母给的肉身对打，你从我背上抓一块肉，我从你肩上抓一块肉，打得血肉模糊，但我说时不觉得疼，你们听着也不觉得痛。

东归却不一样，我讲到亲人被砍断胳膊时自己的胳膊会疼，讲到长矛捅进胸脯时，我的心脏会疼痛流血，我讲不下去。

老人说，我年轻时常听长辈讲东归的事，听得心惊肉跳。现在轮到我给下一辈人讲了。我讲到东归途中亲人惨死的场面时，仿佛自己也惨死其中。那刺在亲人胸脯的刀，也扎进我的胸口。

我把疼痛承受下来，希望下一辈人也能感受到疼。

疼痛正是我们跟死去先人最后的血肉联系。

哈日齐似乎被老人的话打动，他清了清嗓子说，我太熟悉十二勇士营救小江格尔齐的故事了，它一直在我心中疼痛，每个细节我都清清楚楚。

多少年来,每当我讲起史诗中的十二英雄,脑海中就会浮现去营救小江格尔齐的十二勇士,我努力用史诗故事去盖住那段真实发生的事,不让它冒出头来。我都已经盖住它了,又被你掀开。

老人说,我就是想听您用说唱史诗的调子,说出那段经历。我自己也能说,但我说的,跟齐您说的不一样。

老人朝前走两步,给哈日齐深深鞠躬行了礼,又退回来坐在原处。

哈日齐说,我就破例讲一段吧。

赞诗

135

二百多年前，我们祖先从早先的西迁之地，东归本巴故土，历时半年，一路遭遇严寒酷暑和仇敌抢掠截杀，损失十几万人和数百万牲畜，终于到达故国边界时，却发现小江格尔齐不见了。部落停下来。刚刚走出死亡困境的人们，再无力反身回去营救齐。往回走每一步都会碰见亲人的尸体。那是只有死亡才能走通的路。回去便是赴死。

可是，部落已经把大半生命和所有家当丢失在路上，不能再丢掉江格尔。

最后，首领召集了十二位自小听江格尔史诗长大的青年，让喇嘛收走出生时给他们起的名字，每个人换成史诗中英雄的名字，装束和武器也换成史诗中的，坐骑也换成史诗英雄专有的。

十二位青年，就这样变成史诗中的十二英雄。

他们用刚刚获得的英雄的名字彼此呼唤着，上路了。

此时已是炎热夏天。部落从前一年十一月的严寒中出发，走到第二年的五月。眼前是一条由人和牛羊尸体铺成的道路。整个草原弥漫腐烂尸体的味道。草正疯长出来,把人丢弃的物件掩埋,把瘦弱孩子和女人的尸体掩埋,把高大男人的尸体掩埋掉一半。更高大的牛马羊和骆驼的尸体掩埋不住,暴露在外。

苍鹰和乌鸦漫天飞,狼和野狗遍地撕咬。

曾经被大雪覆盖的草原,又被雨水一遍遍地冲洗。

十二位青年,在尸骨铺成的草原上向西搜索前进。翻过一道山梁后,他们发现列队等候在前方的敌人。

小赫兰齐被绑在敌阵前的马背上。

敌人早已获悉他们的行踪,并且知道赫兰齐的身份,正在等候他们前来营救。

十二位青年,都曾听过小赫兰齐说唱《江格尔》,即使在寒风刺骨的东归路上,他们白天在深雪中跋涉,迎战敌人,夜晚依旧围坐在齐身边。小赫兰每讲一段他新编的小孩故事,他们便要求他讲一段大人征服莽古斯的英雄故事。

那时他们是英雄故事的倾听者,现在他们是史诗中的英雄,个个有史诗英雄的名字,装扮成史诗英雄的样子,心中满怀英雄豪气,面对数百上千的敌人毫不畏惧。

十二位青年一字排开,像史诗中无畏的孤胆英雄一样,单骑会战群魔。

136

最先出战的是雄狮般赤诚勇武的洪古尔。

他是百万宝东的庇护神,
他是亿万英雄的主心骨。
当凶神恶煞般的莽古斯叫阵时,
他是冲锋陷阵无所畏惧的好汉。
当本巴陷于危难风雨飘摇时,
他是力挽狂澜顶天立地的大英雄。
他的性命注定不属于自己,
只属于本巴的江格尔汗。

他骑着铁青马,手提长枪,威风凛凛冲入敌阵。

绑在马背上的小赫兰齐,看着洪古尔模样的勇士冲杀过来,前排的敌人被这位古代装束的骑兵吓住,纷纷躲向两边。他挥长枪左刺右挑,接连刺死五位敌人,又将三位敌人挑下马后,他的左臂被后面冲来的敌人一刀砍断,他的右手依然举枪刺向敌人,接着右臂被砍断,他的双腿紧磕马肚,拿头撞向敌人,接着双腿被左右扑来的敌人砍断,他的坐骑铁青马从胯下飞奔出去,失去四肢的洪古尔像一截木桩重重地杵在地上。他眼睛直看着绑在马背上的赫兰齐说,我不该装扮成洪古尔,我没有他的本领,我毁辱了他的英名。小赫兰齐痛苦地闭住眼睛，说，你就是洪古尔。话没传到耳边，他的头已经飞出去，喷涌而出的血溅在小赫兰齐脸上。

137

接着出战的是贤良厚道的巨腹英雄古哲根贡布。

他惯用一对金色的巨斧，
柄长足有八十一庹，
不管遇到多么凶猛的狮子，
都受不了他轻轻的一击；
不管遇到多么强壮的挑衅者，
都休想坐稳于马背。
有口的不敢提他，
有舌的不敢谈他，
当他挥手把本巴金印
盖在败寇莽古斯脸上，
那昔日威风凛凛的入侵者，
无不乖乖宣誓效忠臣服。

他左手的斧头朝后，砍向甩在身后的敌人。右手的斧头朝前，劈向迎面扑来的敌人。

他就要冲到赫兰齐跟前，却被首领身边的八位护卫用长枪从前后左右刺中，挑了起来。他的身体离开马背，双斧依然左右劈砍，砍断八根枪柄，砍伤八个护卫。然后，他左手的斧头朝后扔过去，砍死两个敌人后，劈在第三个敌人的大腿根上。他右手的斧头朝前飞向敌军首领，首领一歪头，帽子和一只耳朵被削下来，那斧头飞落前又擦伤两个敌人的前胸和一匹马的后腿。

他微笑着看了小赫兰齐一眼，然后闭上眼睛，不去管自己插满枪剑的身体。

138

紧接着冲杀来的是威武刚烈的世间枭雄萨布尔。

他舒展着身躯躺下，
能占五十个人的位置。
他蜷缩着身躯坐下，
能占二十五个人的位置。
他骑着山岳般高大的黑骏马。
在英雄的本巴，
他以彪悍勇猛的剑术而闻名。

他的长剑刺向左边，左边的敌人躲闪开去。刺向右边，右边的敌人躲闪过去。他们敞开道路让他的战马直冲到小赫兰齐跟前。

然后，他们呼啦啦围拢过来。

他在刀丛枪林中奋力刺杀，一个个敌人倒毙在他的剑下。他毫不顾及刺向他的长枪，砍向他的利刃。

敌人用刀割他，
他就变作一块红石头；
用斧砍他，
他就变成一块白石头。

这位史诗中不死的英雄，最后变成一块血淋淋的红石头。

139

接着出战的是美男子明彦。

他在夜晚面朝着南边站在那里，
那南梯卜的人，
都以为黎明时分到了。
面朝着北面站在那里，
那北梯卜的人，

都以为天亮了。
每当他打马经过,
年轻的媳妇就情不自禁
解开腰侧的纽子跟着奔跑。
那漂亮的姑娘也悄然松开
胸间的三颗纽子交首赞叹。
连年迈的老太婆都顿足叹道,
我若十七岁遇到他该多好。

他骑在高大的雪青马上,自知没有明彦的美颜,所以用黑色纱布蒙面。

头领问赫兰齐这人是谁。

赫兰说,他是江格尔最喜爱的颂祺明彦,普天之下的人们都知道他的名字。

头领说,我要让他归降,做我倒茶端酒的侍从。

赫兰说,所有莽古斯都曾有这个打算,最后都被他打败,做了他的奴隶。

头领说,我会是他最后的主人。

明彦身佩长剑,目不斜视,策马穿过刀光剑影的敌群,在头领和赫兰齐面前站住。

头领说,你是来受降的吗?

明彦说,我是来受死的。

明彦给首领行了礼,说,我用我的死恳请首领放过这个没有车轮高的孩子。

说完撕下蒙面布，敞开胸膛，昂起头，微笑着迎向敌人的刀剑。

140

接着出战的是智勇贤能的人中俊杰哈日萨纳拉。

他曾经在茫茫大漠，在无际草原，
同江格尔汗鏖战过二十一天，
使江格尔身负十五处致命伤。
然后，他义无反顾
丢下统领的亿万臣民，
抛下年迈的父母
和十八岁的娇妻，
只为投奔心目中的汗江格尔。

这位骑沙毛白额马的勇士，他的马经历严冬和盛夏的奔波，已经瘦得皮包骨头，他也瘦骨伶仃，但目光坚定。

他几乎没有遭到任何阻挡，当他策马直奔到小赫兰齐面前时，首领一挥手，几百支箭矢蝗虫般射向他的胸脯。

141

接着是本巴勇敢无畏的掌旗官纳钦尚胡尔。

他高擎着一面金色斑斓的大黄旗。
这旗放出七个太阳的光芒。
当腰挎宝刀的英雄拍马冲锋，
那猎猎生威的金虎大纛
令莽古斯闻风丧胆。

他的左侧是神箭手哈日吉林。

他手持虎斑巨大雕弓，
搭上金箭将弓拉开——
唰的一箭射了出去，
恰好命中针茅草节，
击碎牛角上的谷粒，
穿过七十个马镫的银柄，
击透狐狸的胯骨眼，
射碎漆黑的卧牛巨石，
落到七十条河的源头，
燃起七处熊熊烈火。

他的右侧是江格尔忠心耿耿的马夫宝日芒乃。

他擂起二十一响黄斑鼓,
能召来八千礼仪好汉。
他声若洪雷一声吼,
连棕熊也会吓破胆。
他握住阿仁赞神驹的缰绳,
七十年不曾疏忽。

紧跟着是牧马英雄哈日尼敦。

当他弹起桦木琴,
那琴声叮咚悦耳,
宛如林中百鸟啼鸣。
当他吹起牧笛,
那笛声悠扬婉转,
好像苇荡的天鹅啼鸣。
当他甩出套马的长索,
没有一匹骏马能逃脱。
他的箭下从不放过飞鸟,
他手中没有不败的敌人。

后面是博古通今的铁嘴判官贺吉拉根。

他精通天下九种语言,
掌管五十七个衙门。
面对着雪片似的诉状,
从不推诿,公正审理,
深得百姓的爱戴。

策马飞奔到掌旗官前面的是飞将军赛力汗塔巴格。

没有什么消息比他跑得还快,
没有什么动静能逃过他的双眼。
他从十二个月的路程之外,
能准确地分辨出小马驹和两岁马,
站在远处眺望着什么,
他甚至能辨认出,
远方的那棵乌音白草,
在微风中向什么方向摇曳。

六位勇士组成的马队无人能挡,他们左右开弓,勇猛突击,杀开一条血路。

冲到最前面的飞将军赛力汗塔巴格,接连砍翻拦挡的敌人后,拿刀挑开捆绑赫兰齐的绳子。随后到达的牧马英雄哈日尼敦伸手抓住小赫兰齐。掌旗官纳钦尚胡尔手中的大旗,已经盖在敌军首领的战马上,旗杆的长矛,就要刺穿首领的喉咙。左侧的神箭手哈日吉林把赶来护卫的敌人,全都射死在五十膀子之外。右侧的马夫宝日芒乃连抛飞石,让奔来的战马全都受惊,狂奔乱踩。铁嘴判官贺吉拉根掉转马头,朝后再劈开血路,只待前面的勇士救出赫兰齐,他们就照原路冲杀出去。

可是,赫兰齐的马腿被绳索绊住,他的双脚被铁链拴住,他们抱不走他,也驱赶不动他的马。

只眨眼工夫,敌人的马队全围拢过来。

142

混乱的战场平静下来。

敌军对面只剩下孤单的一人一骑。

他是本巴文韬武略的军师阿勒坦策吉。

他能预卜未来
九十九年的吉凶;
他能追述过去
九十九年的往事;
他能分辨人间
明暗的各种事情。
他忠实地守护着
本巴祖庙的门庭。

他是十二位青年中年龄最大的，这位智者，已经看见自己的死期了。他没有像前面的勇士一样策马拼杀，而是镇定自若地步入敌阵，他向绑在马背上的小赫兰齐点点头，转向敌军头领说，他是我们部落的江格尔齐，我们都可以死，他不能死。

头领说，他死不死不由你。

策吉说，如果他死了，你们，你们部落中所有高过车轮和没高过车轮的男子，都得死。

头领说，我们曾像羔羊一样被驱逐宰杀。现在轮到你们了。

策吉说，我们部落九死一生，已经回到故土。

我们仍将是头抵头的邻居。

以前我们之间互有仇杀，但草原的夜晚是安宁的，在那些草木生长的夜晚，我们的年轻人，围坐在江格尔齐身边，听他讲史诗中的英雄故事。我们史诗中的敌人，不是结有世仇的你们，而是莽古斯，魔鬼。我们没有把世上的仇敌放到史诗中去消灭。我们史诗中的敌人更强大，我们也更强大。

但是，如果我们的小江格尔齐被杀，此后三十年，三百年，我们没有史诗可听的年轻人，会在每个夜晚，挥刀杀向他们的仇敌。

策吉说完，抽出腰刀，眼睛直盯着首领和他身边的将士，一刀抹了脖子，拿命向对方证明了自己所说的。

143

哈日齐说到这里手下意识摸了下脖子，所有人的脖子都一阵生疼，仿佛自己的脖子也被一刀抹了。

哈日齐说，我讲的都是小赫兰齐亲眼所见。上辈齐眼睛所见心中所想，都在后辈齐的眼中心中。所有的江格尔齐尽管有不同的名字，不一样的身体，但拥有同一颗心灵。

小赫兰齐亲眼看见装扮成史诗英雄的十二位勇士，一个个惨死在面前。

然后，他被释放回来。

放他的头领说，你们史诗中的英雄都被我杀死了，现在你可以回去，说唱没有英雄的史诗了。

头领让部落的两个孩子，护送小赫兰齐走到看见自己人的地方。

头领被策吉临死前说的话所震撼，用两个孩子护送小赫兰齐回来，也是向我们表达不愿把仇结到下一代的善意。

回来的赫兰齐变得沉默不语，他好像突然长大了，却还是不到车轮高的个子。

后来他又开始说唱史诗时，只说不愿长大的洪古尔和不愿出生的赫兰，决不提去营救他的十二位青年。

他之后的江格尔齐，也都不愿讲东归的事。

因为讲起来全是死亡。每讲一次，死者便再死一次。听者也跟着死一次。

而史诗中的英雄是不死的。

那是另一个时间里的我们自己。

144

老人流着泪听哈日齐讲完十二勇士的故事,他颤巍巍站起来,给齐深深鞠躬致谢,说,齐您以后只讲不死的史诗英雄吧。

哈日齐说,那十二位勇士也是不死的,我今晚讲述时,他们已经活过来。

只是,我不想让故事中的疼痛和仇恨一起活过来。

我们的史诗中是没有疼痛和仇恨的。

在那里,仇人可以结为兄弟,魔鬼也能变成好人。

江格尔手下的十二英雄,以前大半是他的敌人,被他征服后成了亲密无间的兄弟。

145

哈日齐讲到这里意犹未尽,他接着说,我还想讲一段后来的事。

在我们东归回来的第九十九年,曾经劫掠过我们的部落,被另一个部落排挤，迁徙到我们的本巴边境。

上次是我们东归途经他们的牧场。这次是他们，要经过我们的领地去南边的草原驻牧。

部落首领带着礼物来，对我们的首领说，以前你们东归时经过的草原已经不再是我们的，以前的仇恨也就此消了吧，如今我们只想在你们南边的草原上，做个安分守己的好近邻。

那首领重提了他的祖先派两个孩子护送小赫兰齐回来的事。

当时我们部落的一些人，认为报仇雪恨的机会来了。

但我们的首领最后做出决定，拿出五百只羊接济该部落，并捐助草料，让其在我们的草场过冬，春暖花开时迁徙到选定的驻牧地。

如今我们已经和睦相处了一百多年。今晚在听我讲故事的人群中，也有他们部落的后人。

《江格尔》史诗中的本巴，本来就是一个不同种族、不同语言的人们和睦生活的美好家园。

这里的每个人，都有二十五岁的年轻心灵。

146

赫兰抬头看说话的齐。他一只眼睛越过人头，看着前方的高远处，仿佛他说唱的故事都在那里。另一只眼睛注视着地上的人。目光扫过赫兰时，他浑身一颤，突然想起这就是哈日王的眼睛。再看齐的长相，除了眼睛，竟也没有一点哈日王的样子。其实赫兰也早忘了哈日王的样子，只记住他目光分开的两只眼睛，一只看上，一只看下。有时一只看远，另一只看近。

这个在史诗中最不安分的孩子，已经投生到人世说唱自己和本巴的故事了。

赫兰曾在哈日王的梦中经历那场迁徙，那时他小小的个子，在一个寒冷冬夜给一群年轻人说唱《江格尔》。以后的事他到现在才知道，他被敌人抓去，营救他的十二位青年因他而死，他被敌人护送回来后，也没有长大，活了短短几年，就回归本巴了。

本巴的每个人，都会轮流到人世说唱史诗。

如今转世的是不愿出生、出生后又不愿长大的哈日王，他已经在世间长老了。

一旦离开本巴，人说话走路都要费力气，想事情要费力气，睡觉做梦都费力气。人就得吃好多东西，把不断费掉的力气长出来。这样人就很快地长大长老了。

赫兰迎着哈日齐的目光，想让他看见并认出自己，又担心被认出来。

上次他在哈日王那里，知道自己所在的本巴原是齐说唱出来的，并不真的存在。

这次，他知道了本巴不仅仅是齐说唱出来的梦，更是人们寄存在高远处的另一种生活。

它是现实世界无限伸长的影子。这个世界也是它的影子。

牧游

147

太阳再次升起来时，赫兰走在一群男男女女中间，人群前面是一群羊，羊踩起的尘土，飘浮在人头顶上。

赫兰一只手紧握忽闪的手，仿佛他从昨夜一直牵着他到了现在。

我们要去哪里？赫兰问。

去牧游。忽闪说。这里的游牧转场早停了，已经没有人放牧，牧民都定居在村庄里。只有少数的牛羊还走在牧道上，它们是引路羊，领着人在牧道上游玩。我们把这种游玩方式叫牧游。

那其他的羊呢，没人放牧它们吃啥？赫兰问。

忽闪说，因为羊繁殖太多，草来不及长出来，就被羊啃光。牧民只好把羊圈起来养，喂饲料。

什么是饲料？赫兰问。

饲料就是人用草给羊讲的故事。饲料里有草的味道，比草更容易吃饱肚子，能让羊很快长胖。但那里面没有一根草，全是配料。我们把喂饲料长胖的羊,叫故事羊。忽闪说。

赫兰听了心里滋味怪怪的,这么说我也是一个故事人吧,原本在齐讲的故事里,又迷途在这里听齐讲有关自己的故事。我因为不喝世间一滴水,不吃一粒粮,也不会有一丝人的味道吧。

忽闪似乎知道赫兰心中所想,说,这里的一切都在故事里,山和草原的名字在故事里,羊走在故事里。人跟在羊后面,也都在故事里。

人为啥跟着羊走呢?赫兰问。

他们在人道上走腻烦了,想换一种活法,来走走羊道。忽闪说。

如今我们赶上一个全民旅游的时代,所有人都在游玩。你看这些人,他们游遍千山万水,自以为把全世界都转完了。可是,走到这里才发现,还有一条羊道没有走过。

他们继而发现我们的祖先才是最会游玩的,赶着牛羊在大地上游牧,把生活过成了旅游,又把旅游当成生活,还创造了《江格尔》史诗,让人人活在二十五岁,不会衰老,不会死亡。

这才是他们最向往的旅游啊。

可是,这样的游牧生活在我们这里已经结束了。

我们刚刚定居下来,过上不再四处游牧的安定日子,别处的人却一群一群地旅游到这里,来寻找我们不久前放弃的游牧生活。

我们无法再回去过那样的日子,只有把游牧生活做成游戏。

就这样，我们重新开启了牧道，已经忘记转场的牛羊，又被我们赶到牧道上。

如今接待游客成了我们的主要生活，他们来游玩，我们陪着他们游玩。

本来我们就是最会游玩的部落。

我们把沿途景物都编进江格尔故事里。牧民们都有一个史诗中的名字。你从昨天见到我的那一刻起，就已经在我们的故事里。

以前我们听齐讲《江格尔》史诗故事，如今我们把史诗故事落实在地上。

那个雕塑有江格尔十二勇士的史诗广场，是故事的入口。

齐说唱的《江格尔》将人引入如梦的史诗世界。

通向本巴的正是这条古老的牧道。

148

赫兰听得有点累了，他觉得走路不累，听忽闪说话累。那些话在他耳朵里积攒，越来越厚重。赫兰使劲摇头，想把它们摇出来。他担心听了这些故事，会像吃了粮食一样，让他长出人世的肉来。

忽闪也感到赫兰累了,手一提,赫兰就到了他怀里。

前面就到巴音温都尔敖包山。忽闪说。

赫兰看见一座圆圆的孤山,立在草原中间。

我们部落东归回来首先看见的就是这座山。看见这座山时,人和牛羊都不往前走了,围着山转。忽闪说。

赫兰在母腹每每听人说到洪古尔时,便会听到这座山的名字:当巴音温都尔山还是乳房大时,洪古尔就开始吃奶了。

赫兰想不清这座山还是乳房大时的模样。

那时他在母腹中,孤独地生出一只耳朵来,听见外面世界小小的。

只有巴掌大的本巴草原,已经长得无边无际了。

山前有牧民兜售货物,忽闪帮着给游客推销。

看看,这是在风中滚了多少年的羊粪蛋,油光透亮,早先本巴人用它玩搬家家游戏,滚着羊粪蛋一路回到童年。现在我们把羊粪蛋串成项链,大家买一串戴上吧。

游客们好奇地围过来,他们从未见过这样有意思的饰品。以前在他们看来很脏的羊粪蛋,竟然这样干净好看。在搬家家游戏里回到童年的故事,也让他们跃跃欲试。

忽闪说,牧游重在参与,大家都把自己放到故事里,就好玩了。就像史诗里的人,他们知道自己是故事人,并不真的存在。但每个人都专心致志把自己的故事演绎好。

只要真心去做,一切都会是真的。

游客们纷纷把自己的金项链收起来，每人脖子上挂上黑亮的羊粪蛋项链，胸前吊着金黄的骆驼粪蛋的挂坠，耳朵上别着小巧的山羊粪蛋耳坠。男人手里还拿着黑宝石般油亮的马粪蛋手把件。

游客兴奋的说笑声把羊都感染了。

羊回头看脖子上挂着羊粪蛋的人，咩咩地叫，像叫自己走失又回来的羔子。

149

牧游队伍围绕巴音温都尔山转了一圈，朝着前方层叠向上的赛尔山走去。

我们去看江格尔出生的山洞吗？赫兰望着马鞍状的赛尔山说。

忽闪说，我们找了很久，都没找到那个让江格尔第二次出生的山洞。传说江格尔出生后山洞就闭合了。这座山不会生出第二个江格尔。

我想进到那个山洞里不出来。赫兰自言自语。

转过山眼前突然开阔了。

赫兰又看见熟悉的牛石头草原，那些由风雕刻成的酷似卧牛的大石头，或独立，或三五成群，静守在草原上。

山口中间的大石头上，一位老者手提红柳棍，拦住游人。

老者说，我从二百年前蚂蚁和老鼠走过的路上，探知你们要来的消息。天底下的路，虫走过，兽走过，今天各位要走过，请先到我的毡房前喝碗奶茶再上路。

他的老夫人已经在石头支起的火灶上烧好了奶茶。老夫人右手提壶，左手端碗，给游客一一沏茶。

饥渴难耐的游客坐在小石头上，背靠大石头，很快把碗里的奶茶喝光。

忽闪说，这是史诗中能让人瞬间老去的奶茶。洪古尔就是喝了它从少年一瞬间变成了老年。

游人都愣在那里，年轻女人拿出小镜子照自己的脸。

忽闪说，我们的奶茶中只是加了点盐，并没有像史诗中那样，加入地老天荒的时间，所以大家不必担忧。喝了这碗奶茶，我敢保证每个人都能活到老年。

我可不想老，我只想活在二十五岁。一位女游客说。

这碗奶茶能让人活到像我一样老，这是最好的祝福了。沏茶的老夫人说，许多人没有活到老年，早早地走了。

老夫人的话起了作用，大家争相买奶茶喝，一壶奶茶很快卖完，老夫人又从毡房里提出另一个茶壶。

老夫人说，如果你们有幸活到老年，一定再来，我带你们玩让人很快回到童年的搬家家游戏。

老夫人说话时眼睛直看着赫兰，一旁的老头也看着赫兰。

赫兰心里一惊，突然认出他们就是被自己的搬家家游戏玩回到童年的那两个守边老人。

老夫人端一碗茶递给赫兰。

赫兰不接，躲到忽闪身后。

忽闪说，你害怕什么呢？

赫兰不说话。

老夫人说，他怕变老。

老是躲不掉的。忽闪说，两位老人眼睛盯着你时，老便已经传染给你了，你跑到天边也躲不掉。

150

羊群缓缓移动，山也在动。

四周的山峰挨挨挤挤，你推我搡地挪移位置，好一阵才安静下来，一色肃穆地站立在黄昏里。

牧民把羊赶到避风的山弯。

人和羊开始在山谷安顿自己。

忽闪说，今晚就跟羊一起过夜了。

我们睡哪里？游客问。

睡羊中间。忽闪说。

羊和羊挤在一起，头抵屁股，咩咩地叫，一声高过一声。

赫兰说，羊在喊同伴吗？它们都在这里了，还在喊。

忽闪说，羊在喊前世的自己。牧道上厚厚的羊粪，和深深的羊蹄印，让羊感到走在前世的路上。

羊命短，它就不住地往前世来世里喊。

这样能把命喊长吗？赫兰说。

羊的命已经被它们咩咩咩地喊长了，我们在史诗里听到的羊、东归路上回来的羊，都是今天的羊，也是明天明年的羊。忽闪说。

赫兰想，昨晚在齐说唱的《江格尔》史诗里的赫兰、哈日王梦中那场寒冷迁徙途中的赫兰、被十二勇士舍命营救的赫兰、一心要回到母腹的赫兰、牧道上跟忽闪说话的赫兰，都已经在齐的说唱中续了命。

史诗也给草原上所有的人和万物续了命。

天很快黑了，星星一个一个地冒出来，忙着布置深绿色的夜空。山也黑黑地围拢过来。山谷朝上，好像漫天繁星是它张口说出的。

赫兰记得自己出生后从未见过这样多的星星。是说梦者齐忙于讲述一场一场的战争，把这么好看的星空忘记了吧。

在那个世界里，齐不说，便不会有。

齐为何不说出这样好看的星空呢？

忽闪撇下赫兰，躺在一匹静卧的马身边睡着了。

山弯里游人躺了一片，羊卧了一片。

到半夜人冷得受不住，就往羊身上贴，往两只羊中间毛茸茸的缝隙里钻，也不顾羊粪的味道了。

赫兰小小的身体躺在一只母羊怀里，醒来时母羊的乳房搁在他嘴边，赫兰赶忙坐起来，想不起自己是否在梦里吸吮了羊奶。

第二天的行程中，游客明显比前日跟羊亲近了，人走在羊群中间，看羊吃草，还有人数清了羊一天吃多少口草，拉多少个羊粪蛋。这些羊粪蛋又会串多少个项链，卖多少钱。

忽闪说，羊从一棵草走到下一棵草。只要有草，羊的每一步都是到达，所以羊走得慢悠悠的。

我们人跟着羊，也要学羊的慢和停。

对羊来说，最好的山在脚下，最好的草在嘴边。

我们牧游的乐趣，就是看羊眼睛里的风景，听羊耳朵里的风声，闻羊鼻子里的花香。过羊的日子。

羊的日子有什么好过的，羊吃胖就被人宰杀了。一个游客说。

忽闪说，羊吃草，人吃羊，人最后变成土，土又长出草，被羊吃了。在这个轮回中，羊是草的梦，人是羊的梦，草又是人的梦，牧游就是把万物间的梦打通。

万物的灵本是通的。

151

忽闪说，我们的牧游线路有短期的，三五天行程。有长期的，跟着羊群走完四季转场。

这些游客都要走一年吗？赫兰问。

不一定。忽闪说，游客一开始都报三五天的短期牧游，一旦走上牧道，进到我们的史诗故事里，好多人便改变主意，跟着羊群一直走下去了。

牧游从早春转场开始。羊从低洼的冬窝子里抬起头，跟着消融的冰雪往上走。那是一条羊眼睛看见的融雪线。

雪消到哪儿，羊的嘴跟到哪儿。

大雪埋藏了一冬的干草，是留给羊在泥泞春天的路上吃的。羊啃几口草，喝一口汪在牛蹄窝的雪水。

牛蹄窝是羊喝水的碗，把最早消融的雪水接住，把春天夏天的雨水接住。

羊蹄窝又是更多小动物的水碗。

当羊群走远，汪过水的牛蹄窝羊蹄窝里，长出一窝一窝的嫩草，等待秋天转场的牛羊回来。

羊在春天追着草芽走，草长半寸，羊走十里，前面羊啃秃的草，又被后面的羊啃秃。

一棵草在羊群上山的路上，被啃秃十次长出十次。

这时山顶夏牧场的草已经长得密密麻麻，花儿也开放成海洋了。

所有的青草在夏牧场被羊追赶上。

瘦得皮包骨头的羊，在绿油油的草场上迅速吃胖。

夏牧场是人和牲畜共同的节日。一场一场的婚礼和节庆，在草地上轮番举办。吃肥的羊会被一只只宰杀。这是羊和人早就商量好的。人给羊搭羊圈、帮羊配种、接生、剪羊毛、起羊粪、喂草、看病。

人给羊干的最后一个活是把羊宰了吃了。

这也是羊唯一能给人做的。

羊知道被人养的这个结果，知道了就不去想，吃着草等着，等剪掉的毛长起来，等啃短的草长长，等毡房旁熄灭的炊烟又升起来，等到一个早晨牧人走进羊群，左看右看，盯上自己，伸手摸摸头，抓抓膘，照着胖嘟嘟的尾巴拍一巴掌。

时候终于到了。

回头看看别的羊，耳朵里满是别的羊在叫。自己不叫，也不挣扎，它要把叫声和力气存着，在另一世里放声撒欢呢。

待天气渐凉，开始发情的牛羊，往半山坡的秋牧场迁徙，曾经啃光的草又长出来，长黄叶子，结了籽粒。

从这里羊群一路下坡，回到洼地的冬窝子。那里的芦苇、茇茇草、碱蒿、骆驼刺，不受打扰地长高结籽，这些在冬天不会被雪埋住的高个子草，是留给羊回来过冬的。

埋在雪里的矮草羊也有办法吃到，前面的羊会为后面的羊蹚开雪，牛和马也会蹚开深雪，让枯草露出来。

当然，最好的帮手是风，一场一场的大风刮开积雪，把地上的干草递给羊嘴。

以往的旅游是在人世的风景里转。牧游不一样，是在羊的世界里走。联通人世和本巴的，是羊世界里的一条古老牧道。

人跟着羊走完四季，便到了时间深处。

在我们的牧游故事里，四季转场的尽头，是人人活在二十五岁青春的本巴。

它在时间之外。

152

羊道蜿蜒地沿山脚盘旋上山，又盘旋下山。

赫兰仿佛又看到自己走在拉玛汗国转场队伍后面的情景。看牧道的样子，竟然就是自己曾经走过的。羊也还是那一群，只是少了许多。身边的人，也是换了一身游客行装的转场牧民。

想到这里赫兰脑子轰的一下，这不会又是哈日王给他安置的一个梦吧。

忽闪说，再往前，我们就会看见哈日王的宫殿，它天亮拆了，天黑搭起。

能看见哈日王吗？赫兰问。

他在母腹里管理着拉玛。忽闪说。

他不是已经出生了吗？赫兰说。

我们没让他出生，一个母腹中的王，才更让游客好奇。忽闪说。

那你很快就能看见自己了，忽闪不是哈日王的管家吗？赫兰说。

你什么都知道呢。忽闪斜眼看着赫兰说，到时我就换了行装站在怀有哈日王的王母身边了。我们做牧游的，每个人都有好几重身份。就像我们曾经有两个世界，一个现实，一个史诗。在很早前，这两个世界本是相通的。现实中的人可以去史诗里的本巴，史诗里也时常有英雄降生人世，做出惊天动地的大事。

这条牧道真的能通到本巴吗？赫兰问。

我们的牧游，就是往本巴世界送人。忽闪说。

赫兰听了又是一惊，这群游客，他们真的只是这个世界的客人，要跟羊群一起走向本巴吗？只是不知道自己迷途后，本巴世界里此刻正在发生什么。

忽闪像是看见了赫兰心中所想，说，哈日齐在前夜讲完十二勇士的故事后，又讲了一章赫兰迷路无法回到本巴的故事，那时你刚好睡着了。

如果不出意外，今晚他会讲赫兰历经坎坷回到本巴。

会有什么意外呢？赫兰问。

这要看齐的兴致了，他或许不会让赫兰很顺利地回去，他脑子一转，又会多说出一些故事来。每一位齐都会让史诗多出一些故事。忽闪说。

那样史诗会像影子一样，越长越长。赫兰说。

是的，最早的史诗里并没有赫兰。因为洪古尔被母腹中的哈日王逮住，就得有一个人从母腹赶来，去营救，于是有了赫兰这孩子。本来安排赫兰救完哥哥洪古尔便回母腹去。结果，他从母腹带来的游戏，又惹出那么些事。忽闪说着瞥了赫兰一眼。

赫兰从他斜视的眼神里，看见一条长长的影子，正伸向他前日出发的地方。

错过

153

远处地平线快速地隆起来，一堵顶天立地的尘埃的高墙移了过来。赫兰闻到呛人的尘土味道，继而看见沙尘底下黑压压的马队，马上的人挥舞刀枪，嘴大张，却没有一丝声音传过来。

赫兰矮小的身体立在旷野中。

奔腾而来的马队，和那堵尘埃的高墙，在他面前悄然停住。

赫兰认出领头的是忽闪大臣，骑在黑色大马上，眼睛斜看着赫兰。

赫兰说，我昨日在另一个地方见过你。

忽闪说，我和哈日王转世去了趟人世，他说唱《江格尔》，我给他做侍臣，帮他吆喝。

像哈日王这样的贵人，转世都要有个陪伴的。

不像你，孤单地去了趟人世，又孤单地回来。

你的行踪都在哈日王的眼睛里。他让你迷路，沿一棵白杨树的影子走到他转世为齐的人世。那棵白杨树梢上的乌鸦，就是他安排监视你的。

你听他在那里说出你的身世。

像他在母腹中指挥我们管理拉玛，他在那边也一样能掌控这里。

你在人世做小江格尔齐时，他在你日日说唱的故事里。

他转世做江格尔齐时，说唱的也还是你的故事。

他要让你知道，你是他创造的。

154

赫兰大张着嘴，不知道下一句该说什么，他的时间卡住了。

忽闪说，你一个小毛孩儿站在这里能挡住我的千军万马吗？

赫兰说，我不是来抵挡你，我找不到回本巴的路了。

忽闪大笑起来。正好我们也在四处找寻本巴。我们的哈日王，令我召集天底下所有部落，来征伐本巴。我们从天边寻找到天边，却没找到躲在二十五岁里的本巴人。

忽闪身边一位高鼻子莽古斯说，我的爷爷和父亲，都曾带领人马攻打过本巴，也都没找见躲藏在二十五岁里的本巴人。

另一位大胡子莽古斯说，我曾在十八岁时带领同样十八岁的五千勇士攻打本巴，我们翻山越岭，算好路程在第七个年头，正好二十五岁时抵达班布来宫殿，消灭那些不敢露头的本巴人。可是，我们走到三十岁时，还没有看见九色十层的班布来宫。

忽闪说，我也曾无数次地从拉玛出发，只有有数的几次，走到了本巴。

本巴人躲藏在那个稍纵即逝的青春年华里，你眼见走到了，却一晃过去了。

本巴想让人找到时，会露出班布来宫的金色圆顶，在多远处人都能看见。不想让人看见时，她会消失得无影无踪。

忽闪看着赫兰说，如今真是天意，我们逮住了你这个本巴孩子，跟着你总能找到本巴吧。

155

忽闪让赫兰带路，赫兰想，反正我忘了回本巴的路，就带着他们瞎转吧。

赫兰领着忽闪的大队人马，迎风走到月牙变圆，让所有莽古斯的胡子和眉毛被风吹白，又侧风走到下一个月圆日，让莽古斯的左脸庞被风刮黑，变成阴阳脸。

然后，转过一个山弯，再顺风走九九八十一天，把莽古斯后脑勺的头发吹秃，后背的衣服吹得破破烂烂。

赫兰侧眼看跟随身边的忽闪，他曾被他牵着手在那个真实世界的羊道上牧游，如今却反过来，忽闪被他牵着鼻子，在这个如梦世界的风沙中奔走。

赫兰想让莽古斯在呼呼的风声里老去,让风刮走尘土一样刮空他们的脑子,再想不起攻打本巴这回事。

无意中他却将莽古斯带到了本巴。

他看见熟悉的赛尔山了。

156

看见赛尔山的一瞬赫兰又获得飞翔的能力,他丢下跟随身后的莽古斯,在一个念头里来到哥哥洪古尔跟前。

赫兰把莽古斯来攻打本巴的事一五一十说给洪古尔。

洪古尔说,江格尔和十二勇士,刚从那个寒冬迁徙的噩梦中摆脱出来,班布来宫又开始一场接一场的酒宴。

赫兰本想告诉洪古尔,他因为迷路,走到江格尔梦中那场迁徙的尽头,看见真实世界里,人们建造江格尔宫,把江格尔和十二勇士塑造在广场上,创造本巴的齐,夜夜在那里说唱江格尔,只要史诗在传唱,本巴便会一直存在,我们也会一直活着。

赫兰想,洪古尔或许并不知道,我们此刻的生活,正是那里的江格尔齐说唱出来的,我们并不真的存在。江格尔和班布来宫的勇士们,也许早早知道了这些,他们有能预知过去未来九十九年凶吉的谋士。整个本巴或许只有洪古尔不知道这件事,他曾是顽皮的不愿长大的孩子,如今他在认真地过着自己的老年。

赫兰只是说，我在母腹便听见他们日日喝酒喧闹，嘴上说着曾经打仗的事，如今莽古斯打到家门口了，他们也不出来迎敌。

洪古尔说，他们的仗早打完了，剩下是我们俩要打的仗。

赫兰说，我不想再打什么仗。我本想救出哥哥你便要回母腹，结果又为你去了趟拉玛。

洪古尔说，你还要再走一趟，等做完这件事，我随你一起回去。

洪古尔转过身，把赫兰揽在怀里，背着风在赫兰耳朵旁说了一阵话，确信所说的话没被风带走。然后，他带着赫兰，赶着河湾成千上万的老马，向西走到看不见班布来宫，也听不见宫殿声音的荒野上停住。

洪古尔在那里搭起自己的破毡房，支起烧奶茶的炉子，让一缕炊烟直直地升起到天上。

157

赫兰返回到忽闪身边。

蝗虫般扑来的莽古斯，已经向本巴发起第一轮袭击。布满草原的牛粪全被莽古斯翻个底朝天。牛粪下的屎壳郎四处乱跑。

忽闪出发前，哈日王告诉他，本巴人停在二十五岁不让时间流逝的秘密，就扣在一坨一坨的牛粪下面。

本巴草原的每坨牛粪下面，都有一窝屎壳郎，大屎壳郎把孩子生在粪坨下，待小屎壳郎长大，快要把牛粪顶翻时，就有另一坨新鲜牛粪，扣在干裂的老牛粪上。

草原上的牛粪从不翻身。

牧民拿叉子拾去牛粪，原扣在墙上地上，晒干后烧火时，扣在炉膛火堆上。

前面羊群踩翻的牛粪，后面的羊会踩翻回来，原扣在地上。牛会在自己踏翻的干牛粪上，再扣一坨新粪。

本巴的这一秘密习俗，哈日王在母腹中时，便借蚂蚁和屎壳郎的眼睛窥知。他令忽闪掀翻所有牛粪扣住的东西，遇见石头墙全踢倒，毡房掀个底朝天，男人扣在头上的帽子用马鞭抽掉。

可是，他们没遇见一顶毡房、一个戴帽子的本巴人。

只有遍地的牛粪，被他们掀翻又很快被纷纷落下的尘土盖住。

158

赫兰对忽闪说，往前走就是班布来宫，我不跟你去了。说完一闪身不见了。

浩荡的莽古斯大军穿过戈壁，并没看见班布来宫殿，只见一顶破毡房前站着一位老人，右手提壶，左手端碗，挡在大军前面。

老人望着骑在马上的忽闪说，我们又见面了，但你肯定认不出我了。我是长老的洪古尔。

忽闪吃惊地看着老人，在他身上找不到一丁点洪古尔年少时的影子。他把少年的自己深藏在满是皱纹的老年里了。

奔跑的莽古斯大军在一位老人面前悄然停住，头顶扬起的尘土纷纷往下落。

他们跟着年幼的赫兰，往本巴人的二十五岁走，转眼却走到年老的洪古尔面前。仿佛他们寻找的二十五岁，是人生旅途中一个不存在的瞬间，或是一个窄如母腹的缝隙。

洪古尔端起茶碗递给忽闪。

忽闪不喝，他知道这碗奶茶的威力。

洪古尔说，你不喝没关系，我敬给天和地。

洪古尔举起奶茶碗敬天，头顶的天一瞬间荒了。

又敬地，遍地草木瞬间老了。

紧接着站在地上的马也老了，骑在马上的人都老了。

159

忽闪忙下令撤退。刚刚走来的戈壁变成沙漠，马蹄印埋没在黄沙里，已经衰老的人马迎着西风，粗沙子灌进耳朵眼里，听不见四周的声音。细沙子刮进眼睛里，看不清前面的路。

风终于停了。赫兰小小的身体站在前方沙丘上。忽闪打马赶去，却总是走不到跟前，待走到跟前时赫兰又消失了，仿佛小成一粒沙子，混在脚下空中的沙尘里，认不出来。待要离开时，赫兰又出现在沙丘上。

忽闪暴跳如雷，高举长剑大喊道，在年幼的赫兰和年老的洪古尔中间，一定有年轻的活在二十五岁的本巴人，都睁大眼睛找，一个老鼠洞都别放过，躲进母腹也给我找出来。

大军掉头回返时，沙漠变成茫茫戈壁，除了风和马蹄扬起的沙尘，什么都没有。

戈壁尽头依旧是站在一顶破毡房前的老年洪古尔。

我们又见面了。洪古尔张开没有一颗牙齿的嘴对忽闪说。

忽闪刚张嘴说话，听见自己上牙脱落碰到下牙的声音，回头看身后的人马，全老得没牙了。

洪古尔说，你的人马都老了，还是回去吧。

忽闪说，我的人马都老了，走不回去了。

洪古尔说，赫兰曾教给你搬家家游戏，你带着他们在游戏里回去。

忽闪说，我曾经在搬家家游戏中变成过孩子。现在我只想去我的二十五岁。你们本巴把所有人的青春过掉了。你们永远年轻，把衰老留给我们。

洪古尔说，你只剩下往回走的路了。

你在返回童年的途中，有可能经过自己和本巴的二十五岁，也有可能错过。

往回走时，人贪玩的童心会让时间加快，一眨眼就变成了孩子。

而当人在遥远的童年里抬起头，朝自己的青年走来时，因为急于长大，在慌忙中长过头，很快就到了老年。

那时人因为怀念时时回头，时间慢下来，人有可能在回望中看见本巴。

洪古尔的话，让忽闪回过头，朝来路上望。

他的人马全回过头望。

160

站在戈壁另一端的赫兰，看见遍野的莽古斯，下马来蹲在地上，赶着羊粪蛋马粪蛋，一步步地挪过来。

赫兰小成一粒露珠，安静地看他们从眼前过去，越走越小，在更远处四散开去，每个人都回到自己孤单的童年。尾随身后的马匹也四散开去，奔跑向四周隐约的山谷，在那里，枣红马和海骝马，雪青马和烟灰马，都变成了小马驹。

赫兰蹲下身，捡起一粒羊粪蛋，闻了闻又丢在地上。

他从母腹带来的搬家家游戏，会长久地留在草原上。

遍地羊粪蛋将一遍遍地被人捡起来，滚向远处。

人们会一次次地扔掉沉重的转场，而选择轻松好玩的搬家家游戏。

这样想时，赫兰脸上现出少有的微笑。

衰老

161

安静许久的班布来宫殿又有了喝酒说话的声音。

洪古尔对着宫殿的耳朵,微微动了一下,脸上露出皱巴巴的笑。每当有外敌逼近时,班布来宫的酒宴便会安静几日,勇士们静悄悄地把酒碗举到嘴边,舌头压住喝下去。

现在危机又一次解除。那些在搬家家游戏中走远的莽古斯,多少年后才转头回来。也许一些人不会转头,他们留在童年或回归母腹。

更多的人,要在童年和老年间来回地奔走,想寻找到自己二十五岁的青春。

162

这时洪古尔听见阿盖夫人的脚步声,从宫殿石阶走下来。那是只有他的耳朵能捕捉到的脚步声,比花瓣落地还轻。

她径直走到河湾草地上,离他越来越近,他闻到她的气息了,和他多少年前闻到的一模一样。

洪古尔不由转过身。

阿盖夫人愣住了。

她从这个老人的眼睛里,看见吃奶的娃娃洪古尔的眼神,那时他就是这样盯着她的胸脯,满眼是一个孩子对奶水的无尽渴望。可是,阿盖夫人从来没有满足过他一次。

洪古尔知道阿盖认出了自己,连忙低下头,仿佛对自己老成这样不好意思。

他在慌乱中下意识地端起茶碗。

请夫人喝一碗奶茶吧。

他都没意识到自己说出了这句话。而且,竟然把盛满奶茶的碗递给了阿盖夫人。

这一切仿佛是身体里另一个自己完成的。

阿盖夫人没有丝毫犹豫,纤长的手指接过茶碗,微微一笑,将茶碗递到唇边。

洪古尔张大嘴,想喊出夫人不要喝,却什么声音都没喊出来。在他老眼昏花但又分明充满着吃奶娃娃对乳房无边渴望的眼睛里,阿盖夫人扬起脸,将那碗奶茶一饮而尽。

然后,阿盖夫人看着洪古尔,她的岁月迅疾旋转起来,只眨眼工夫,洪古尔看见已是老夫人的阿盖站在眼前。

我不该让你喝了这碗奶茶。洪古尔愧疚地低下头说。

阿盖夫人微笑着走近洪古尔,伸手抚摸他的花白头发,像在抚摸年幼的洪古尔。

当他还在吃奶的幼年，阿盖夫人的手一次都没有伸向洪古尔。

她从那个赖在童年不长大的孩子身上，看见他早已长成大男人的那部分，她不能去抚摸江格尔之外的另一个男人。

现在，她从这个已经长老的男人身上，又看见还是幼童的洪古尔，她的爱抚是给那孩子的。

洪古尔幸福地闭住眼睛，幼年时他最渴望的便是阿盖夫人的怀抱，他每次走进班布来宫，都渴望阿盖夫人能摸摸他的头顶，把他抱在怀里。

可是，阿盖夫人与他保持着他仅能闻到她体香的距离。

现在，阿盖的手就抚摸在他苍苍白发的头顶上，她仿佛在抚摸斑白乱发下那个已经不复存在的自己。

他不由蹲下身体，像要缩回到他渴望这只手的幼年。

阿盖夫人说，我早想到你是年老的洪古尔。

我每天站在宫殿门口远望时，目光都落在你白发苍苍的头顶上，我从那里遥望我的老年。

我本想用好多好多年的时光走到老年。

可是，我在二十五岁里停住，青春漫长得让人绝望。

我很小的时候，看见你孤单一人待在童年，我就想和你在一起玩。

后来我长大了，我在二十五岁里等你长大，你一直不长大。

现在，我们终于在老年里相聚了。

163

当阿盖说出"在老年里相聚"这句话时，本巴草原的女人们，纷纷地开始变老了。

从和布河边，到赛尔山前，那些奉阿盖夫人之命，等待洪古尔和赫兰的年轻女子们，飞快地度过乳房鼓胀的哺乳期。

女人们在二十五岁里待得太久了。

当和布河还是小溪流的时候，她们就齐聚在二十五岁了。青春像开不败的花朵，一动不动地停留在脸上。

每一天每一年的自己都一模一样。

或者并没有每一天每一年，所有日子都是同一个日子。每一天都是昨天也是明天，不会有任何变化。

人们开始渴望岁月流逝，向往三十岁、五十岁的自己。

阿盖夫人衰老的消息，一阵风传遍草原。

老年像一处遗忘的家乡，被回想起来。

女人们结着伴儿往老年里走，唇边的皱纹，在她们快乐的欢笑声里生长出来。

她们永远二十五岁的青春，已经太陈旧了。

只有衰老让她们感觉到新鲜。

女人们欢欢喜喜地走到自己的二十六岁、二十七岁。

当她们走过眼角纹初现的三十岁时，在酒宴上畅饮的男人们都没有觉察。

她们走在五十岁的碧绿草坡上时，回头看依旧活在二十五岁里的男人，就像看自己刚刚长大的儿子。

然后，她们迅速地长到秋草金黄的七十岁，在那里追赶上头发银白、依然美若天仙的阿盖夫人。

她成了那个年岁里的王。

她们从自己衰老的脸上，认出早已不在的母亲和奶奶的脸，在自己的唠叨里又听见母亲早年的叮嘱。

她们跟江格尔的父亲乌仲汗，以及先前老去的祖辈们，隔着一条河的距离，相互看见，彼此呼唤。

拴住老汗王的粗大铁链，在阿盖夫人隔着河水的温暖目光里，融化开来。

藏在老汗王梦中的牛羊，全部回到草原上。

那条长大的和布河，又回到小溪流的模样。

164

这日，江格尔从酒宴中抬起头，发现阿盖夫人不见了。继而传来本巴女人们衰老的消息，江格尔汗和勇士们都有点不知所措。

谋士策吉说，在我们一次次端起酒碗的光阴里，女人们已经度过青春，追随阿盖夫人聚集到七十岁里。我在宫殿瞭望塔上，看见她们一个个活成老祖母的样子。她们频频朝这里望。偶尔有喊声传过来，像是母亲在喊丢失的孩子。

江格尔无奈地看着众勇士，他让本巴人人活在二十五岁，自己的夫人却领头衰老了。他不知道阿盖衰老成了什么样子，她或许怕衰老传染给他，才远远离开了宫殿。

江格尔想到衰老时，牙根突然松动了一下，似乎衰老正从身体的一个部位苏醒过来。

江格尔说，我们怕是挡不住地要老去了。

勇士们都惊讶地看着江格尔汗，知道接下来要发生的一件事情，便是老去了。

他们似乎看见老掉的自己正从远处走来，一步步地走到身体的各个部位，直到完全替换掉年轻的自己。

他们一直跟着江格尔汗，他年轻，他们年轻。他说老，他们跟着老。

他们的女人已经跟着阿盖夫人去了老年，她们在那里放慢脚步，耐心地等待自己的男人。

大家的目光都集中到江格尔脸上，只等汗招呼一声，他们便要呼啦啦地老去了。

江格尔一动不动停在那里。

大家都随江格尔汗停住。

从天窗照进来的阳光也停住，外面草原上的风也停住。这样过了许久，谋士策吉说话了。

他讲了一段长长的故事。每当他感到时光前移得太快时，便讲一段先前的故事，把走远的时间拉回到过去。

165

起初，人们居住在草原上，亲密无间，不分部族。

那时候雨水充足，所有草木的花朵都结出果实，果实又长出密密麻麻的草木。

牛羊遍地，公羊的每一声咩叫都让母羊怀孕，母羊多情的眼神里都能生出羔子。

人一觉醒来，晚上的梦全变成现实。

人们忙于迎接梦，整个白天被变成现实的梦占据。

居住在草原中心的乌仲汗，首先感到人世的拥挤。

他用搬家家游戏，让人们回到不占多少地方的童年。

又用捉迷藏游戏，让地上的一半人藏起来。

作为游戏的开启者，乌仲汗并没有按规则去找那些隐藏者，而是在一半人都藏起来后，在空出来的辽阔草原上，建立了本巴。

那些藏起来的人，开始怕被找见而静悄悄地消失在远处，越藏越深远。

后来因为总是没有人去找，便着急了，派使者四处走动，故意暴露自己。

其实他们也没有老老实实地藏着，而是在藏匿中建立起一个又一个隐秘部落。

拉玛便是其中最强大的。

拉玛人深陷在乌仲汗设置的捉迷藏游戏里，他们必须被找见，才能从游戏中解脱出来。

多少年来他们一次次地向本巴挑衅，有意引起本巴的注意。

可是，本巴人对他们的存在视而不见。

拉玛部落知道自己被骗了，联合起所有被骗的隐藏者，向本巴发起一场一场的报复性攻击。

他们在漫长的隐匿中，学会各种藏身之术。

把噩噩的磨刀声藏在狼和黑熊的吼叫中。把嗒嗒的马蹄声藏在戈壁的飞沙走石中。在摇晃的树荫里藏起走动的人影。在河底滚动的石头上藏起车辙印。在虫鸣和微风中藏起长途跋涉的喘息声。他们的行迹连能看见过去未来九十九年凶吉的谋士都难以觉察。

后来他们不隐藏了，追喊着要让本巴人看见他们，认出他们。

游戏反转过来。本巴人成了疲于奔命的躲藏者。

我们的老汗王乌仲汗早已无力抵抗,带着他那一辈人,一路躲到骨头变薄的老年,还是被追上。

幸亏他留了一手,他用做梦梦游戏让自己和老去的一代人藏在谁都喊不醒的梦中。

他开创了人世初年的游戏,却无法让它停住。

江格尔汗带着我们这一辈人,躲藏到年轻力壮的二十五岁。这才有了难得的安宁。

166

江格尔和众勇士,沉浸在策吉讲的故事里。

他讲述时,他们成了故事里的人,故事中有他们的名字和身影,有他们经历的一件件事情,坐在外面倾听的人变成一个个木头桩子。

他停住讲述时,他们从故事里回来,木头桩子活过来,眼睛看着谋士策吉,又相互看。

策吉说,我们一直在乌仲汗开启的捉迷藏里。

起初,我们想藏在母腹,不愿出生,想藏在童年,不愿长大,但最后选择藏在二十五岁的青春。

人生是一片狭长树林,二十五岁是林木最茂密的中心,无论莽古斯从童年来，还是从老年来，这地方都最隐蔽安全。

可是，青春永驻的阿盖夫人先衰老了，我们的女人们跟着衰老了。

那我们也将老去吗？美男子明彦说。

策吉说，自从乌仲汗用游戏布置了草原上的人和牲畜，多少年来我们以为没事了，草原的格局已定，谁也无法再改变。

可是，被他欺骗过的莽古斯却没这么想，那个一直隐藏在母腹，出生后又躲在幼年不长大的哈日王，一直都在伺机报复。

就在不久前，莽古斯又一次席卷而来，我在瞭望台上，看远处扬起齐天尘土，数不清的莽古斯攻打到了本巴。

多少年来莽古斯对本巴的进攻一直没有停过。

他们一次次地从天边涌来，却只有极个别的几次跟我们交手，被击退。

更多的想找到我们的人，只是知道我们在永远年轻的二十五岁，他们年少时遥望我们，到自己也二十五岁时又看不见我们。

所谓年轻看不见年轻。

待到一晃过了青春，回头看我们还在那里，他们却在衰老的路上再回不来。

策吉接着说，这次我没有把莽古斯打来的消息告诉江格尔汗和各位勇士，因为沙尘暴一样卷来的莽古斯，在绕过赛尔山，就要攻到班布来宫殿时，突然退去了，消失在地平线之外。

是谁打退了莽古斯，我想，各位一定都清楚，除了洪古尔和赫兰，我们的勇士们都在这里了。

江格尔汗的那个噩梦，也是赫兰和洪古尔破的。

哈日王在白天找不见我们，便在夜晚的梦中寻找。

江格尔的梦暴露了自己。哈日王逮住了江格尔的梦，把我们本巴人全做进他的梦中。

这是乌仲汗早年开启、后来被江格尔关闭的做梦梦游戏。

哈日王借这个寒冬之梦，告诉我们那场梦中的一切才是真实的。我们自以为醒来后的白天，只是被人安排好的一个梦。身在梦中的我们，最不愿别人认出我们的梦。一旦我们知道了自己在一场梦中生活，我们便会失去已有的力量。

那时候，哈日王便会轻松地打败我们。

167

江格尔像是早知道这些，他淡淡地说，洪古尔和赫兰这两个孩子，仗打完了也不赶紧回来。

策吉说，尊敬的汗，我一直没告诉你，那个河边牧马的老人，正是老去的洪古尔，他从孩童直接长成老人，都没经过我们所在的二十五岁。或许经过了却没给我们打招呼。

这么说，洪古尔的老传染给了阿盖夫人和所有哺乳的年轻女子。美男子明彦说。

策吉说，老是我们的另一处家乡。

那个哈日王，一直想让我们老去，然后像他父亲一样征服本巴。

他先借用赫兰从母腹带出的搬家家游戏，让拉玛人变成孩子，又诱使洪古尔启动捉迷藏游戏，把赫兰深陷其中。而他自己，则用做梦梦游戏掌控着这一切。整个草原在他的操纵下，又回到最初的游戏里。

这些游戏搅动了草原上多年不变的时间。

本来，草原上一坨坨的牛粪，一颗颗的羊粪马粪压住时间，搬家家游戏把它们都翻了过来。本来，草丛之中、树林深处、远山后面，都藏住了时间，被捉迷藏的人一一找见。本来，梦中保留着可以时常回去的童年。可是，做梦梦游戏把所有的梦翻得底朝天。

我们固守在二十五岁的时间之坝，眼看要被摧毁了。

我们就要走向无法挽救的衰老之路时，洪古尔替我们老去了。

我们都在青春时，他一个人在童年。

现在他绕过我们去了老年，他把所有本巴人的皱纹堆在自己脸上。

他独自承担了本巴的老，我们便不用去衰老了。

江格尔平静地听策吉说完，然后说，我们操心眼前发生的事情时，似乎已经忘了本巴并不真的存在。我们所做的一切，都在齐的说唱里，早已安排好。

策吉说，这正是我想说的，尽管我们知道了这一切不是真的，但是，我们并没有比这更真实的生活可过。

我们还将在齐的说唱里，一遍遍地活来，把本该属于自己的故事演绎下去。那个哈日王，也不会因此停息对本巴的袭扰。

当我们认真生活时，便没有什么是不真实的。

当我们更认真地做梦时，真实的生活也会被我们颠覆过来。

江格尔端起酒碗，一口喝干了。勇士们也一口喝干酒。

江格尔重重放下酒碗，勇士们随他重重放下酒碗，宫殿里突然响起一片金碗银碗碰木桌的声音，他们全竖起耳朵，让从来没有听见过的声音灌进耳朵里。

本巴

168

赫兰又看见本巴草原,看见九色十层的班布来宫,他从没仔细地看过它一眼,现在他觉出它好看了。夕阳正照在宫殿金顶上,两侧的赛尔山和哈同山,被宫殿金顶的光芒照亮,仿佛它是此刻的太阳。那个走到天边的夕阳被遗忘了。

赫兰觉得自己有点贪恋此时的景致了。一旦他有了欲望,便会耗费气力,进而需要吃世间的粮食。

从本巴草原一步步走回来的赫兰,看见更加苍老的哥哥洪古尔身旁,多了一位老奶奶。

洪古尔拉着赫兰的手说,这是阿盖夫人,以前她每天都站在班布来宫殿门口,盼望我们俩回来。

阿盖夫人说,赫兰你帮江格尔破了那个噩梦,又撵走了莽古斯,你的江格尔汗和勇士们,又可以坐在班布来宫商议大事了。

赫兰说,我去了江格尔的梦里,那里发生的一切都是真的，我们此时的生活才是梦，是假的。

阿盖说，我还是一颗透明露珠时，偶尔的一个早晨，看见眼前的本巴，我成了其中的生活者。我喜欢这个如梦的本巴，也早知道她是一个梦。我在其中美丽年轻，又老去。当我认真地过着她的日子时，这个梦成了真的。

赫兰说，我不愿在这个世界活到老。

洪古尔说，我也曾不愿在这个世界里长大，却直接长老了。当我瞬间变老的时候，觉得老年是一处遥远的家，我竟然走到了。

赫兰说，我的家在母腹。

169

和布河畔辽阔的草原上，年老的洪古尔和阿盖夫人领着赫兰，走在衰老的马匹中间。闪着水光的河流也老了，就像它在小溪流时一样，那些波浪不发出一丝声响。

洪古尔给赫兰说，你和阿盖夫人玩搬家家游戏吧。

阿盖说，赫兰我们带着洪古尔一起玩吧。

地上的羊粪蛋马粪蛋被搬动起来。

赫兰在前，年老的阿盖和洪古尔跟在后面，他俩在搬家家游戏里迅速地变得年轻。赫兰注意到，洪古尔比阿盖更快地走到了童年，就像他从童年直接到了老年，再度回来时，他依旧没有年轻力壮时的一点点经历。他的那段日子是空的。

阿盖却不一样，在她将满地羊粪蛋滚向班布来宫殿的路上，她走过曾向往过的儿女成群的四十五岁，走过她最想长成的三十岁。她不知道三十岁的自己是什么样子。本巴没有一个人长到这个年龄。

当她走过永远年轻的二十五岁时，她从班布来宫殿敞开的大门，看见江格尔正高举酒碗，说着她听过无数遍的祝酒词，他在主持另一个九九八十一天的盛大酒宴，没工夫朝门口看一眼，她匆匆走过的脚步声传不到他的耳朵里。所有勇士们眼睛盯着江格尔汗。连能预知过去未来的谋士，也没朝门口扭一下头。

阿盖伤心地转过脸去，被她美丽容颜照亮的宫殿，瞬间又暗淡下去。

她迅速地走过自己如花盛开的二十岁，当她回到十二岁的早晨，又情不自禁地扭头，看着身后渐渐远去的班布来宫，直到她确信那个身在酒宴的男人，再不会伸过手来牵走她，她难过地流下了眼泪。

然后，她和洪古尔义无反顾地朝童年里走去了。

在那里，她看见赛尔山顶悬浮着云朵一样的梦，看见在上一世里形似一颗晶莹露珠的自己，静静地等候在青草叶上。

他们停住手中的游戏，从草原尽头站起来。

洪古尔已经回到饥渴难耐的哺乳期。

赫兰也小成一丝若有若无的气息。

他们迎着黄昏的夕阳往回走。

九色十层的班布来宫竖立在满天晚霞里，它长长的影子流淌成一条光阴的河。

170

洪古尔看见自己的母亲了，她背对他们，向太阳将要西沉的天边久久眺望。她不知道自己的孩子就在身后。

洪古尔在母亲长长的影子里停住。

阿盖也停住。

小成一个念想的赫兰也停住。

洪古尔说，赫兰你回去吧，顺着吹过草尖的清风回去，顺着照在母亲身上的夕阳回去，顺着我和阿盖送你的目光回去，也顺着你唯一的念想回去。

赫兰说，哥哥你也回去。

洪古尔说，待你回到母腹，我便回到母亲怀里。

阿盖说，我便回到一颗晶莹露珠。

赫兰说，这个世界剩下最后的黄昏了，多好看的夕阳和影子，就要消失了。

洪古尔说，你回去时，外面世界又是你隐约听见的一个梦了。所有的人、牲畜和草木，都在这个梦里，不会失去。

阿盖说，那个形似宝瓶的母腹，是所有人的本巴，我们都将回去，在那里重新开始。

171

这一刻，站在班布来宫殿瞭望塔上的谋士策吉，看见过去年月里的一个早晨，和布河边一座白色毡房里，回到母腹的赫兰再一次降生。

毡房外围满骑马来的人们，河滩上吃草的牛羊也抬起头，朝这里望。

母亲抱着呀呀叫喊的孩子，给前来道喜的喇嘛说，这孩子在我腹中便在说话，一直不停地说到出生，还在说。

喇嘛左耳对着赫兰的小嘴，又换右耳听。然后微笑着说，我们会说九九八十一章史诗的江格尔齐降生了。

母亲说，请喇嘛给起个名字吧。

喇嘛说，他早有名字了，叫赫兰。

喇嘛说出这个名字时，那孩子竟安静下来，一只眼看着喇嘛，一只眼像在朝他的前世里望。

喇嘛摸摸孩子的头顶，又说，这孩子已来来回回地降生过多次。这一回，他生在灾难重重的年份了。

母亲疑惑地望喇嘛。

喇嘛说，几年后会有一场迁徙，我们要回本巴草原了。

2020年2月9日完成初稿
2020年7月13日修正定稿
2021年1月25日增补一章，完稿
2022年9月再次修订

第五章

史 诗

吃奶的娃娃洪古尔
大战格楞赞布拉汗[1]

古时有位伟大的可汗,
他是塔克勒祖拉汗的后裔,
唐苏克宝木巴汗的嫡孙,
乌仲阿拉德尔汗的儿子,
一代孤雄江格尔。
当巍峨的须弥山,
刚刚露出地面的时候;
当浩瀚的逊达来大海,
还是一摊泥水的时候;
当参天的赞丹大树,
还是一株幼苗的时候;
当无际的嘎扎都大海,
还刚刚形成的时候;
当挺拔的赫兰额尔格山,
还是一块土包的时候,
江格尔就出生在人间。
他是下界七域的传奇英雄,
他是上界七域的梦中勇士。
他让附近诸洲的人家,
跪倒在他的马镫之下;
他让远方诸洲的人家,
吓倒在他的威名之下。

1　引自《江格尔》史诗,第三十九章。

他有数以万计的百姓，
居住在宝木巴大海的岸边，
他是一位洪福齐天的圣主。
若问这位闻名天下的可汗，
圣主江格尔诺颜，
究竟有多大的威名？
他从出世的那天起，
从没有失去过一寸土地；
在广袤无边的世界上，
从没有失去过他的尊严；
他从诞生的那天起，
从未失去过宝木巴家园的权柄；
在人间众多的可汗中，
从没有失去过他的体面。
他与下界七位可汗交战以来，
从未打过一次败仗；
他对上界七位可汗征讨以来，
从未失去过土地百姓，
他是一位伟大的可汗。
严寒的冬天时光漫长，
冬天和夏天依次交替。
若问圣主江格尔，
到底有多大的能耐？
他那宽大的双肩，
藏着七十只大鹏的力气；
他那结实的腹部，
藏着八十只大鹏的力气。
他有七十五尺宽的肩膀，
他有八十五尺长的腰围。
他那白皙的十个指头，
足有十只老虎的力气。

他那平坦的左右两肋，
生来就没有缝隙；
他那粗犷的拇指和食指，
生来就没有关节。
他有七十二变的法术，
他有八十二变的本领，
他是天下闻名的孤雄。
若问圣主江格尔汗的夫人，
究竟长的是什么模样？
一双乌亮的发辫，
飘动在她的两腋下；
一排镶着珍珠的银扣，
在她的颈下闪闪发光。
一双金线编制的耳坠，
在她的腮下颤颤摆动；
一对银线编制的托乎克的穗子，
在她的颈下轻轻飘荡。
她的前额比雪还白，
她的脸蛋比血还红。
她脸上发出的光芒，
可以使女人穿针引线；
她身上发出的辉光，
可以使男人执鞭牧马。
她能分毫不差地说出，
过去和将来发生的事情，
她是化作凡人的天仙。
若问圣主江格尔汗，
手下究竟有哪些英雄？
他有十二名出众的英雄，
和三十五名陪伴的宝东，
跟在他们后面出发的，

还有八千名凶猛的狮子勇士。
他有匹叫阿仁赞的坐骑,
它有阿尔泰高山般的脊梁,
它有驮动一座大山的力气,
它一口气能跑完整个大地。
纵然昼夜不停地骑它,
它仍能飞跑如故;
即使让它跑完大地,
它也不会消瘦累垮。
若问圣主江格尔,
到底有多少牛马畜群?
他有一百万匹良驹,
自由自在地在阳光下繁衍;
他有千万匹骏马,
无拘无束地在月光下成长;
他有数不尽的花斑马,
漫布在阿尔泰的山脚下;
他有数不尽的淡黄牛,
漫布在库鲁苏台的原野上。
他有成万成万的山羊,
漫布在通格图河的源头;
他有成万成万的绵羊,
漫布在宝木巴图河的源头。
严寒的冬天时光漫长,
冬天和夏天依次交替。
说起圣主江格尔汗,
他有唐苏克宝木巴的故乡,
他有五百万忠实的臣民。
那里只有秋天没有春天,
那里只有富足没有贫寒,
那里只有夏天没有冬天,

那里人人富有没有饥饿,
那里人丁兴旺,
没有鳏寡孤独,
那里只有安宁没有战乱,
人人永葆二十五岁的青春。
他有数不尽的黎民百姓,
他有夸不尽的北方宝木巴,
人人说他是福星的化身,
说他是无比英明的圣主。

一日圣主江格尔诺颜,
坐在洁白的宫帐里,
一边掇着金杯里的美酒,
一边启口向众英雄说道:
"当我骑的阿仁赞神驹,
还在年轻力壮的时候;
当我江格尔,
还在身强力壮的时候;
我的马到过所有的地方,
我也去过所有的地方。
如今我的骨头变薄了,
身上的热血也变稠了,
趁我活着未死的时候,
趁我富裕未穷的时候,
我要举行一次,
连续六十昼夜的盛会。
我的勇士赫兰宝东,
快骑上你的骏马,
去见一见那三个巴彦,
恩克、达来、蒙赫三人。
吩咐他们替我备好,

最美的阿尔扎奶酒,
最有劲的胡尔扎奶酒,
最可口的阿日克酒,
用七千峰公驼驮回。"
赫兰宝东听了这话,
惊吓得连眼皮也没抬一下,
害怕得连声都没吭一下,
急忙骑上漂亮的花斑马,
转瞬间绕过山嘴,
眨眼间转过山梁,
飞腾在茂密的树梢上,
奔驰在天空的白云下。
骏马飞也似的奔跑,
连粗草的草尖也不碰;
骏马箭也似的奔驰,
连细草的草尖也不伤;
骏马闪电般飞腾,
连地上的尘土也不沾;
骏马奋蹄向前奔跑,
连树上的喜鹊也不惊动。
骏马跑啊跑啊,
不知跑了多少个昼夜。
它用四只漂亮的钢蹄,
嬉戏着赞布梯布大地;
它用它的额毛和额鬃,
嬉戏着太阳和月亮。
它使劲拽着缰绳,
拽得勇士赫兰宝东,
在马鞍上左右摇晃,
径直奔向三位巴彦的家乡。

就在这个时候,
恩克、达来、蒙赫三人,
一齐爬到宝日陶勒盖山冈上,
放眼望着无边的草原上,
吃着丰美水草的五种牲畜。
当太阳刚刚升起的时候,
它们走动在丰美的水草上,
当太阳刚刚落下的时候,
它们走动在厚厚的草滩上。
三位巴彦抬起头来,
向西南方向凝眸望,
只见一股细尘,
升在远远的天边。
这时恩克巴彦,
抬头望了一阵,
举目瞧了一阵,
往上看了一阵,
往下瞧了一阵,
原来那来的不是别人,
正是美丽花斑马的骑手,
圣主的勇士赫兰宝东。
恩克巴彦启口说道:
"啊,这倒是一件怪事。
咱们圣主的宝木巴家园,
要么闯来了强贼,
要么是举行一次盛会,
咱们得要赶快回去。"
说罢三人便返回家里。
盼咐项戴白链的美男子,
和力大无比的七八个小伙子,
手里拿上结实的铁钩,

一齐来到铁桥的桥头，
迎候圣主派来的使臣。
不一会儿那美丽的花斑马，
用额毛嬉戏着日月奔来。
洒脱的勇士赫兰宝东，
死死拽住六庹长的丝缰，
拽得缰绳像针一般粗细。
项戴白链的美男子，
力大无比的小伙子，
七八个人挤在一块儿，
挺着手中的铁钩，
连忙去钩骏马的笼头。
有的铁钩被骏马拽弯，
有的铁钩被骏马拽断，
有的被骏马拖出一个晌午的路程，
这才勉强将它拉住。
这时恩克、达来、蒙赫三人，
一齐跑过来迎住客人说道：
"你，咱们力大无比的英雄，
一路上可曾平安无事。"
说罢移步向前，
抓住百庹长的鹿皮缰绳，
和六庹长的丝绸偏缰，
双手扶住赫兰宝东下了马鞍。
可汗的勇士赫兰宝东，
迈开大步向前走去，
双脚踩在软地上，
地下陷没了他的腿肚；
双脚踩在硬地上，
地下陷没了他的腿弯。
他来到恩克巴彦的家门口，
伸出右手轻轻掀起，
洁白如玉的门帘，
从肩膀上甩了过去，
迈步走进毡帐，
他走到上面绣着二十五颗星斗，
垫底汪下的毡褥跟前，
盘腿坐在中间，
足足占了二十五尺的位置。
恩克巴彦连忙吩咐仆人，
端来一万个人刚刚推动，
七十个人勉强抬动的，
红色花棱大碗，
盛满味美的阿尔扎奶酒，
盛满烈性的胡尔扎奶酒，
盛满可口的阿日克酒，
递给圣主江格尔的使臣。
可汗的勇士赫兰宝东，
用他的食指和拇指，
轻轻接过盛酒的大碗，
一连干了七十五碗，
接着又干了八十五碗，
喝得勇士双颊通红，
干得英雄酩酊大醉，
满头都是绵羊般大的汗珠，
滴滴答答地落在地上。
这时恩克巴彦，
掏出绣着宝石花的哈达说道：
"你，力大无比的英雄，
有何要事来到这里，
你打算去什么地方，
想要办成什么事情？"

赫兰宝东这样说道：
"年迈的圣主江格尔，
如今发下一道旨意，
说他的骨头已经变薄，
说他的热血已经变稠，
说在他的有生之年，
说在他还没有衰微之前，
举行一次六十个昼夜的盛会，
操办一次八十个昼夜的喜宴。
他吩咐我来见你们三人，
要你们备下最好的阿尔扎奶酒，
最有劲的胡尔扎奶酒，
最可口的阿日克酒，
驮在七千峰公驼上，
送到他的宫帐。"
恩克巴彦听了这话说道：
"阿尔扎和胡尔扎酒有的是，
不足的酒我一定备齐。"
说罢唤来帐前的马夫，
吩咐他快去赶来马群。
马夫的首领巴岱老汉，
骑上他声如海螺的良驹，
橘黄色的褐鬃儿马，
拖着桦木做的套马杆，
爬到宝日陶勒盖山冈上，
扯开嗓门大声吆喝，
从十二队马群中，
勉勉强强赶回一群，
拉上六十度长的拴马绳，
拴上鱼崽般多的小马驹。
正当年的媳妇们，
腕上挎着挤奶的皮桶，
双手挤着奶，
不一会儿就挤满了，
父辈们留下的银锅，
很快就酿出了，
几大锅阿尔扎美酒和胡尔扎烈酒。
在太阳升起以前，
便把阿尔扎和胡尔扎奶酒，
满满装在皮制的酒囊里，
驮在七千峰公驼上，
喝令倔强的贡本赫兰勇士，
充当驼队的领队，
率领掳来的七百名仆人，
牵着七千峰公驼上路。

只见这一队公驼，
不停颤动着高大的身躯，
不断鼓动着八根肋骨，
腮下的长毛随风飘扬，
如花的四蹄闪着白光，
脖颈上的鬃毛来回摆动，
如权的双峰前后摇晃，
如兔的嘴唇阵阵翕动，
银白的长牙闪闪发光，
时时发出嗷嗷的叫声，
越过一座又一座山冈。
就在这个时候，
那匹漂亮花斑马的骑手，
名叫赫兰宝东的勇士，
飞也似的奔了过来。
向倔强的贡本赫兰勇士说道：

"到了夜里也不要过夜,
到了白天也不要歇脚,
日夜不停地给我赶路,
务必在七天七夜之内,
把这阿尔扎和胡尔扎奶酒,
按时送到江格尔汗宫前。
否则到了江格尔汗宫前,
你会尝那锋利的刀刃,
望你把这话牢牢记在心上。"
赫兰宝东勇士说罢,
挥鞭策马向前奔去。
马儿飞也似的驰骋,
并不惊动花斑的喜鹊;
马儿箭也似的飞腾,
并不掀起地上的尘土。
勇士松缰日夜奔跑,
来到可汗阿爸
和额吉夫人的右面,
翻身跳下他的坐骑,
把他美丽的花斑马,
牵去拴在小赞丹树上,
然后牵到老赞丹树下乘凉。
转身迈步走向宫帐,
双脚踩在硬地上,
地下陷没了他的腿弯;
双脚踩在软地上,
地下陷没了他的膝盖。
他走到了可汗的宫帐门前,
伸出双手轻轻掀起,
洁白如玉的门帘,
一下甩到身后,

迈步走进可汗的帐内,
来到宝古拉图拉嘎的南面,
宝苏嘎图拉嘎的北面,
弯下双膝跪在地上,
低下脑袋连连磕头。
上气不接下气地说道:
"英明的可汗江格尔,
仁慈的阿盖夏布都拉夫人,
你们是否像往日一样安宁?"
圣主江格尔说道:
"我的勇士赫兰宝东,
你办的事情是否如愿,
你受你护神的保佑,
一如往常平安地归来。"
"我们英明的可汗江格尔,
我们的救星江格尔,
我奉你的旨意,
去见了那三户巴彦,
没少吃他们的肥肉,
没少喝他们的烈酒;
我也从没断过,
年轻调皮的少妇。"

这时原来说定,
七日内赶到的驼队,
过了三七二十一天,
才勉强赶到可汗江格尔
班布来宫殿的西边,
连忙卸下驮载的东西。
顿时一桶桶阿尔扎和胡尔扎酒,
堆成了宝日陶勒盖山冈一般。

第五章 史诗

这时赫兰宝东勇士说：
"我明明嘱咐你们，
带着驼队日夜兼程，
务必在七天之内赶来。
你们因何违抗我的命令，
过了三七二十一天才赶来？"
说罢摊开他的巴掌，
把那七百名掳来的仆人，
从头一个到最后一个，
每个人扇了十五个耳光。
站在最后的一名少年，
爬起来跪在地上，
头也不抬地磕着头说道：
"我请求英雄阿哥原谅，
请你敞开胸怀想一想，
请你打开心扉听一听，
请你敞开宽胸想一想，
请你打开思路听一听。
我们刚刚上路不久，
有的骆驼就跑入柳林，
有的骆驼滞留在山上，
我们无奈只好四处奔波，
把乱窜和掉队的骆驼拢回，
一个挨一个地插上鼻勒，
一个接一个地套上笼头，
这才误了指定的期限，
整整折腾了三七二十一天，
拖到今天才赶到这里。"
赫兰宝东勇士听了说道：
"你的马骑得很好，
礼尚往来的道理你也懂，

还有你的坐骑是褐色骒马的小驹，
名叫哈拉金的白额马，
它能追上它所追的东西，
而追它的东西却追不上它。
请你快骑上你这匹骏马，
一路奔跑不误时刻，
把大努图克的百姓给我唤来，
把小努图克的百姓给我召来。"
那少年听了这话，
连忙跨上白额骏马。
白额马把它的前腿，
放在阿尔杭盖的山北；
把它的两条后腿，
放在额门杭盖的山南；
四只钢蹄下燃起火焰，
火焰能烧死阿拉玛斯魔鬼。
骑在马背上的少年，
扯开嗓门不停地吆喝，
睁大双眼不眨巴一下，
奋力吹响大布日耶，
召来大努图克的百姓；
使劲吹响小布日耶，
唤来小努图克的百姓。
十二名出众的英雄，
八千名狮子勇士，
和白发苍苍的老阿爸，
双鬓染霜的额吉，
俊俏的白脸小媳妇，
双颊红润的小姑娘，
面色通红的小伙子，
一齐聚在圣主的宫帐里。

那宫帐有四十四个帖尔木,
有四千根结实的乌尼,
高高的屋顶直插天际,
和天上的彩云相互辉映。
大家分成七围,
围坐在摆着美味的阿尔扎奶酒
和浓烈的胡尔扎奶酒桌旁。
四面八方的狮子宝东,
做梦也见不到的小鬼们,
抬来烈性骒马的奶酒,
抬来营养丰富的马奶酒,
团团围住圣主江格尔,
无拘无束地开怀畅饮。
放开喉咙齐声歌唱,
迈开步伐欢快地舞蹈,
晃着帽穗翩翩起舞,
合着琴声欢歌高唱。
大家沉浸在幸福的气氛中,
连续欢乐了六十一个昼夜;
大家沉醉在节日的气氛中,
连续热闹了八十一个昼夜。

就在这个时候,
化作凡人的圣主夫人,
贤惠美丽的阿盖夏布都拉,
缓步从卧室中走了过来。
来到七十个额吉量着缝制,
一万个额吉铺着缝制的,
洁白如玉的门帘前,
伸手掀起门帘,
轻轻一撩甩过肩后,

移步走进大堂之中,
双手掀动胸前的衣襟,
向左右两面躬身施礼道:
"自古以来有句名言,
年迈的额吉常常念叨,
白发的阿爸常常说起,
说作乐越少越好,
说年头越长越好,
说宴饮越少越好,
说岁数越长越好。
天边传来快马的蹄声,
远方传来刀枪的响声,
请圣主快快结束这场喜宴。"

这时年迈的可汗江格尔,
喝阿尔扎奶酒喝得酩酊大醉,
喝胡尔扎奶酒喝得全身发热。
忽然听见夫人的这话,
顿时发怒粗声粗气地说道:
"山羊的脑袋再贵重,
也不能摆在宴席上,
哈腾的长相再美,
也不让她过问政事。
你是我用马背驮来的,
你是我用枪尖挑来的,
你是我抢来的下贱女子,
你懂什么竟敢胡乱插嘴。
我要举行六十一个昼夜的喜宴,
我要操办八十一个昼夜的酒会。"
说罢拔出令人咂舌的宝刀,
就要砍杀阿盖夏布都拉夫人,

夫人见了魂飞魄散，
急忙钻入美男子明彦
长袍的右襟下面。
美男子明彦启口奏道：
"江格尔啊，你是一位救星，
江格尔你也是一位主宰。
你应该想一想，
夫人适才说的一番话，
我们不仅听到快马的蹄音，
也听到刀枪的响声。"
江格尔汗听了明彦的话说道：
"你舔惯了女人的脚汗，
你就放心大胆地去舔吧。
我是不舔女人的臭脚，
我要痛痛快快地饮酒作乐。"
圣主江格尔说罢，
又和大家一起喝起酒来。

就在这个时候，
阿拉玛斯汗的部下，
阿玛亥查干山冈的哨兵，
克开勒门、牙亚拉曼二人，
喊天呼地大声呼喊道：
"哎呀，不得了啦！"
他们一边呼喊一边奔跑，
匆匆跨入可汗的门槛，
走到宝古拉图拉嘎的南面，
站在宝苏嘎图拉嘎的北面。
弯下双膝跪在地上，
头也不抬地磕头说道：
"威震天下的可汗江格尔，
拯救百姓的诺颜江格尔，
自我去守那座山关以来，
头一次看见这样的敌人。
有个黑脸青年像是兄长，
骑着一匹杭盖般高的黑马；
其他人则像是弟弟，
都骑着一色的烟熏枣骝马。
他们的身子紧紧靠在鞍鞯上，
靠得马儿两肋咯咯作响，
踢得银镫险些断裂。
长在腮帮上的连把黑胡须，
迎风飘在他们左右肩上，
正打着呼哨往这边奔来。"
四面八方来的狮子宝东，
模样古怪的漂亮小鬼们，
听了探马来报的消息，
彼此捅着这样议论道：
"我们盼望厮打，
总算盼来了较量的对手。"
这时腾格里的英雄，
铁木尔布斯图勇士，
忽然开腔这样说道：
"你们不要高兴得太早，
假如来的是乌克尔奇的儿子，
赫兰扎拉图勇士，
你们就难找到藏身之地。"
他的话音刚一落下，
乌克尔奇英雄的儿子，
赫兰扎拉图勇士，
早已穿过银桥的桥头，
迅速走过金桥的桥头，

来到圣主江格尔
班布来宫的西面下马。
他牵着杭盖般的大黑马,
从硬石上踩了过去,
从碎石上走了过去,
把马吊得像山岩一般牢靠,
绊得像铁匣一般结实,
然后牵到老赞丹树下乘凉,
最后拴在小赞丹树上。
转身迈开大步,
双脚踩在硬地上,
地下陷没了他的腿弯;
双脚踩在软地上,
地下陷没了他的膝盖。
他走到可汗的宫帐门前,
掀起洁白如玉的门帘,
从肩上甩过去,
移步走进大堂之中。
穿过高个子的腋下,
迈过矮个子的肩头,
走到蒙根希格西尔格跟前,
坐在这位摔跤能手的下首。
这时圣主江格尔发话道:
"你们四个莽古斯妖魔,
双颊上闪闪发光,
双眼里炯炯有神。
你们从何处而来,
打算要办什么事情,
想找什么人谈事,
快快如实报来。
你们如果不说实话,
快快给我滚将出去。"
乌克尔奇英雄的儿子,
赫兰扎拉图勇士,
见江格尔大发雷霆,
蓦地从座位上站了起来。
他抖了抖胸前的衣襟,
拍了拍左右的袖筒说道:
"我们从远方赶到这里,
肚子饿得咕噜噜地直叫,
先让我们喝口阿尔扎奶酒,
然后再盘问也不迟。"
江格尔帐前的众仆人,
用一万个人刚刚推动,
七十个人勉强抬动的,
巨锅似的红色大碗,
盛满烈性的阿尔扎奶酒,
和那劲儿最大的胡尔扎奶酒,
递给他们兄弟四人。
四位勇士接过大碗,
一连干了七十五碗,
接着又干了八十五碗,
还嫌不够过瘾大声说道:
"锅底里还有没有剩酒,
有的话赶紧给我们倒来。"
圣主江格尔发话道:
"假如你们已经解渴,
快给我说说你们的来意,
说完你们就给我滚出去。"
赫兰扎拉图勇士起身说道:
"拯救天下的江格尔可汗,
征服四方的江格尔诺颜,

箭一旦射了出去，
哪有飞回来的道理；
可汗派来的使臣，
哪有返回去的道理。
请你敞开胸怀听一听，
请你打开心扉想一想，
请你展开心怀想一想，
请你摊开胸襟记一记。
我们的格楞赞布拉汗，
叫我转告他的三项命令：
一是他要你的阿仁赞神驹，
他说那马是一匹良驹，
邻近串门时他要骑它。
二是他要你的美男子明彦，
他是一个能歌善舞的机灵鬼，
好让他招待我家来的宾客。
三是他要你那下凡的夫人，
让她给他的夫人当用人。"
这时坐在十二名英雄上首的勇士，
腾格里的铁木尔布斯图英雄，
一把揪住赫兰扎拉图勇士，
把他放在膝盖下面，
来来回回顶了几下，
忽然他化作风雨逃去。
圣主江格尔见了，
大发雷霆厉声说道：
"这明明是睁着眼睛，
叫人来抢占汗位；
这明明是睁着眼睛，
叫人来夺取宝座，
快去给我鞴上阿仁赞骏马。"

圣主江格尔说罢，
就要动身登上征途。
这时相面的查干姑娘走过来，
仔细打量了一番阿仁赞后说道：
"这匹骏马从很早以来，
就来回奔波跑过所有的地方，
又参加过无数的赛跑。
它的两眼早已昏花，
看来它再也不能出去远征。
英明的可汗江格尔，
你从很小的时候开始，
就打过无数次的仗，
你的硬骨早已变薄，
你的鲜血也已变稀，
你再也不能出去远征。"

这时蒙根希格西尔格的儿子，
这位摔跤能手的掌上明珠，
还在吃奶的娃娃洪古尔，
正坐在十二名英雄的上首。
他忽地从座位上站起来说道：
"我尊敬的可汗阿爸，
我仁慈的哈腾额吉，
我愿替你们出征一趟，
去对付这场非凡的比试。"
圣主江格尔听了说道：
"啊，我吃奶的娃娃洪古尔呀，
眼下你还是个年幼的小孩子，
你身上的骨头还没有长硬。
提起格楞赞布拉汗的家园，
男子汉走到老方能到达，

善跑的良马跑瘦了才能跑到。
不如过完这一年，
到了明年你再动身。"
这时吃奶的娃娃洪古尔，
走到有名的摔跤能手，
蒙根希格西尔格阿爸面前，
双膝跪地磕着头说道：
"亲爱的阿爸你答应不答应
儿子替你去应付这场比试？"
搏克手蒙根希格西尔格阿爸说道：
"是一颗禽蛋，
早晚都要破碎；
是八根肋骨，
早晚都要晒干。
不要给我儿子泼冷水，
他愿意去就叫他去吧。"
圣主江格尔可汗，
接过他的话说道：
"吃奶的娃娃洪古尔，
你身上的皮肉还没有长实，
你嘴里的牙齿还没有长齐。
你是我危难时的栋梁，
你是我禽蛋中的蛋黄，
你是我脂肪里的腰子，
你是我大殿倾倒时的支柱，
你是我孤独时的良友，
你是我黑夜中的眼睛，
你是我打败敌人的强将。
你就好生过完这一年，
到了明年再出发吧。"
吃奶的娃娃洪古尔说道：

"尊敬的可汗江格尔，
请你答应我远征的请求，
此番我无论如何也要去。"
圣主江格尔只好答应，
连忙唤来马夫的头人，
白发苍苍的巴岱老汉说道：
"我要你说句实话，
我们的马群里有没有
洪古尔能骑的好马？"
马夫的头人巴岱老汉，
走到宝古拉图拉嘎的右面，
宝苏嘎图拉嘎的左面，
弯膝跪在地上，
他低下脑袋连连磕头说道：
"眼下马群里还没有一匹
适合洪古尔骑的好马，
倒是有一匹年轻的枣骝马，
它有大如顶毡的四蹄，
它有宽如围毡的颈鬃。
它空胎曾有三年的光景，
它怀胎也有三年的光景，
它离群也有三年的光景，
它不脱胎也有三年的光景，
假如它不生下一匹良驹，
再也找不到一匹更合适的好马。"
搏克手蒙根希格西尔格的独生子，
吃奶的娃娃洪古尔，
又这样说道：
"拯救天下的可汗阿爸，
征服四方的诺颜阿爸，
假如找不到合适的马，

我在那里过完冬再回来。"
说罢腾地站了起来,
带上十二庹长的套马索,
低头弯腰地走了出去,
神不知鬼不觉地爬上,
宝日陶勒盖的山冈。
掏出一庹长的白色哈达,
把他一双乌亮的眼睛,
一连擦了八十又二下,
睁大四岁雄鹰般敏锐的双眼,
向四年路程外的地方望去。
只见那匹蹄大如图日格,
鬃厚如代维尔的枣骝马,
孤身走到大海的彼岸,
生下了一匹火焰金驹,
刚刚落地的小马驹,
绕走骒马整整三圈后,
弯下前腿吃起奶汁。

在那严寒的冬天,
在冬夏交替的季节,
年幼洪古尔,
把套马的长索盘在手里,
挥鞭策马向前奔去。
不碰一棵粗草的细尖,
不伤一棵细草的嫩尖,
不掀起一粒地上的尘土,
飞也似的向前驰骋。
他来到大海的对岸一看,
那匹刚落地的火焰金驹,
绕骒马三圈吮足了母乳,

拿出阿仁赞神驹的力气,
嬉戏着上界的赞布梯布,
折腾着下界的赞布梯布。
甩着它秀丽的门鬃,
嬉戏着太阳和月亮;
跺着美丽的钢蹄,
嬉戏着人间的大地。
"如果它是洪古尔要骑的马驹,
套马索你就死死扣住它的脖颈;
如果它不是洪古尔要骑的马驹,
套马索你就从它的脊梁上滑过。"
吃奶的娃娃洪古尔说罢,
唰地把套马索抛将过去,
死死扣住了马驹的脖颈。
那匹小小的火焰金驹,
嚓的一声把洪古尔向前拖去。
吃奶的娃娃洪古尔,
脚蹬地面奋力拉住,
拉得泥滩变成干地;
腰缠绳头死死拽住,
拽得干地变成泥滩。
又粗又长的套马索,
顿时变作驼毛一般。
吃奶的娃娃洪古尔说道:
"如果你是我要骑的马驹,
你就给我乖乖地站住;
假如你不是我要骑的马驹,
你就随心地跑吧。"
说罢松开套马的绳索。
那小小的火焰金驹,
张动着它宝石般的嘴唇,

张合着它银子般的嘴唇,
张开着它白玉般的嘴唇。
用马驹的声音嘶嘶鸣叫,
用人的语言朗朗说道:
"亲爱的主人雄狮洪古尔,
这话为何不早告诉我?
我本来有九十九股力气,
如今耗费了一股力气,
想起来真叫人心痛。"
吃奶的娃娃雄狮洪古尔,
取来水晶般美丽的笼头,
套在火焰金驹的头上;
取来银子般白的铁嚼,
扣在火焰金驹的嘴里;
取来厚实的汗屉,
铺在火焰金驹的脊梁上。
为消除小马驹的野性,
雄狮洪古尔松开银缰,
让小马驹使劲尥着蹶子,
奔驰在怪石林立的旷野,
奔腾在荆棘丛生的山路。
不一会儿便来到了,
雪白宫帐的大门之外,
翻身跳下鞍座。
把马牵到老赞丹树下乘了乘凉,
然后牵去拴在小赞丹树上。
他转身踩在软地上,
地下陷没了他的腿弯;
接着踩在硬地上,
地下陷没了他的膝盖。
洪古尔来到可汗居住的宫门前,

伸出右手轻轻掀起,
那幅绣着神灯花纹的玉帘,
从肩头上甩过去。
迈步走进宽敞的大殿说道:
"查干姑娘你会相面,
快去瞧瞧火焰金驹。"
相面姑娘查干走了出去,
仔细瞧了瞧火焰金驹,
果然是一匹非凡的马驹,
刚好配得上雄狮洪古尔。
它把好肉藏在脊背上,
它把力气藏在骨髓里,
它把神秘藏在耳朵里。
它有玛瑙般美丽的锐眼,
它有海螺般漂亮的鼻子,
它有七十二变的法力,
它有八十二变的本领。

这时可汗的马夫宝日芒乃,
取来仿着草原做的毡鞯,
铺在小马驹的脊背上;
取来硬木做的黑鞍,
鞴在雪白的毡鞯上面;
取来二十五股的后鞦,
扣在小马驹的胯骨上;
取来镶满银钉的攀胸,
套在小马驹的前胸上。
顺着马驹的两肋缝隙,
扣上六十六根扯带;
把五十庹长拽不断的丝缰,
系在小马驹的脖鬃上。

浑身发亮的火焰金驹，
用它四只漂亮的钢蹄，
嬉戏着赞布梯布大地；
甩着它的额毛和脖鬃，
嬉戏着太阳和月亮；
抬起它千里眼般的眼睛，
眺望着七个喊声能传到的地方；
它攒动着铜锉般的四蹄，
一前一后地跺着大地。
吃奶的娃娃洪古尔，
穿起打仗时穿的绿袍，
披上出门时穿的黑袍，
套上沙场上穿的铁甲，
扣上七十二个肩扣；
把白发铁匠一手锻造，
熟练工匠亲手点刃，
然后拿到大海的彼岸，
用三百条毒蛇的尿水，
足足浸泡三年零三个月，
用两百只鹿角做柄的，
铿锵作声的雪亮宝刀，
挂在他的右胯上；
把有九十九股力气的，
金黄色的花斑撒袋，
连同九支蓝色的箭，
挂在他的右肩上；
把有三庹长的钢刃，
有三十庹长木柄的古纳图长戟，
提在他的右手中；
把用七十张牛皮做鞭里，
用八十张牛皮做鞭表，

有公狍脖子粗的扣绳，
有三岁绵羊大泡钉的，
仿着鱼鳞编制的黑鞭，
紧紧握在他的右手中，
握得鞭柄直流津液。

在洪古尔出发之前，
威风凛凛的可汗阿爸，
贤惠慈祥的哈腾额吉，
把疼爱的洪古尔，
放在他们的右膝上，
热热乎乎地亲了一阵；
又放在他们的左膝上，
亲亲昵昵地吻了一阵说道：
"小小年纪的洪古尔啊，
你是我们禽蛋中的蛋黄，
你是我们早晨的启明星，
你是强暴敌人的眼中钉，
你是我们危难时的栋梁。
愿你的护神保佑你，
愿你的抱负圆满实现，
祝你早日勒转金缰，
平平安安地返回家园。"
圣主江格尔说完这话，
和众英雄宝东一起，
解下火焰金驹的偏缰，
从缰头一直抓到笼头，
勉勉强强抓住偏缰，
一齐为吃奶的娃娃洪古尔送行。
"英明的圣主江格尔，
我此次出发去攻顽敌，

过了十三个年头还不回来,
请你替我做一次道场。"
吃奶的娃娃洪古尔,
正面绕过金黄的大殿,
眨眼间越过了山梁,
转瞬间绕过了山嘴,
急急驰骋在蓝空下,
迅速飞腾在白云上,
飞快奔跑在彩云下,
迅猛穿梭在树梢上。
两步跳过一道宽沟,
一步迈过一道窄沟,
半步跃过四十座山头,
一步跨过八十座山头,
即使凌晨也不嫌天早,
依然马不停蹄地赶路;
即使晚上也不嫌天黑,
依然风尘仆仆地驰骋,
跑啊跑啊,
一直跑到下个月的开头。
一日爬上宝日陶勒盖的,
阿玛亥查干山冈上,
雄狮洪古尔跳下马鞍,
把火焰金驹拴在树上,
搬来石头搭起锅灶,
上面支好赞丹铜锅,
烧起叫梭梭的柴禾,
熬了一锅浓茶,
放了一块乌鸦大小的奶油,
美美地喝了一顿。
他从怀里掏出洁白的哈达,

把那双乌黑的眼睛,
来回擦了八十二下,
遥望格楞赞布拉汗的家园。
只见格楞赞布拉汗,
让他的十二名英雄,
担当众多护兵的首领;
让他的十万名宝东,
担当众多护兵的主将。
叫他们率领无数的护兵,
团团护围金色的大殿,
里外围了一十三层,
正在举行隆重的聚会,
一连热闹了八十个昼夜,
连续欢腾了六十个昼夜。

这时吃奶的娃娃洪古尔,
化作一个秃头的孩子,
把他的坐骑火焰金驹,
变作一匹长癞的马驹。
他闯入赞布拉汗的家园一看,
格楞赞布拉汗,
正和他的十二名雄狮,
坐在金碧辉煌的宫里,
喝着美味的阿尔扎奶酒,
干着烈性的胡尔扎奶酒,
终日沉浸在欢乐之中。
吃奶的娃娃洪古尔,
蹑手蹑脚地走近汗宫,
悄悄地推开宫殿的大门,
走到右面席位的后头,
悄无声息地坐下。

这时格楞赞布拉汗的部下，
兔鹘骏马的骑手，
足智多谋的敖荣嘎赛音勇士，
开口这样说道：
"在太阳升起的方向，
有位叫江格尔的可汗，
他有美丽的宝木巴大海，
他有千千万万的臣民，
他的家园没有死亡，
人人都能延年益寿。
那里只有温暖的夏天，
没有严寒的冬天；
那里只有安宁的日子，
没有恐怖的荒年，
百姓都过着幸福的生活。
如今他已渐渐衰老，
他的硬骨已经变薄，
他的血液已经变稠，
他的双鬓早已染霜，
他的胡须也已发白。
咱们趁这机会闯进他的家乡，
把他美丽的宝木巴家园，
放一把火烧成废墟；
把江格尔的威名，
扫他个一干二净。
不留下一匹带鬃的马驹，
不丢下一只长须的羊羔，
统统赶回咱们的家园，
不能错过这大好的时机。"
吃奶的娃娃雄狮洪古尔，
听了敖荣嘎赛音勇士的话，

一气之下走了出去，
想去看看格楞赞布拉汗，
十三个努图克的黎民百姓。
于是他跨上长癞的小马驹，
去周游十三个努图克。
走着走着忽然看见，
有几个小孩聚集在，
汗王宫殿的围墙下，
甩着羊踝骨玩耍。
有个满头长着乌发，
两眼滚动黑珠的孩子说道：
"我要学洪古尔的样子，
用一个羊踝骨，
击倒所有的羊踝骨。"
说罢便把手中的羊踝骨掷扔出去，
果然击倒了所有正立着的踝骨。
"这倒是个好的兆头。"
洪古尔一边暗暗思忖，
一边转过身向前走去。
走着走着抬头一看，
有几个小孩聚集在，
进城的大路口上，
下山的大道边上。
叽叽喳喳地议论道：
"我要砍死洪古尔。"
"你不要去砍，我去砍。"
洪古尔策马向前走去，
爬到阿拉玛斯的，
阿玛亥查干山冈上，
对他的火焰金驹说道：
"适才咱们看到了，

汗王宫殿的围墙下，
有个满头长着乌发，
双眼滚动黑珠的小孩。
他说他要学洪古尔的样子，
用一个羊踝骨，
击倒所有的踝骨。
他果然用一个羊髀石击倒了，
八十个正立着的髀石。
从那里再往前走了一段，
又有几个小孩，
站在进城的大路口上，
聚在上山的大路道旁。
这个说他要砍死洪古尔，
那个说他要砍死洪古尔。
一个是吉利的兆头，
一个是不祥的预兆。"
火焰金驹听了这话，
用马驹的声音嘶嘶鸣叫，
用人的语言朗朗说道：
"如果说你会失去什么，
你只会失去好汉的美名；
如果说我会失去什么，
我只会失去良驹的名声。
除此之外，
没有什么别的会失去。
你发出一万名好汉的吼声，
我发出一万匹良马的嘶叫，
我们吆喝着攻进城里。
这样咱们就能冲垮，
格楞赞布拉汗，
那几队守宫的兵卒，

一举摧毁他的班布来宫，
彻底毁掉他的英名，
赶来他所有的黎民百姓，
以此作为凯旋的献礼。"

恰巧就在这个时候，
吃奶的娃娃洪古尔，
发出一万个好汉的吼声，
吆喝着向前冲了过去；
他的坐骑火焰金驹，
也发出一万匹良马的嘶叫，
嚓嚓地向前奔了过去。
惯骑兔鹘马的勇士，
敖荣嘎赛音英雄，
拍马横刀迎了上来。
两位英雄萍水相逢，
在荒无人烟的旷野，
彼此用撒袋的箭支问候，
相互用钢枪的烟火点烟，
然后打听起对方的来意。
惯骑兔鹘马的勇士，
敖荣嘎赛音英雄，
首先开腔这样问道：
"看你这个小妖怪，
两眼炯炯有神，
面颊发着火一般的红光。
告诉我你从何处而来？
你的志向是什么？
你的愿望又是什么？
你打算去什么地方？
管你脑袋的可汗是谁？

管你户籍的长官是谁？
你的名字叫个什么？
你打算去找什么人？
快快给我如实报来。"
吃奶的娃娃洪古尔，
打开话匣对他说道：
"在那太阳升起的方向，
有位圣主名叫江格尔，
他有十个努图克的臣民，
他的家乡是美丽的北方宝木巴，
他有个叫宝木巴的大海，
海边上居住着千百万百姓。
我就是从他那里赶来，
大家都管我叫，
吃奶的娃娃雄狮洪古尔。"
两位英雄彼此寒暄一阵，
肩顶肩地厮打起来，
胯碰胯地扭抱起来。
二人各用戟尖足有三庹长，
戟柄足有三十庹长的，
名叫古纳图的钢戟，
看准对方的胸口，
唰的一声刺了过去，
嚓的一下滑了过去，
恰似落在冰块上面。
两位英雄丢下钢戟，
唰地拔出雪亮的宝剑，
看准对方圆圆的脑袋，
雨点一般地挥剑乱刺，
剑刃恰似落在冰块上面，
当地往一边滑了过去。

两位英雄见不分胜负，
连忙抛下手中的宝剑，
取下利箭搭在弓上，
从白天拉到黑夜，
拉得箭扣直冒黑烟，
拉得箭头咝咝冒火，
拉得拇指滴下，
公羊般大小的血珠，
拉得食指滴下，
母羊般大小的血珠，
拉得双肩并作一处，
唰的一声射了出去，
箭射在对方的胸口，
咔嚓一声折落在地，
堆作八十车柴禾，
噼里啪啦地燃烧起来。
两位英雄见此情景说道：
"铁匠做的兵刃，
对你我二人不大适用。
咱们还是实打实地，
用阿爸额吉赐给的臂膀较量。
假如咱们二人在此较量，
野驴角羊会吓得离开小崽，
天鹅野鸟会吓得离开孵蛋的窝，
不如去那宝日陶勒盖山冈下，
叫宝日库德的草原为好。"
两位英雄主意已定，
一齐唱着悠扬的小调，
信步走到宝日库德草原。
把两匹骏马牵到一旁，
解下兵器脱下战甲，

放在宝日陶勒盖山冈上。
两人把角羊皮做的套裤，
盘在小腿肚的下面；
把鹿皮做的套裤，
盘在膝盖骨的下面。
从一个晌午的地方迎来，
用牦牛般大小的青石，
狠狠地击打着对方；
从一个夜晚的地方迎来，
用绵羊般大小的白石，
狠狠地击打着对方。
二人死死抱成一团，
彼此施展钩背的摔跤术，
整整拼搏了一十五天，
足足闹腾了二十五天。
从伸手能抓到的地方，
撕下一把把皮肉；
从伸手能揪到的地方，
揪下一块块皮肉；
一直苦斗了好几个年头，
依然不见谁胜谁负。
他们用洁白的冰雪，
记述着冬天的来临；
他们用干枯的野草，
记述着春天的来临，
不分昼夜地奋力厮打。
正在他们酣斗的时候，
上界赞布梯布的使臣，
三个年幼的小满吉，
带着护身的金璋嘎，
和盛着圣水的宝木巴瓶。

来到两位英雄的身旁说道：
"往日咱们的上界四域，
每天做二十五次道场，
打从你们二人恶斗以来，
连一次道场也难以做。
如今咱们的佛祖，
释迦牟尼派我们，
给你二人带来了，
一副脖子上戴的金璋嘎，
一瓶驱邪洁身的圣水，
劝你二人从此结为弟兄。"
说完把金璋嘎和宝木巴瓶，
递给他们二人。
敖荣嘎赛音勇士，
执意不受佛祖的神物说道：
"快收起你这玩意儿。"
吃奶的娃娃洪古尔，
接下金璋嘎戴在脖子上，
接下宝木巴瓶喝了一口圣水，
两人又开始厮打起来。
吃奶的娃娃洪古尔，
使出他出世以来，
从未使过的背人之术；
使出他诞生以来，
从未使过的抱人之术，
运足力气钩住对方的小腿，
哼的一声，
把敖荣嘎赛音勇士举了起来，
摔到十三个洲的路口，
一屁股坐在他的胸脯上说道：
"凡是阿爸的儿子，

心中都有三句怨言，
你快讲出你心中的怨言。"
惯骑兔鹘马的骑手，
敖荣嘎赛音听了说道：
"我本想一口吸干，
你们的宝木巴大海；
一举抢光，
你们的宝木巴家园；
让你们伟大的可汗，
圣主江格尔威信扫地。
把你们的宝木巴家园，
所有的百姓一扫而光。
还要活捉你这位英雄，
吃奶的娃娃洪古尔。
我没有实现这一愿望，
要说怨言这就是我的怨言，
除此之外没有别的怨言。"
吃奶的娃娃洪古尔听了，
唰地拔出雪亮的宝刀，
放在他的硬骨上磨了一下，
放在他的软骨上钢了一下，
咔嚓一刀结果了他的性命。
把他的尸体剁成碎块说道：
"假如你是一位好汉，
咱们每个月见一次面；
假如你是一位懦夫，
咱们就一年见一次面。"
说罢便喝了他三口血，
又吃了他三块肉，
放把火把尸体烧成灰烬，
烧得牦牛闻不到味儿，

烧得母狗寻不到踪迹，
搬一块青石压在上面。
然后洪古尔搭起石头的锅灶，
把铜锅支在上面，
烧起无烟的柴禾，
熬了一锅无气的浓茶，
放上一块乌鸦大小的黄油，
泡上木头般硬的饽饽，
一个人美美地吃了一顿，
舒腰伸腿自在地乘凉。

就在这个时候，
惯骑一匹灰青骏马，
名叫庆格勒赛罕的英雄，
扯开嗓门大声吆喝，
睁大双眼直视前方。
他急急奔回格楞赞布拉汗宫，
把灰青骏马拴在马桩上，
他走到汗宫门前，
掀起洁白如玉的门帘甩到肩后，
迈步走到大殿当中。
他来到宝苏嘎图拉嘎的北面，
宝古拉图拉嘎的南面，
弯下双膝跪在地上，
摊开白胖胖的手掌说道：
"请汗王大人明鉴。
一个凶狠残暴的强贼，
突然闯进咱们的家园，
杀死了兔鹘马的骑手，
敖荣嘎赛音勇士。
有嘴巴的人不敢谈他，

有舌头的人不敢提他。"
格楞赞布拉汗听了,
大喝一声跳了起来:
"快去鞴我的银鬃骏马。"
汗王的马夫应命而去,
连忙牵来银鬃骏马,
取来马鞍放在马背上,
把二十五股的后鞦,
往后拉着扣在胯骨上;
把有六十五颗泡钉的攀胸,
往前拽着套在前胸上;
把六十四根肚带和扯带,
紧紧勒在两肋的缝隙中。
这时格楞赞布拉汗,
穿上衙门里穿的绿袍,
披上汗宫里穿的黑袍,
套上打仗时穿的铁甲,
扣上七十二颗самуй扣,
把那雪亮的金刚石宝刀,
挎在他的右胯上;
把那戟柄三十庹长,
戟尖三庹长的红戟,
横提在他的手中。
带领手下十二名英雄,
和那十万名狮子宝东,
向前奔跑了几天几夜,
来到北山两侧宿营地。

就在这个时候,
吃奶的娃娃洪古尔,
拍马迎住格楞赞布拉汗。

两位英雄突然相遇,
彼此射箭示意问安,
用刀刃的火星点燃烟袋。
格楞赞布拉汗率先说道:
"我看你这小子,
双眼里炯炯有神,
两颊闪闪发光。
我问你比尔曼妖怪,
你从何处而来?
你的家乡在什么地方?
管你脑袋的可汗是谁?
管你户籍的长官又是谁?
你的名字叫个什么?
眼下你打算找什么人?
快给我如实说来。"
吃奶的娃娃洪古尔,
听后慢慢说道:
"在那宝木巴大海的岸上,
在那陶古斯阿尔泰山下,
有个叫宝木巴的地方。
那里有个伟大的可汗,
名字叫圣主江格尔,
他有五百万忠实的臣民,
我便是宝木巴的栋梁,
大家都把我叫作,
吃奶的娃娃洪古尔。
如今我匆匆赶到这里,
是想把你刚才说过的话,
让你兜在你的手里,
让你看在你的眼里,
活活地把你捉去,

献给我的可汗江格尔。"
于是这两位英雄,
唰地抽出各自的宝刀,
你砍我的腰我砍你的肩,
一口气砍了几十下,
到头来仍然不见胜负。
二人改用长戟交手,
你刺我我刺你,
一口气刺了几十下,
依然谁也赢不了谁。
"现在你我二人,
用阿爸额吉赐给的臂膀较量。"
说罢二人跳下马鞍,
把两匹骏马牵到一旁,
吊得像山岩一般牢靠,
绊得像铁匣一般结实。
二人绕着一整夜的路程,
用绵羊大的石头相打;
绕着一整天的路程,
用牦牛大的石头相打。
二人死死地抱作一团,
连续厮打了一十五天,
持续苦斗了二十五天,
依然如前不见胜负。
又鏖战了好几个年头,
斗得高山变成了平原,
斗得平原变成了高山,
斗得泥滩变成了干地,
斗得干地变成了泥滩。
吃奶的娃娃洪古尔,
用他阿爸教给的钩腿术,
钩住对方的小腿;
用他阿爸教给的背人术,
把对方背在肩上,
像老虎一般大声吼叫,
像蛟龙一样高声呼喊,
把格楞赞布拉汗,
高高地举在头上,
摔到十五个洲的路口。
拿出他年轻的夫人,
给他拧好的黑鬃绳,
把汗王的两只粗手,
反绑在他的后背,
装入额吉用一百只鹿皮,
给他缝制的口袋里,
用公狍脖子般粗的皮绳,
把皮袋口扎了三圈。
这时乌克尔奇英雄的儿子,
赫兰扎拉图勇士,
偕同庆格勒赛罕英雄,
匆匆忙忙奔了过来。
二人一齐滚鞍下马,
频频点着仙鹤般的脑袋,
捣蒜似的点着羊羔般的头颅,
磕着响头哀求洪古尔说道:
"吃奶的娃娃洪古尔,
我们诚心跪在你的宽襟下,
终身享受你的洪恩大德,
弘扬你的崇高德行,
愿意缴纳一百年的贡赋,
甘心充当一千年的臣民。
情愿奔赴你们的北方宝木巴,

那只有夏天没有冬天，
只有长寿没有死亡，
只有安宁没有荒乱的家园，
充当你们忠实的仆人。"
吃奶的娃娃洪古尔说道：
"假如这是你的肺腑之言，
请你赶紧招呼你的百姓，
不留下一匹带鬃的马驹，
不丢下一只长须的羊羔，
不抛下一只可怜的母狗，
不扔下一个孤独的婴儿，
搬到我们江格尔可汗的家乡，
美丽富饶的宝木巴家园。"
洪古尔说完这话，
便把皮袋里的格楞赞布拉汗，
驮在火焰金驹的鞍鞯上，
一口气跑了一十五天，
接着又跑了二十五天。
他的坐骑火焰金驹，
甩着它美丽的额毛，
嬉戏着太阳和月亮；
踩着它刚劲的四蹄，
嬉戏着赞布梯布大地。
虽然洪古尔奋力拽拉着银缰，
可骏马仍不听一代英雄男子汉，
雄狮洪古尔的使唤，
飞也似的向前奔跑。
它把人胸般粗的银缰，
拉成大弯针一般粗细；
它一步跨过八十座山头，
半步跃过四十座山头。

就在这个时候，
腾格里汗的儿子，
铁木尔布斯图英雄，
爬到班布来宫的顶上。
掏出怀里洁白的哈达，
把他两只模糊的眼睛，
来回擦了八十二下，
抬眼往前一看，
只见东南方向，
升起骆驼般大的尘埃，
直升上蓝色的天际。
铁木尔布斯图英雄，
睁大他敏锐的双眼，
往上边瞧了一阵，
往下边看了一阵，
往左面瞧了一阵，
往右面看了一阵，
原来掀起这股尘埃的，
正是那匹火焰金驹。
铁木尔布斯图英雄，
再睁大眼睛仔细一看，
掀起这股尘埃的，
正是吃奶的娃娃雄狮洪古尔。
于是他急忙从宫顶上下来说道：
"我们力大无比的英雄，
吃奶的娃娃洪古尔回来了，
大家快去把他迎接。"
他的话音刚刚落下，
吃奶的娃娃洪古尔，
早已策马走过了，
银色大桥的桥头，

走进了金色大桥的桥头。
八千名狮子勇士,
和十二名出众的英雄,
一齐迎了过来,
把那一百只鹿皮做的偏缠,
勉强从缰头抓到笼头,
扶住洪古尔下了马鞍。
牵上火焰金驹,
从岩石上踩了过去,
从碎石上走了过去,
牵去吊在小赞丹树上,
然后牵到老赞丹树下乘凉。
吃奶的娃娃洪古尔,
提起双脚踩在硬地上,
地下陷没了他的腿弯;
迈开双脚踩在软地上,
地下陷没了他的膝盖。
他来到江格尔可汗的宫门前,
伸出右手轻轻掀起,
一万个额吉拽着缝制,
七十个额吉铺着缝制的,
洁白如玉的门帘,
从肩头上甩了过去,
迈步走进宫里。
来到宝古拉图拉嘎的北面,
宝苏嘎图拉嘎的南面,
整了整两面的衣襟,
抖了抖胸前的衣襟说道:
"伟大的可汗江格尔,
三十五名陪伴的宝东,
十二名出众的英雄,
你们可都像往常一样平安?"

这时腾格里汗的儿子,
铁木尔布斯图英雄;
嘎扎尔汗的儿子,
刚布斯勇士二人,
连忙卸下马鞍上的皮袋,
放出格楞赞布拉汗,
把他拽去坐在一旁。
年迈的可汗江格尔说道:
"吃奶的娃娃洪古尔,
你是我一早一晚的梦幻,
你是我禽蛋里的蛋黄,
你是我脂肪里的腰子,
你是我黑夜里的眼睛,
你是我镇伏顽敌的英雄。"
说完一把拉住洪古尔,
把他紧紧贴在胸脯上,
热热乎乎地亲了一阵;
把他紧紧地夹在腋下,
亲亲昵昵地吻了一阵。
"我要举行隆重的庆典,
祝贺吃奶的娃娃雄狮洪古尔,
让凶恶的敌人跪在脚下,
把残暴的敌人咬在牙下,
活活捉来莽古斯妖魔。"
圣主江格尔说罢,
召来十个努图克的臣民,
再一次举行盛大的庆典,
一连欢乐了八十一个昼夜,
接着热闹了六十一个昼夜。

就在这个时候，
乌克尔奇英雄的儿子，
赫兰扎拉图勇士，
和灰青骏马的骑手，
庆格勒赛罕英雄二人，
带着他们家乡搬迁的百姓，
来到江格尔家乡的西边。
这时格楞赞布拉汗，
从他的座位上蓦地站起，
整了整长袍的两襟，
抖了抖胸前的衣襟说道：
"拯救天下的江格尔汗，
征服四方的江格尔汗。
我未能实现自己的愿望，
你的能耐超过了我。
我本想放一把火，
把你的宝木巴家园烧成灰烬，
毁掉你那长满绿草，
流淌着清澈泉水，
撒满五种牲畜的草原，
抢走你所有的人财，
活捉你那吃奶的雄狮洪古尔。
我派来使臣对你威胁：
'一要你的阿仁赞神驹，
二要你的美男子明彦，
三要你的转世仙女，
阿盖夏布都拉夫人。'
我后悔自己说错了话，
还请可汗宽大为怀。
我愿做你一千年的仆人，
向你缴纳一百年的贡赋。

在你走上远途的时候，
我愿做你的坐骑；
当你和仇敌交手的时候，
我愿做你的帮手。"
格楞赞布拉汗说罢，
频频点着仙鹤般的头颅，
连连低下羊羔般的脑袋，
向圣主江格尔叩首求饶。

这时走如流水，
跑似轻风的赤兔马的主人，
从未被有权势的人打败过，
从未被大力士摔倒过的，
孤胆英雄额莫勒策格，
从十二名英雄的席位上，
蓦地站了起来。
取来圣主江格尔
宝木巴家园的赤色大印说道：
"这就是我们准备下，
送给我们来客的礼物。"
说罢啪的一下，
把印盖在格楞赞布拉汗的右脸上说道：
"如果你再饶嘴多舌，
我就割下你的舌头；
如果你再横行霸道，
我就砍下你的脑袋。
如果有人询问，
你是谁的臣民，
你就这样告诉他：
'我是江格尔诺颜的臣民。'
从此以后你要老实做人。"

说罢便放走了这位汗王。

圣主江格尔诺颜,
便举行无比隆重的庆典,
大家欢乐了七十个昼夜,
接着热闹了八十个昼夜,
人们从此过起幸福的日子。

新疆维吾尔自治区和硕县
才·哈尔茨合　朱·罗热甫　等　演唱
图·贾木措　录音整理
道·李加拉　译

两岁的贺顺乌兰
出征打仗[1]

六千零一十二名狮子勇士,
团团地坐成七围,
举行隆重无比的喜宴,
热热闹闹的阿尔扎酒会,
七嘴八舌地大声高喊时,
名扬天下的江格尔可汗,
盘腿坐在金色的宝座上,
居高临下地举目四顾,
仔细察看谁到谁缺。
这时坐在右面首席的英雄,
聪明过人的阿拉坦策吉,
忽然摊开通红的手掌,
用他洪钟般的声音说道:
"伟大的可汗江格尔,
六千名狮子勇士们,
请你们别再大声高喊,
好好听一听我的话语。
你们众人哪里知晓,
今天千万人聚在一起,
开怀畅饮喝得烂醉,
明天被人家洗劫一空,
统统变成别人的属民。

---

1 引自《江格尔》史诗,第四十六章。

在大千世界的北部边界，
在九十九天的路程之外，
有一个残暴不仁的可汗，
他的名字叫道格新查干。
他有一座巍峨的高山，
山的名字叫雅拉门查干；
他有一个穷山恶水的家乡，
四面环绕着光秃秃的丘岭；
他有一匹高大的骏马，
马的毛色花白花白；
他有一副狰狞的嘴脸，
叫人看了胆战心惊。
他是个令人咋舌的魔王，
坐在他左面首位的雄狮，
名字叫作阿日格查干。
他的腮帮上长满刺猬般的胡须，
头发好似锯齿一般，
他是阿拉奇阿巴海的嫡孙，
阿塔图舒勒海的儿子。
他生来就以刚烈闻名，
他惯骑一匹雪白骏马；
这马出生在矛尖似的绝岭，
那是雄鹰都飞不到的地方。
它一落地便腾地站起，
它不像凡马一样用嘴呼吸，
它是阿尔木土地的马驹，
它是马群里罕有的神驹。
它的主人阿日格查干，
仗着这匹善跑的神驹，
任意跑遍整个大地；
仗着自己结实的臂膀，

随心走遍整个世界。
雄狮英雄洪古尔，
连续两年扬言威胁，
那凶恶的妖魔哈日莽古斯。
到第三年他才骑马登程，
孤身走上遥远的征途。
他刚走到半路就遇见了，
阿拉奇阿巴海的嫡孙，
阿塔图舒勒海的儿子，
狮子英雄阿日格查干，
连人带马被他活捉，
又勒索十二袋金银财宝，
匆匆返回遥远的家乡。
把他掳去的英雄和财宝，
充作战利品献给他的可汗，
阿日格查干向可汗进言道：
'如果可汗降旨恩准，
我就去攻打乌仲阿拉德尔汗的儿子，
霸占世界的一代孤雄江格尔，
和他治下的宝木巴百姓，
把他们一个不剩地逮住，
赶在前头押将回来。'
道格新查干听了这话，
便一口回绝阿日格查干说道：
'你这举动万万使不得。'
咱们的雄狮洪古尔，
只要下令让他去抓哪个人，
他准能把那个人给你捆来。
雄狮洪古尔如今已被他们捉去，
道格新查干手下的宝东们，
把他抛进四十层的地狱，

整日关在黑暗的铁牢里。
对他施以非人的折磨，
向他动以残暴的酷刑，
任意侮辱随意打骂，
把他折磨得不成人样，
如今他已到死亡的边缘。
咱们的雄狮洪古尔，
不愧是一个铁打的硬汉，
始终不吐三句实话，
如今他和他的白额骏马，
正左右为难无计可施。
那凶狠残暴的阿日格查干，
执意不听主子的劝阻，
自作主张铤而走险，
径直踏上遥远的征途，
匆匆忙忙往我们这边奔来。
他想一举消灭，
咱们六千名狮子勇士，
直杀得我们片甲不留；
他想一举攻破，
七十个可汗的美丽家园，
和一层又一层的关城，
把我们治下的黎民百姓，
分作七十路押回他的家园；
他想一把揪住，
达来占巴的江格尔汗，
把他夹在他的鞍鞯下，
当作战利品带回家园。
他的心肠冷若冰霜，
他的力气无人匹敌，
他只身一人飞马奔来，

我们现在该如何对付？"
江格尔可汗
和他举世无双的英雄宝东们，
听了阿拉坦策吉阿爸的这番话，
吓得心里直打寒战。
江格尔急得愁眉苦脸，
英雄们愁得两眼发呆，
不吃不喝终日发愁，
依然想不出什么法子。

就在这个时候，
布林格尔汗的独生子，
刚烈的哈日萨纳拉英雄，
移步走到了可汗的座前。
他见了男人脾气暴躁，
他见了女人心肠发软；
他骑的沙毛白额马，
经历过千万次的鏖战；
他手挺锋利的阿尔木长戟，
挑死过无数嗜血的妖怪。
他启口对阿拉坦策吉说道：
"聪明过人的阿拉坦策吉啊，
你能知晓人间的一切事情，
请你直截了当地告诉我们，
在七十个可汗的土地上，
到底有没有一个，
能镇强敌的英雄男儿？"
阿拉坦策吉听罢说道：
"那好，这有何难，
就请主持爱古尔的诺颜，
骑上你那金色的银合马，

走遍圣主江格尔可汗
居住着五百万百姓的家园，
挨家挨户地向他们传宣
塔克勒祖拉汗的旨意，
唐苏克宝木巴汗的命令。
你要快马加鞭，
一连传宣十天十夜，
谁家生了英雄男儿，
能打败那个凶恶的敌人，
阿拉奇阿巴海的嫡孙，
阿塔图舒勒海的儿子，
狮子英雄阿日格查干，
就马上禀告江格尔可汗。
因为可恶的阿日格查干，
把咱们的雄狮洪古尔，
连人带马活活地抓去，
充作战利品献给他的可汗。
他还贪心不足想杀江格尔可汗,
掳走咱们家园所有的百姓。"
主持诺颜连声说"遵命"，
连忙铺下长袍的前襟，
弯膝跪地叩拜了江格尔汗，
蓦地起身走了出去，
踩镫骑上金色的银合马。
他放开缰绳飞也似的奔跑，
顾不上喘一口气，
走家串户大声传宣道：
"这不是我主持诺颜的话，
这是塔克勒祖拉汗的旨意，
唐苏克宝木巴汗的命令。
所有的臣民百姓，
都要用心地听我宣告：
安乐太平的宝木巴家园，
希尔克汗的祖传家业，
就要遭到不测之祸，
太平的家园就要遭殃。
谁家生了英雄男儿，
又有计谋又有气力，
能作家园的栋梁，
就马上禀告我们的可汗。"
他一连传宣了十天十夜，
可不见一个人应声；
他一连传宣了二十个昼夜，
也不见一个人吭气。
每家都有一册谢日毕其格，
书里写的行程都是咒语，
说的都是不吉利的话，
正和阿拉坦策吉说的相反。

有个冒失的孩子听到消息，
连忙回去告诉了大人。
抚养他长大成人的，
心地善良的年轻额吉，
珠拉赞丹夫人，
心疼地一把拉过儿子，
紧紧把他搂在怀里。
斩钉截铁地这样说道：
"你是我的一轮红日，
你是我的一块骨肉，
你辛辛苦苦浪迹四海，
到头来对你有什么好处，
从今以后不许你乱跑。"

雄狮洪古尔的儿子，
小小年纪的孩童，
不言不语沉思了一阵，
忽然兴奋地说道：
"从官府的诺颜到普通百姓，
没有一个人不怕强敌。
他们怕得魂飞魄散，
他们吓得惊慌失措，
没有一个智勇双全的人，
在危难时刻挺身而出，
勇敢地捍卫宝木巴家园，
因此我要去奔赴沙场。"
额吉听了儿子的这番话，
心里慌作一团说道：
"你这不成器的东西，
尽说一些不着边际的话，
那人世间宝木巴的社稷，
对你究竟有什么用处？"
孩子听了这话，
情不自禁地笑了起来说道：
"你这是在取笑我。
额吉，你今天怎么啦？
你本是个明白人，
我们这辽阔无边的家园，
失掉了宝木巴的社稷，
能够存在下去吗？
在这世上失掉阿爸的儿子，
能够活下去吗？
如果你真的是我的额吉，
你就把实话告诉我；
如果你不给我讲出实话，

我就割掉我的拇指，
豁出我这条小小性命，
死在你的眼前。"
额吉听了儿子的话，
禁不住泪水夺眶滚滚而出，
气得说不出话来。
小小年纪的贺顺乌兰，
不等额吉开口说话，
一溜烟地跑了出去，
转瞬间无影无踪，
早已翻过前面的山梁，
匆匆来到希尔克汗，
八百万体肥膘满的马群跟前。
它们甩着锦旗般的尾巴，
脖颈上长着金色的鬃毛，
都是清一色的青灰马。
贺顺乌兰奔波一天，
苦苦寻找合适的坐骑，
可没找到一匹适合他骑的马驹。

忽一日他抬头一看，
远远的地方有一大群马驹，
一层一层地围绕着骒马，
足足围绕了二十五圈。
他看见一匹草黄马驹，
正是适合他骑的马驹，
它是黄骒马生的马驹。
那骒马长着乌黑的鬃和尾，
它一连空胎七个年头，
它一连怀胎七个年头，
它一连离群七个年头。

到了它二十五岁的那一年，
它悄悄离开自己的同伴，
来到阿尔泰山的北坡，
那十二条大河的入水口，
阿拉坦阿尔拉泉水旁，
生下了这匹草黄马驹。
当时它站在二十万匹马驹中，
比所有马驹高出一头，
它忽然低头吮吸骒马的乳头。
贺顺乌兰看在眼里，
像一只小鸡轻轻挪脚，
像一只小猫卧地匍匐，
像一只老鹞贴地而行，
像一个阎罗蹑手蹑脚，
腾的一下站了起来，
嗖的一下一跃而起，
出其不意地跨在马驹的背上。
无缰无嚼的小马驹，
直立着身子腾向天空，
忽上忽下拼命地尥蹶，
扬起四蹄奔向天边。
"到底发生了什么意外？"
疼爱娇子的黄骒马，
急忙从后面追了上去。
那草黄马驹狂跑尥蹶，
贺顺乌兰死死骑住。
它数着星斗前后尥蹶，
他凭着勇气贴在马背；
它踢翻大树左右尥蹶，
他凭着机灵立在马背。
洪古尔的儿子贺顺乌兰，

死死抓住马驹的颈鬃，
紧紧揪住马驹的尾巴，
心想一旦撒手就会丧命，
一时吓得他心慌意乱。
马驹跑在阿尔泰山坡，
踢得山坡坑坑洼洼；
马驹奔在密林之上，
踩得树林稀稀拉拉；
马驹走在陡峭的山上，
踢得山石直冒火光；
马驹奔到遥远的海边，
绕着大海跑了三圈；
马驹奔在太阳的脚下，
一口气尥了一万下蹶子；
马驹走到杭盖山下，
突然收住飞奔的脚步，
用人的语言这样说道：
"请你快快说出真情，
你到底是干什么的人，
为何这样惹怒我。
我要踩碎你的骨头，
我要让你洒尽鲜血。"
贺顺乌兰也不示弱说道：
"我是你的主人，
你是我的坐骑。
我希望奔向远方，
去攻打凶狠的强敌时，
你做我同行的伙伴，
这才风尘仆仆前来寻你。"
"既然是这样，
为何不早一点告诉我？

我看你像是希尔克汗的曾孙，
一代好汉贺顺乌兰。
请你骑上我，
显露显露你的神威，
咱们一道奔向北方，
协力打败那里的强敌。"
两位伙伴终于相认，
彼此述说各自的衷肠。
小马驹流水似的向前奔跑，
径直奔向主人的宫帐。
小主人松缰奔在路上，
嘴里唱着悠扬的小调，

小英雄贺顺乌兰，
骑着他的草黄马驹，
来到洁白的宫帐门前。
他的奶奶赞丹格日勒，
他的额吉珠拉赞丹，
连忙跑来迎住孩子，
用手遮阳打量了一阵，
前前后后思量了一阵说道：
"好男儿志在远方，
做长辈的不好阻拦。"
婆媳二人说罢这话，
用羯绵羊皮做成皮袄，
用山羊羔皮裁成内衣，
用洁白的羊毛拧成鞭子，
煮绵羊肉做成干粮说道：
"愿你把刚才讲给奶奶和额吉的，
那几句发自肺腑的实话，
原原本本地讲给江格尔可汗。"

说罢抱住他亲了一阵，
打发他走上遥远的路程。
小英雄贺顺乌兰，
当着奶奶和额吉的面，
提起双脚跳了几下，
张开嘴巴嬉笑一阵。
转身跨上草黄马驹，
向着北方扬鞭催马，
径直奔向阿尔泰的梦幻，
伟大的可汗江格尔的宫帐。
他来到居日肯沙图的山口，
翻身跳下坐骑的马鞍，
只见一百个大臣的儿子们，
纷纷从四面八方奔了过来，
争着抓住马驹的偏缰，
牵去拴在宫前的马桩上，
吊得马驹像岩石一般牢靠，
绊得马驹像松树一般结实。
贺顺乌兰迈开大步，
刚刚走到江格尔的宫门前，
那守门的英雄布克哈日拦住说道：
"江格尔可汗正在睡觉。"
贺顺乌兰听了大怒，
一把揪住他的后背，
举起来哼地一甩，
甩到七次喊声传到的地方，
提步闯入可汗宫内。
只见宫内座无虚席，
既没有一个人理会他，
也没有一个人瞅看他，
瞧他们是入睡了却又不像，

看样子他们是在打瞌睡。
性子火暴的贺顺乌兰,
扯开嗓门大喊一声,
喊声如雷震天撼地。
打瞌睡的人忽然惊醒:
"喂,到底发生了什么事情?
凡是有强敌每次来攻,
都发出这样的吼声;
凡是有妖怪每次来犯,
都发出这样的嚎叫。"
这喊声吓得众人瞠目结舌,
慌得他们手软腿酥。
小英雄贺顺乌兰,
移步走到江格尔座前,
张开小嘴朗声说道:
"江格尔可汗如若恩准,
我要禀报我的来意。
我的奶奶和额吉,
叮咛我向可汗禀报我的意愿,
贺顺乌兰我决意捍卫,
宝木巴家园的社稷。
依我看来在这世界上,
一个可汗不能没有社稷,
一个孩儿不能没有阿爸,
一匹马儿不能没有同伴,
一件兵器不能没有把柄。
请求可汗明鉴恩准,
趁草黄马还能善跑,
我贺顺要两岁出征,
去打败来自北方的仇敌,
那嗜血成性的莽古斯恶魔,

活活捉住阿日格查干,
一并掳来他家园的百姓,
献给你伟大的可汗江格尔。"
博格达圣主江格尔诺颜,
和左右两侧的各位英雄,
听了贺顺乌兰的这一席话,
一齐拥过来亲他的脸蛋,
人人乐得合不上嘴巴,
大殿顿时充满欢笑的气氛。

这时右面座位的首领,
聪明过人的阿拉坦策吉说道:
"请伟大的可汗江格尔明鉴,
那好男儿佩带的五种兵刃,
对这位小英雄毫无用处;
那阿爸额吉赐给的臂膀,
对贺顺乌兰英雄绰绰有余。
曼殊师利佛祖曾对我说:
'我有一粒乌日勒仙丹,
当希尔克汗的家族
有一天遭到灭顶之灾时,
你会用得上这粒仙丹。'
说罢将这粒仙丹赐给了我。
我劝你吞下这粒仙丹,
你就会有无穷的智慧,
你就会有使不完的力气。"
贺顺乌兰听罢这话,
连忙接下仙丹一口吞下。
这时左面座位的首领,
刚烈的哈日萨纳拉英雄说道:
"我有一把雪亮的宝刀,

当你冲锋杀敌的时候,
就会派上它的用场;
现在我将这把宝刀赐给你,
你务必好好地保存它。"
刚烈的哈日萨纳拉说罢这话,
给他佩上雪亮的宝刀。
正当江格尔举目观望时,
正当雄狮们瞪眼发愣时,
小英雄贺顺乌兰,
哈哈一笑便转身离去。
大声喧哗的英雄宝东们,
和高高坐在金座上的
圣主江格尔可汗一起,
呼地站起蜂拥而出。
只见小英雄贺顺乌兰,
像一棵枯松燃烧的火星一般,
嗖地跨上草黄马背,
眨眼间跃过沙尔图克大海,
转瞬间跳过巴里木塔大海,
刹那间跑得无影无踪。
江格尔见了心中大喜说道:
"这才是讨人疼爱的男儿,
这才是令人喜欢的马驹,
理当瞧一瞧他们的踪影。"
说罢登上九色十层班布来宫顶,
它像擎天柱一般矗立在,
一年的路程之外看得见的地方。
江格尔登上宫顶的瞭望台,
睁大眼睛极目一望,
依然不见他们的踪影。
于是从他荷包里掏出,

霍尔穆斯塔天神赐给他的,
照耀天下的那面神镜一看:
那草黄马驹奋蹄飞奔,
贺顺乌兰心情激荡。
他把九年的路程,
缩成九个月的路程;
他把九个月的路程,
缩成九天的路程,
一边奔跑一边说道:
"定要按时到达目的地。"
望着望着见他跑到山顶,
恰似一只狂奔的雄狮,
从山顶往山下奔跑,
犹若轰隆而下的洪水一般,
吓得山上虎豹獐鹿,
纷纷逃离山峦平原。
草黄马嗖地越过树林,
踩得树梢直趴地面;
扑通跳进无边的大海,
顿时划开一条水路,
深深的海底显在眼前。
圣主江格尔,
亲眼看见这壮观的景象,
向英雄宝东们说道:
"他简直是一只凶猛的狮子,
普通的人连想都不敢想他,
就是来十万个勇士,
也都不是他的对手。"
于是小英雄贺顺乌兰,
便成了大伙议论的话题。

贺顺乌兰小英雄一路奔驰，
顾不上吃也顾不上睡。
他路途再远也不过夜，
路途再近也不歇脚，
学着他阿爸的样子赶路，
趁着坐骑的快步飞奔。
他跑得身骨缩成了粪蛋，
跑得脑海忘记了当初，
跑得骏马犹如飞鸟，
一口气跑了四十四天，
把那椭圆大地的一半，
远远地甩在他的身后。
忽一日刚到正午时分，
来到了一座高山的梁下，
那令人咋舌的沙窝里，
只见从那落日的方向，
升起一股细细的尘埃。
小英雄贺顺乌兰暗自想道：
"啊，这飞马奔来的人，
也许是和我交手的敌人。"
想罢勒马停在八十波尔之外，
睁大双眼仔细察看了一阵；
催马来到八波尔之外，
正面截住奔来的人。

从北方奔来的狮子勇士，
阿日格查干英雄，
一路颠簸直打瞌睡，
浑身上下犹如散了骨架。
精力充沛的贺顺乌兰，
扬鞭催马飞也似的奔来。

凶神恶煞的阿日格查干，
忽然听见清脆的马蹄声说道：
"喂，这声音究竟是什么声音？"
说罢从瞌睡中惊醒过来。
贺顺乌兰来到他的跟前说道：
"你难道没有见过一个人？"
说完把自己的大腿拍了三下，
接着捧腹大笑了一阵。
狮子英雄阿日格查干，
往手心里吐了一口唾沫，
紧紧握住鱼鳞皮鞭说道：
"我看你两眼炯炯有神，
脸颊上闪着红色的光芒，
骑的是一匹肥壮的马驹，
穿的是一身暖和的衣服，
告诉我你叫什么名字，
打算去找何人？
究竟为了什么事情，
闯进人家的地盘，
有你户籍的家乡在哪里？
管你脑袋的诺颜叫什么？
你要不遮不掩地说给我，
你要不折不扣地告诉我。"
贺顺乌兰大声说道：
"胆大妄为的家伙你听着，
我要把我的来历，
一五一十地讲给你听。
若问我的诺颜是什么人，
他就是乌仲阿拉德尔汗的儿子，
当今人间大地的主人，
敢拼敢杀的无敌英雄，

一代孤雄江格尔可汗。
若说我的家乡是什么样子，
美如图画的陶古斯阿尔泰，
便是我的故乡。
那里没有严寒的冬天，
一年四季都是夏天；
那里没有可怕的死亡，
人人都是长生不老。
那里没有贫困的穷人，
家家户户丰衣足食；
那里没有痛苦的战乱，
家园终年太平安宁。
那里没有可怜的孤儿，
户户家家子孙满堂；
那里的百姓多如蜘蛛，
人人永葆二十五岁的青春。
若问我叫什么名字，
我的名字叫贺顺乌兰，
希尔克汗是我的曾祖，
雄狮洪古尔是我的阿爸。
若问我来这里为了什么，
江格尔可汗降下旨意，
要我连人带马活活抓住，
阿塔图舒勒海的儿子，
狮子英雄阿日格查干。
因此我告别可爱的家乡，
直奔阿塔图舒勒海的家园，
来寻狮子英雄阿日格查干。"
阿日格查干听了这话，
气得咬牙切齿地说道：
"你要找的人正是我，

你一个乳臭未干的孩童，
居然夸下如此海口，
你能受得了我的皮鞭？"
说罢举鞭狠狠地抽了一下，
草黄马向前一跃，
他抽的鞭子落在马后。
贺顺乌兰勒转马头说道：
"你的皮鞭我已领教。"
说罢举起手中的羊毛鞭子，
看准阿日格查干的脑袋就是一鞭。
鞭子正好抽在他的头上，
抽得他两眼直冒火星，
东倒西歪地在马鞍上乱晃，
失魂落魄地放缰而逃，
昏昏沉沉地转了七天七夜。
一日忽然苏醒过来，
乘着狂奔的白龙马驹，
手里挥动雪亮的宝刀，
径直奔到贺顺乌兰跟前说道：
"现在轮到我用这把宝刀，
砍下你那颗干瘪的脑袋了。"
说罢嚓的一声砍了下来，
不料宝刀一下断作二十截，
他手里只剩下刀柄，
卟得连忙驱马落荒而逃。
贺顺乌兰拍马追上，
一把揪住他的后襟，
使劲抓住他的后背，
将他从马鞍上提了过来，
甩到二十波尔远的地方。
狮子英雄阿日格查干，

昏昏沉沉躺了两天，
到第三天才勉强站立起来，
满腹委屈地说道：
"你不是一个无能的人，
你是一个有能耐的小鬼。
看来我的时运已满，
一把上乘的锋利宝刀，
竟抵不过一支羊毛鞭子。
你一鞭惊跑了我的骏马，
使我羞得无地自容，
你是一个顶天立地的好汉，
一般人不是你的对手。
在这风和日丽的天气里，
在这金光四射的阳光下，
你我二人比试竞技，
较量较量臂膀的力气。"
贺顺乌兰当即答应，
翻身跳下坐骑，
把草黄马拴在树上，
又脱下身上的披挂。
两位英雄一大一小，
恰似一高一矮的山包。
他们你冷眼看我，
我怒目瞪你，
迈着大步绕着大圈，
拾起地上绵羊般大的石块，
狠砸彼此的额顶，
可谁也满不在乎；
迈着小步绕着小圈，
拾起地上牤牛般大的石块，
狠砸彼此的胸脯，

可谁也毫不理会。
两位英雄一阵厮打，
浑身上下直冒热气，
十个指头拥向手心，
跨步靠近自己的对手，
像发情的公驼一般怒吼，
像发情的牤牛一般吼叫，
睁大双眼盯着对方，
靠近身子你推我搡，
你抓我腿，我揪你膀，
相互厮打起来。
一个抓住对方的左手，
一个拉住对方的右腕，
抓到哪里就撕到哪里，
忽上忽下忽左忽右，
恰似一对食肉的猛虎。
二人背对背猛击十下，
二人面对面跪地二十下，
用瑞雪记下冬天的来临，
用细雨记下夏天的来临。
二人酣斗了很长时间，
一直厮打到头昏眼花。
二人撕下的肉皮，
喂饱了一大群觅食的大雕；
二人抓下的皮肉，
喂饱了一大群饥饿的狐狼。
阿日格查干忽然大怒，
伸出十个夜叉的利指，
一把抓破对手的胸脯，
哼地抱起来狠狠甩去。
机灵的贺顺乌兰，

腾的一下站稳说道：
"现在该轮到我来甩你。"
气冲牛斗的贺顺乌兰，
伸出钢针一般的十个指头，
一把抓住对手的腰，
学着阿爸洪古尔的样子，
把对手四脚朝天地举起来，
头朝下嗵地一摔，
摔得对手头破血流。
贺顺乌兰又乘势奔了过去，
在阿日格查干身上，
一连踩了几十下，
然后用大象般的胳膊肘，
使劲顶住他的八根肋骨。
顶得阿日格查干两肋折断，
顶得阿日格查干不仅无力招架，
就连一只蚂蚁也无法对付。
狮子英雄贺顺乌兰，
把阿日格查干的四肢背过去，
死死地反绑在他的后背上，
又开双腿骑在他的胸脯上说道：
"凡是男子汉都有怨言，
你快说说你的怨言。"
阿日格查干气喘吁吁地说道：
"唉，我还能对你说个什么，
请你趁早把我杀了。"
贺顺乌兰听了这话，
心中燃起一股怒火说道：
"我既能把你打翻在地，
也就能结果你的性命。"
说罢抽出哈日萨纳拉英雄，

在他临出发时送给他的，
那把削金断玉的汗扎勒宝刀，
在阿日格查干身上轻轻一划，
划破了他白皙的肚皮。
谁知刚划到他的心脏，
忽然滚出一块碗口般大的黑石，
一上一下地来回跳动，
像是要跳出去跑掉。
调皮的小贺顺乌兰说道：
"这究竟是什么样的怪物？"
说罢伸手拾起那块怪石，
握在手心一把捏碎，
从碎石里钻出一条小蛇，
连连磕头请求饶命。
贺顺乌兰说："可以饶你一命。"
说罢抓起来放入衣兜里，
然后把那来犯的阿日格查干，
紧紧捆在他的马鞍上，
握住偏缰牵在身边，
放手松开草黄马的缰绳，
飞也似的奔向落日的方向，
来到道格新查干汗的门前，
翻身跳下鞍座，
只见蚂蚁般众多的百姓，
你喊我叫地慌作一团；
那众多的英雄宝东们，
两眼发愣直打哆嗦。
小英雄贺顺乌兰，
拴好了坐骑草黄马，
转身走到可汗的门前，
那如狼似虎的守门兵卒，

急急忙忙给他把门打开。
小英雄迈过赞丹门槛,
大大方方地走进大殿。
挤在殿里的雄狮宝东们,
谁也没有发现他进来,
他们揪着彼此的臂膀,
都说自己是真正的英雄。
道格新查干汗,
傲然地坐在高座上,
蓦地起身向贺顺乌兰说道:
"这位孩童快快过来,
坐在我可汗的身边。"
贺顺乌兰英雄移步向前,
一个巴掌打翻了五人,
一步迈过十人的脑袋,
径直走到可汗的座前,
一屁股坐在他的左边。
道格新查干汗发话道:
"快给这位远方来的客人倒一碗
阿尔扎奶酒。"
贺顺乌兰蓦地站起,
跨步走到可汗的座前,
两手叉腰高声说道:
"我不是来讨一碗酒喝的。
可汗诺颜哈腾夫人,
和聚在这里的列位英雄,
你们竖起耳朵好生听着:
'江格尔可汗降下一道旨意,
命我斩杀你们的雄狮,
名叫阿日格查干的家伙。
他夸下海口定要活捉,

陶古斯阿尔泰的太阳
圣主江格尔的命根,
性命不在自身的勇士,
转眼间变幻无穷的能人,
砍了头也能复活的神人,
埋在土里也能脱身的好汉,
雄狮英雄洪古尔,
把他当作最好的战利品,
交给他的圣主可汗。
要我听听你们的可汗,
贪得无厌的道格新查干,
究竟说些什么话语。
他若自量有心和解,
真心实意地认错改过,
今后不再口出狂言,
那就缴纳五十年的贡品,
敬献一千年的赋税,
永远当江格尔汗的仆人。
如若骄横一意孤行,
就让我砍死道格新查干,
割下他的首级拴在马尾上;
把他手下的乌合之众,
统统斩杀在衙门里面,
然后收服他的百姓,
当作战利品押将回来.'
你这个失了群的儿马,
你这个折了拐杖的坏蛋,
成了孤家寡人的可汗,
快快给我一个明白的回话。"
可汗夫妇慌了手脚,
列位英雄也乱作一团。

道格新查干站起来说道：
"小英雄快快请坐，
你讲的条件我一律接受，
我愿把我家园的所有百姓，
统统交给洪古尔英雄。"
说罢派人赶到地狱，
把被投进四十层地狱，
锁在固如金汤的铁牢，
一连四个月一天不断，
惨遭四十四种酷刑的
洪古尔英雄放了出来，
毕恭毕敬地请到可汗宫里，
双手捧着洁白的哈达，
捣蒜似的磕了十万个响头，
历数以往所有的过错，
再三再四地请求宽恕道：
"恳求英雄宽大为怀。"
说罢率众前去迎接，
把洪古尔英雄请到大殿。
道格新查干汗说道：
"请英雄登我汗王宝座。"
这时宝木巴家园百姓的梦幻，
雄狮洪古尔英雄，
提步走到可汗的右首，
一屁股坐在虎皮座上。
那些相面的诺颜们，
那些陪伴的宝东们，
一个个细细打量了
小英雄贺顺乌兰一番，
方知他是个神奇的能人。
道格新查干汗降下旨意，
在宫中举行空前的喜宴，
连续欢乐了许多时日。
忽一日他对江格尔的使臣贺顺乌兰，
和他的阿爸雄狮洪古尔说道：
"我有句实话讲给你父子二人，
我恳求你们铭记在心。
你们只要开口说一句走，
我就没有二话跟上走；
你们只要张口说一声坐，
我就俯首听命坐下来。
有了战事只要打个招呼，
我就马上率众去帮助；
有了急用只要发个话，
我就马上派人送去贡物。
做了错事我就承担，
说了大话我就改正，
忠心宝木巴家园一万年不变。
我愿永做江格尔的仆人，
承蒙伟大可汗的福荫。"
洪古尔朝左面望了一眼，
向圣主江格尔汗的使臣
贺顺乌兰英雄说道：
"依你看来此话如何？"
贺顺乌兰蓦地站起说道：
"既然可汗有这个诚意，
就按我们的老规矩办理。"
说罢取出江格尔的信物，
宝木巴家园的那颗红印，
往那道格新查干汗的脸上，
啪的一声摁了下去。
调皮的贺顺乌兰，
把手放进他的衣兜里说道：
"他的性命也正像那

江格尔的命根洪古尔一样,
那么这就是他心爱的英雄,
阿日格查干的命根。"
说罢从衣兜里取出,
那块碗口般大的黑石,
交给了阿爸雄狮洪古尔。
只见那一块保命的石头,
来回噌噌地蹦跶在地上,
苦苦哀求饶他一命。
钦达木尼的化身,
雄狮英雄洪古尔,
当着可汗和夫人的面,
当着所有黎民百姓的面,
拿着那块保命的黑石,
走到阿日格查干的身边,
把黑石放进他被划开的胸腔里。
阿日格查干顿时复活过来,
腾的一下站了起来,
拜见搭救他的勇士,
圣主江格尔的使臣,
再三悔恨以往的过失,
一连磕了万千个响头。
贺顺乌兰霎地站起说道:
"既然这样就饶你一命。"
说罢拿起宝木巴家园的红印,
啪地摁在阿日格查干的右脸上。

自此父子二人得以相见,
彼此详述各自的经历,
不由得抱头痛哭了一阵,
然后跨上各自的战马,
向着遥远的北方宝木巴,

勒转马头飞也似的奔去。
他们日夜兼程不停地奔跑,
顾不上歇息急急驰骋,
趁着骏马的快步飞奔,
足足跑了九个月的路程,
终于来到了可汗的宫帐前,
翻身跳下坐骑的马鞍。
圣主江格尔可汗,
亲自率领六千名狮子勇士,
浩浩荡荡地迎住他们,
接进海螺般的白色宫帐。
左右两面的英雄宝东们,
争先恐后地将小英雄,
无畏的勇士贺顺乌兰,
抢过来紧紧搂在怀里,
使劲亲吻他两颊,
吻得他脸上鼓起了小包。
接着他们摆下年轻骒马的奶汁,
和那味美可口的阿尔扎奶酒,
举行隆重无比的喜宴,
操办热闹异常的聚会。
大家畅饮了六十个昼夜,
接着欢乐了八十个昼夜,
从此他们开始过起,
安安稳稳的幸福生活。

新疆维吾尔自治区
和布克赛尔蒙古自治县
贾·朱乃　演唱
刘石武　录音整理
道·李加拉　译

后 记

一个人的时间简史
——从《一个人的村庄》到《本巴》

1

我常做被人追赶的噩梦，我惊慌逃跑。梦中的我瘦小羸弱，唯一长大的是一脸的恐惧。追赶我的人步步紧逼，我大声呼喊，其实什么声音都喊不出来。我在极度惊恐中醒来。

被人追赶的噩梦一直跟随我，从少年、青年到中老年。

个别的梦中，我没有惊醒，而是在就要被人抓住的瞬间，突然飞起来，身后追赶我的人却没有飞起来。他被留在地上。我的梦没有给他飞起来的能力。

我常想梦中的我为何一直没有长大，是否我的梦不知道我长大了。可是，另一个梦中我是大人，梦是知道我长大的。它什么都知道。那它为何让我身处没有长大的童年？是梦不想让我长大，还是我不愿长大的潜意识被梦察觉？

在我夜梦稠密的年纪，梦中发生的不测之事多了，我在梦中死过多少回都记不清。只是，不管多么不好的梦，醒来就没事了。我们都是这样从噩梦中醒来的。

但是，我不能每做一个噩梦，都用惊醒来解脱吧，那会多耽误瞌睡。

一定有一种办法让梦中的事在梦中解决，让睡眠安稳地度过长夜。就像我被人追赶时突然飞起来，逃脱了厄运。

把梦中的危难在梦中解决，让梦一直做下去，这正是小说《本巴》的核心。

在《本巴》一环套一环的梦中，《江格尔》史诗是现实世界的部落传唱数百年的"民族梦"，他们创造英勇无敌的史诗英雄，又被英雄精神所塑造。说唱史诗的齐也称说梦者，本巴世界由齐说唱出来。齐说唱时，本巴世界活过来。齐停止说唱，本巴里的人便睡着了。但睡着的本巴人也会做梦，这是说梦者齐没有想到的。刚出生的江格尔在藏身的山洞做了无尽的梦，在梦中消灭侵占本巴草原的莽古斯，他在"出世前的梦中，就把一辈子的仗打完"。身为并不存在的"故事人"，洪古尔、赫兰和哈日王三个孩子，创造出一个又一个与生俱来的好玩故事。所有战争发生在梦和念想中。人们不会用醒来后的珍贵时光去打仗，能在梦中解决的，绝不会放在醒后的白天。赫兰和洪古尔用母腹带来的搬家家和捉迷藏游戏，化解掉本巴的危机，部落白天的生活一如既往。但母腹中的哈日王，却用做梦梦游戏，让所有一切发生在他的梦中。

《本巴》通过三场被梦控制的游戏，影子般再现了追赶与被追赶、躲与藏、梦与醒中的无穷恐惧与惊奇，并最终通过梦与遥远的祖先和并不遥远的真实世界相连接。

写《本巴》时，我一直站在自己的那场噩梦对面。

像我曾多少次在梦醒后想的那样，下一个梦中我再被人追赶，我一定不会逃跑，我会转过身，迎他而去，看看他到底是谁。我会一拳打过去，将他击倒在地。可是，下一个梦中我依旧没有长大到能跟那个追赶者对抗的年龄。我的成长被梦忽略了。梦不会按我想的那样去发生，它是我睡着后的生活，不由醒来的我掌控。我无法把手伸到梦中去帮那个可怜的自己，改变我在梦中的命运。

但我的小说却可以将语言深入到梦中，让一切如我所愿地发生。

写作最重大的事件，是语言进入。语言掌控和替代发生或未发生的一切。语言成为绝对主宰。所有故事只发生在语言中。语言之外再无存在。语言创始时间，泯灭时间。我清楚地知道，我的语言进入到冥想多年的那个世界中。我开始言说了。我既在梦中又在梦外看见自己。这正是写作的佳境。梦中黑暗的时间被照亮。旧去的时光又活过来。太阳重新照耀万物。那些坍塌、折叠的时间，未被感知的时间，被梦收拾回来。梦成为时间的故乡，消失的时间都回到梦中。

这是语言做的一场梦。

这一次，我没有惊慌逃跑。我的文字积蓄了足够的智慧和力量。我在不知觉中面对着自己的那场噩梦，难言地写出内心最深隐的意识。与《江格尔》史诗的相遇是一个重要契机，史诗给了我巨大的梦空间。它是辽阔大地。我需要穿过《江格尔》浩瀚茂密的诗句，在史诗时间之外，创生出一部小说足够的时间。

2

在我小时候的记忆中，时间是停住的，老人活在老年，大人活在中年，小孩在童年。一间间的时间房子里住着不同年纪的人。我曾反复做一个梦：我穿过一间挨一间熟悉或陌生的空房子，永远没有尽头。我在那里找奶奶，找我父亲。

我出生时奶奶就很老了，我没见她年轻，便认为她一直是老的。父亲没活到老，他在我八岁时离世，奶奶目睹独生儿子的死，白发人送黑发人。父亲去世后奶奶活了两年，丢下我们几个未成年的孙子孙女离世了。从那时起村里老人一个跟一个开始走了，好像死亡从我们家开始，蔓延到村庄。

"我在黄沙梁还没活到一棵树长粗，已经经历了五个人的死。那时全村三十二户，二百一十一口人，我十三岁，或许稍小些，但不是最小的。我在那时看见死亡一个人一个人向我这边排。"在《一个人的村庄》中我写过一棵树、一只甲壳虫、一条狗以及韩老二的死，还写了"我的死"，我给自己预设了好多种死法，也创生出各种逃生续命的方法。我在那时看见死亡如根盘结，将大地生灵连为一体。"任何一棵树的死亡都是人的死亡，任何一粒虫的鸣叫也是人的鸣叫。"

在更早的诗歌中，我写道："生命是越摊越薄的麦垛，生命是一次解散。"这场"摊薄""解散"的生命历程，穿过《一个人的村庄》，在《虚土》中扩展为人一生的时间旷野。

《虚土》是我生命恍惚的中年写的第一部小说，我刚过四十岁，感觉上到一个坡上，前后不着村店。我在书中写到一个从没见过面的父亲，他每次从远处回来都是深夜，他的孩子熟睡在月光中，他的妻子眼睛闭住，听自己的男人摸索上炕。

我对父亲的记忆很少，他是一个旧式文人，会吹拉弹唱，写一手好毛笔字，还会号脉开方子。我最早读到的书，是他逃荒新疆时带来的中医书。但我记忆更深的是后父，他在我十岁时赶一辆马车把我们家拉到另一个村庄。后父是说书人，或许受他启发，我后来成为写书人。我写过许多关于后父的文章，却极少写到亲生父亲。我把父亲丢掉了，我关于他的所有记忆都是模糊的。

多少年后我活到父亲死去的年龄，前头突然空荡荡了。那是父亲没活到的荒凉岁月。没有一个白发苍苍的老父亲，在前面引路，这时我才意识到父亲又一次不在了。"我在那些老去的人中没看见他，他的老年被谁过掉了。"

这样的时间感受写在《虚土》中。

我原初的构思是写几十户人从甘肃逃饥荒到新疆,在沙漠边垦荒生存的故事,有父亲带全家逃荒的背景,它注定是一部小说。

《一个人的村庄》最初也是当小说写的,写了好几万字,才知道它不应该是小说。我不喜欢处理村庄的琐碎物事,这会让文字变俗。当散文去写时随心顺手了,我把故事和人物安顿在一个个单独的时间房子里,这些时间房子组成一个村庄的浩茫岁月。这样没写完的小说一段一段地截成散文,之前没完成的诗歌也改成散文。那个叫黄沙梁的村庄,我曾用诗歌和小说尝试书写它,最终以散文获得成功。这本使我从诗人成为散文家的书,也几乎让我把一辈子的散文写完了。

《虚土》的小说意志坚持到了结尾,尽管一些段落单独看还是散文,但也只是像我的散文,而我的散文本身像小说。那些不可能发生的事,弥漫着可能的生活气息。最真实的细节垒筑起最虚无、诗意的故事。我写过十多年诗歌,写《虚土》时才找到连绵不绝的诗意。我把诗歌意象经营成了小说故事。诗人的冲动却使这部小说的主题严重走偏,原本构想的逃荒背景不重要了,故事从外向内发生,最终写了虚土梁上一群尘土般扬起落下、被时间驱赶的人。

小说中"五岁的我",在一个早晨睁开眼睛,看见村里那些二十岁三十岁的人在过着我的青年,六十岁七十岁的人在过着我的老年,而两岁三岁的人在过着我的童年,我的一生都被别人过掉，连出生和死亡都没有剩下。这个孤独的孩子，只看见生命中的一个早晨，"剩下的全是被别人过掉的下午和黄昏"。在深陷茫茫荒野的虚土庄，每个人都像是我又都不是，所有人的故事都像是我亲身经历的，但真正的我在哪里？

一个人的一生和一村庄人的一生如花盛开在荒野。

道路被埋住又挖开，房屋拆除又重建，其目的只是为了报复一个长途回家的人，让他永远找不到目的地。瞎子摸遍村庄的每一件东西，他从来不知道人们说的黑是什么。我在虚土庄尝试各种各样的活法：挖一口深井让自己走失在土中；从一个墙洞钻过去，在邻家院子寂寞地长大再钻不回来；变成一只鸟、一窝老鼠中的一个。那个赶马车在远路上迷失，老态龙钟回到村庄的人是我；"命被西风拉长"，被布满道路的每一个坑洼耽误掉一辈子的人是我。我的生命化成风、老鼠、树叶、一粒睁开眼睛的尘土，我为自己找见的所有路都不是路，我一次次回到别人家里，过着自己不知道的生活。

每个单独的时间房子，都开着一扇面朝荒野的门。"我看见自己的人群"，集合在时间的旷野。每一天每一年的我，都在那里活着。我叫了不同的名字，经历各种生活，最后归入树叶尘土。

小说末尾，这个几乎过完了我一生的村庄，让我说出一个早晨，我唯一看见的早晨。他们醒来时总是中午，虚土庄的早晨被我一个人过掉了。

《虚土》写作是困难的。我要找到一种在梦与醒间自由转换或无须转换而通达的语言。我让梦呓延伸到早晨,与醒无缝连接。或者一句话的前半句在现实中,后半句已入到梦里。

我曾写过一只"醒来的左手",它能在人睡着时伸进梦里,把梦中的财富拿到梦外,也能把梦外的东西拿到梦中。我知道这只伸进梦中的手是语言。

我用在醒和梦中通用的语言,叙述那个半睡半醒的虚土庄,弥漫在每一句的诗意,模糊了现实与梦的界限,也无所谓梦与醒,语言的特殊氛围笼罩全篇。我不屑去交代故事关联,自我气息贯穿始末。文字到达处,黑暗中的事物一一醒来。语言如灵光一路照亮,又似种子发芽,生长出虚土上不曾有的事物。

虚土庄人最恐惧的是时间。人一旦停下来,时间便变成一个坑,让人越陷越深。他们只有不断地把自己走远。但时间的坑洼布满道路,随便一件小事都可耗掉人的一生。唯有那粒睁开眼睛的尘土,高高地悬浮在时间上面。那些布满时光尘埃的文字,每一句都想飞,每一段都飞了起来,我想带着一个村庄的重,朝天空和梦飞升。就像那个梦中我带着地上的恐惧飞起来。

"梦把天空顶高,将大地变得更加辽阔。"

3

《凿空》写一个停住不动的故事:两个挖洞人在黑暗地下担惊受怕的挖掘,和一村庄人在地上年复一年的等待。这里的生活像一声高亢驴鸣，飘到半空又落回到原地。发生了什么但什么都没有发生。这是我曾生活其中的乡村。我懂得它的缓慢时光。我想写出时间迟缓地对人和事物的消磨。还有，跟人在同样漫长的时间里活成另一种生命的毛驴。我写了四十多万字，最后出版时删了十几万字。谁有耐心看一个停住不动的故事呢。但我有足够的耐心让那个叫阿不旦的村庄在时间里悠然停住。

我曾说过散文是让时间停住的艺术，散文的每一句都在挽留、凝固时光。我早年的散文爱用句号，每一句都让所写事物定格住，每一句都在结束。散文不需要像小说那样被故事追着跑。

但小说一定要被故事追着跑吗？

一定有另一类小说，为完全不同的另一种生活所拥有。《凿空》是我盛年倔强的书写。小说人物的孤僻不从，是那个年龄我的心性写照。这样的倔强让小说叙述更合我意。我没有在这部小说中妥协，也便不会在下一部小说中随俗。

《凿空》是我跟生活之地的一场迎面相遇。

我赶上了拖拉机和三轮摩托正在替换毛驴和驴车的时代。驴的末世到来了。眼看着陪伴人类千万年的毛驴，将从人的生活中消失。驴什么都明白的眼神中满是跟人一样的悲凉。

一种生命的消失意味着什么呢？从此人的家里再没有一双驴眼睛，时时看着人过日子。当人的世界只剩下人，人的生活只被人看见，这是多么的孤独和荒谬。可能人不需要驴来证明自己存在。但是，当那双如上帝之眼悲悯地看着人世的驴眼睛永远闭住时，人世在它的注视中便已经坍塌了。

一场浩大的人和毛驴的告别就发生在眼前，一群一群的驴在消失，随之消失的是跟驴相关的手工业，做驴车的木匠、打驴掌的铁匠、做驴拥子的皮匠，都失业了。我几乎在这一切发生的同时，写出了《凿空》。我定格了那个村庄的时间：被铁匠铺改造的拖拉机，最后变成一堆废铁回到铁匠铺；龟兹研究院的王加在阿不旦人手中的坎土曼上，窥探他们耗费的精力和时间；张旺才和玉素甫两个挖洞人，在洞中靠地上传来的动静知道天亮了。

我最喜欢写挖洞的那些文字，在黑暗地下，人四肢趴地，像动物一样往前挖掘，耳朵警觉地听地上的动静，生怕自己挖洞的行为被发现。我出生后一直住地窝子，那是一个挖入地下的洞，只有一方天窗透进光亮来。我在那个洞里听见树根扎入地下的声音，和地上所有的动静。《凿空》中那个挖洞人是早年的我，我想挖开时间的厚土，找到那间童年的地下房子。而地上的沉重生活，终究将地洞压塌。

被压塌的还有毛驴的叫声。我和毛驴有过很长的相处，写作时，它的眼睛成了我的，它最后看见的世界被我用一部书珍藏。毛驴曾用高亢的鸣叫"把人声压在屋檐下"。如今那个"一半是人的，一半是驴的"的村庄已不复存在。但驴"斜眼看人"的犟脾气，被一个写作者继承下来，并在之后的小说中，完成了对这一生命最为血性与柔情的书写。

4

有很多年我盯着这里的一个时间在看,那是公元1000年前后,我生活的土地上正发生影响最为深远的战争,两大信仰在西域尘土飞扬的土地上争夺人的灵魂。今天这里人们的信仰现状,都跟那场战争的结果有关。我读那个年代的史料、诗歌,去战争所经的村庄城市,走访残存的战争遗址。当地人说起千年前的那场战争,仿佛在说昨天的事。

《捎话》回到那段惊心动魄的改变人灵魂的时间里,窥探灵魂被迫改变时人的肉体状态,或是肉体将被消灭时人的灵魂状态。小说出版后,有评论家分析《捎话》中写了许多有裂隙的生命:毗沙人的身体和黑勒人的头错缝在一起的鬼魂妥觉;从不见面但如同一人的孪生幽灵将军乔克努克;孩子被缝进羊皮制作成的人羊;还有驴人、驴马合体的骡子。我几乎在不知觉中写了这么多分裂但又努力弥合的生命,一定是我感知到太多来自历史和现实的裂隙,它们成为我的心灵裂缝。一个地方的残酷历史,最终成为写作者的伤心往事。

《捎话》由小毛驴谢和捎话人库轮流叙述。开篇由谢和库分别交叉叙述,故事发生的时间双头并进,交合一起。到第二章库和谢的叙述扭在一起。不细心的读者会将其当全视角小说去读,当然也没问题。毛驴谢和库的叙述视角转换天衣无缝。在人物设置中库懂几十种人的语言但听不懂驴叫,也看不见鬼魂。毛驴谢能看见声音的颜色和形状,能听见鬼魂说话。小说中鬼魂妥觉的讲述都是毛驴谢一路上听到的。这头小母驴的耳朵里灌满了鬼话人话。最后，懂得几十种语言的捎话人库叫出"昂叽昂叽"的驴鸣，他终于听懂人之外另一种生命的声音。

这部小说我先写出故事结局：破毗沙国。然后回头去找它的身体。中间最重要部分"奥达"也是先写完的，所有朝结尾归拢的故事，最后找到开端。小说中哪一块天亮了，就从哪写起。语言未进入的部分是喑哑的。语言是黑暗的照亮。《捎话》也是一部写语言的书，不同语言区域的人们需要靠翻译来完成捎话，因为"所有语言里天亮这个词，在其他语言中都是黑的"。小说结束于"破城"，一个城邦之国灭亡了，随之"说毗沙语的舌头将腐烂成土"。消灭语言才是战争的最终目的。被毗沙语说出的事物从此消失，战胜方黑勒语将说出和命名一切，毛驴也只容许被用黑勒语的名字称呼。但驴叫声不会改变——那是漫长时间中唯一没被改变的声音。

《捎话》写完后，我的另一部小说也已经准备充分，故事发生在二百多年前，土尔扈特东迁，回归祖国。我为那场近十万人和数百万牲畜牺牲在路上的大迁徙所震撼，读了许多相关文字，也去过东归回来时经过的辽阔的哈萨克草原，并在土尔扈特东归地之一的和布克赛尔县做过田野调查。故事路线都构思好了，也已经写了好几万字，主人公之一是一位五岁的江格尔齐。写到他时，《本巴》的故事出现了。那场太过沉重的"东归"，被我在《本巴》中轻处理了。我舍弃了大量的故事，只保留十二个青年去救赫兰齐这一段,并让它以史诗的方式讲述出来。我没有淹没在现实故事中。

让一部小说中途转向的,可能是我内心不想再写一部让我疼痛的小说。《捎话》中的战争场面把我写怕了,刀砍下时我的身体会疼,我的脖子会断掉,我会随人物死去。而我写的本巴世界里"史诗是没有疼痛的",死亡也从未发生。

《本巴》出版后的某天,我翻看因为它而没写出的东归故事,那些曾被我反复想过的人物,再回想时依然活着。或许不久的将来,他们全部地活过来,人、牛羊马匹、山林和草原,都活过来。这一切,有待我为他们创生出一部小说的时间来。一部小说最先创生的是时间,最后完成的也是时间。

5

《本巴》的时间奇点源自一场游戏。在"时间还有足够的时间让万物长大"的人世初年,居住在草原中心的乌仲汗感到了人世的拥挤,他启动搬家家游戏让人们回到不占多少地方的童年,又用捉迷藏游戏让大地上的一半人藏起来,另一半去寻找。可是,乌仲汗并没有按游戏规则去寻找藏起来的那些人。而是在"一半人藏起来"后空出来的辽阔草原上,建立起本巴部落。那些藏起来的人,一开始怕被找见而藏得隐蔽深远,后来总是没有人寻找他们,便故意从隐藏处显身。按游戏规则,他们必须被找见才能从游戏中出来。可是，本巴人早已把他们遗忘在游戏中了。于是，隐藏者（莽古斯）和本巴人之间的战争开始了，隐藏者发动战争的唯一目的是让本巴人发现并找到自己。游戏倒转过来，本巴人成了躲藏者，游戏发动者乌仲汗躲藏到老年，还是被追赶上。他动用做梦梦游戏让自己藏在不会醒来的梦中。他的儿子江格尔带领本巴人藏在永远二十五岁的青年。而本巴不愿长大的洪古尔独自一人待在童年，他的弟弟赫兰待在母腹不愿出生。努力要让他们找见的莽古斯一次次向本巴挑衅，洪古尔和赫兰两个孩子担当起拯救国家的重任。

这个故事奇点被我隐藏在小说后半部。

我被《江格尔》触动，是"人人活在二十五岁青春"这句诗。在那个说什么就是什么的史诗年代，人的世界有什么没有什么，都取决于想象和说出。想象和说出是一种绝对的能力和权力。江格尔带领部落人长大到二十五岁，他们决定在这个青春年华永驻。停在二十五岁是江格尔想到并带领部落实施的一项策略，他的对手莽古斯没有想到这一层，所以他们会衰老。人一旦会衰老，就凭空多出一个致命的敌人：时间。江格尔的父亲乌仲汗是被衰老打败的，江格尔不想步其后尘。

《本巴》从一句史诗出发，想写一部关于时间的书。但我不能像史诗中的江格尔汗那样，说让时间停住时间就会停住，我得找到让时间停住的逻辑。三场游戏的出现，使我找到解决时间的方法。不断膨胀的游戏空间挤出了时间。天真成为让虚构当真的力量。我给游戏设置的开端也让这部小说的故事严丝合缝。游戏将小说从史诗背影中解脱出来，我有了在史诗尽头的时间荒野中肆意言说的自由。

《虚土》中属于一个人一生的时间荒野，在《本巴》中无边无际地敞开了。这片时间荒野上我曾被人追赶惊慌奔逃、为赌"一片树叶落向哪里"跑到一场风的尽头。如今它成为几个孩子的梦之野和游戏场。以往文字中所有的孩子，也跟赫兰、洪古尔、哈日王是同胞兄弟。他们是被梦收留的我自己。

多少年后我才意识到，我写过的所有孩子都没有长到八岁。我不让他们长大。因为"我五岁的早晨"，父亲还活着。只要我不长大到八岁，便不会失去父亲。我执拗地让时间停住在童年。

一部小说最深层的意识有时作家也不能全知，写作中无知的意识和悟性或最迷人，莫名其妙永远是最妙的。我垒筑在童年的时间之坝，在我六十岁时都不曾溃塌。我在心中养活一群不长大的自己，他们抵住了时间的消磨。那是属于我的心灵时间。

有一天我认出梦中追赶我的那个人，可能是长大的我自己。

我被自己的成长所追赶。一个人的成长会让自己如此恐惧。

作家最不同于他人的是与生俱来的那些东西：在母腹、童年成长的"劫难"中获知人世经验，在一场一场的梦中学会文学表达。文学是做梦的艺术。梦是培养作家的黑暗学校。把梦做到白天，将作文当做梦。梦是现实世界的另一种醒。我们在夜夜的睡眠中过着梦生活，经受梦愉悦和梦折磨。梦是封闭的牢狱，扣留童年的我们做人质，不论我们长得多么强大，梦握住我们童年的把柄。这正是梦的强大和意义。

梦是另一场劳忙。唯有漫长一生中的做梦时光，能抚慰我们劬劳的身体和心灵。唯有梦将失去的生活反转过来重新给予我们。《本巴》中乌仲汗晚年将自己的牛羊转移到梦中。老去的阿盖夫人解救出乌仲汗，老汗王梦中的牛羊，又全部地回到草原上。被梦抚慰的醒，和被醒接住的梦，一样长久地铺展成我们的一生。

梦的时间属于文学。

6

文学写作是一门时间的艺术。时间首先被用作文学手段：在小说中靠时间推动故事，压缩或释放时间，用时间积累情感等，所有的文学手段都是时间手段。作家在一部作品中启始时间，泯灭时间。故事和人物情感，放置在随意捏造的时间中。时间成为工具。大多的写作只应用时间却没有写出时间。时间被荒废了。只有更高追求的写作在探究时间本质，最终呈现时间面目。

写作者在两个时间里来回劳忙。一方面，一部作品耗用作家的现实时间。《一个人的村庄》我从三十岁写到四十岁，青年到中年的生命耗在一部书中。另一方面，我也在文字的村庄中生长出无穷的时间：经受一粒虫子的最后时光；陪伴一条狗的一生；目睹作为家的房子建起、倒塌，房梁同人的腿骨一起朽坏；在一件细小事物上来回地历经生死枯荣，在每一个小片段中享尽一生。我在自己书写的事物中过了多少个一百年。

关于时间的所有知识，并不能取代我对时间的切身感受。在黄沙梁那个被后父住旧又被我们住得更加破旧的院子里，我从腐朽在墙根的一截木头，从老死在草丛的无数虫子的尸体，从我每夜都想努力飞起来的梦，从一只老乌鸦的叫声，从母亲满头银发和我的两鬓白发，从我日渐老花的眼睛，看见自己的老年到来了。

我的六十岁，无非是田野上的麦子青六十次，黄了六十次，每一次我都看见，每一年的麦子我都没有漏吃。

或许我在时间中老去，也不会知道它是什么。我徒自老去的生命只是时间的迹象和结果，并非时间。写作，使我在某一刻仿佛看见了时间，与其谋面，我在它之中又在它之外。

我在《谁的影子》中写了一个漫长的黄昏：父亲扛着铁锨，从西边的田野里走来，他的影子一摇一晃的，已经进了院子，他的妻子看见丈夫的影子进了家，招呼儿子打洗脸水，儿子朝影子尽头望，望见父亲弓着身，太阳晒旧的衣服帽子上落着枯黄草叶，父亲的影子像一条光阴的河悠长地流淌进院子。

而他的父亲，早在多年前便已离世。

多年后我到了坐在墙根晒太阳的年龄，想到我的文字中那些不会再失去的温暖黄昏，夕阳下的老人，背靠太阳晒热的厚厚土墙，身边一条老狗相伴，人和狗，在一样的暮年里消受同一个黄昏。多少岁月流失了，生活中极少的一些时光，被一颗心灵留住。我小时候遥望自己的老年，就像望一处迟早会走去的家乡。当我走到老年，回望童年时，又仿佛在望一处时间深处的故乡。

作家在心中积蓄足够的老与荒，去创作出地老天荒的文学时间。荒无一言，应该是文学的尽头了，文字将文字说尽，走到最后的句子停住在时间的断崖，茫茫然。

我时常会遭遇语言的黄昏，在那个言说的世界里，天快要黑了，所有语言将停住，再无事物被语言看见，语言也看不见语言。

但总有一些时刻突然被语言照亮。我在语言照亮的时间里活来。

作家是一种灵感状态的人。灵感降临时异于常人，突然地置身另一重时间。这便是灵感，它经常不灵，让我陷入困顿。但我知道它存在。因为它存在，我才写作。那时时间也灵光闪闪，与我所写事物同体。我相信每个写作者都曾看见过只有在宇宙大尺度上才能目睹的时间的发生与毁灭，如同一部小说的开始与终结。

宇宙大爆炸理论告诉我们，时间是被不断膨胀的空间"挤"出来的。我们每个人一生的时间也都由不断的生长所

"挤"出来。生命的生长对应着宇宙的膨胀,我们自母腹的膨胀中诞出,从小长大长老。每个生命都用一生演绎着那个造化我们的更大存在的一生。无数的生命膨胀坍缩之后,是宇宙的最终坍缩。在此之前,"时间还有足够的时间"让我们代复一代地生长出新的时间来。

我曾看见一张时间的脸,它是一个村庄、一片荒野、一场风、一个人的一生、无数的白天黑夜,它面对我苦笑、皱眉,它的表情最终成了我的。我听见时间关门的声音,在早晨在黄昏。某一刻我认出了时间,我喊它的名字。但我不知道它的名字。我说的时间可能不是时间。

我用每一个句子开启时间。每一场写作都往黑夜走,把天走亮。

我希望我的文字,生长出无穷的地久天长的时间。

刘亮程

2022年6月